# 제14회 삶의 향기 동서문학상

## | 수상작품집 |

제**14**회 삶의 향기 동서문학상

| 수상작품집 |

개들이 짖는 동안

**대상수상작** | 이은정

# Contents

# 심사평

삶의 향기가—
문학이 됩니다

# 인생을 탐구하고,
# 표현하는 창조의 세계

김홍신(소설가, 14회 삶의향기 동서문학상 운영위원장)

맛있는 과일나무 아래에는 절로 샛길이 생기듯 문학은 인류 역사상 무수한 사람들에게 희망을 주었고 척박한 인생길에 위로가 되었으며 이 정표를 세워 삶의 향기를 맛보게 했습니다.

문학은 천태만상의 인생행로를 담아내 인간의 희로애락과 오욕칠정을 삭이고 보듬고 아우르는 그릇입니다. 세상에서 가장 존귀하고 사랑스런 것은 자기 이름인데 문필가는 자기 이름을 '향기 나게 하는 사람'을 상징합니다. 문인은 사라져도 그의 글은 세상을 밝혀 상서로운 기운을 펼칩니다.

세상이 삭막하고 메마르니 문학의 설 자리가 자꾸만 외진 자리로 밀려나고 있습니다. 작가가 가장 배고픈 직업 중 하나로 꼽히지만, 첨단과학의 발전으로 현존하는 직업의 절반 이상이 사라진다지만, 결코 사라지지 않는 직종이 작가라고 했습니다. 작가는 인생의 명답을 알려주는 선지자적 혜안을 가졌기 때문입니다.

사람은 천년을 살 수 없지만 심금을 울리는 글은 만년이나 향을 뿜으리니 '삶의향기 동서문학상'을 받은 분들은 우리 시대의 찬란한 꽃들입니다.

아동 문학가는 희망세상을 만드는 사람이고,

수필가는 향기로운 세상을 만드는 사람이고,

소설가는 새로운 세상을 만드는 사람이고,

시인은 아름다운 세상을 만드는 사람입니다.

절대빈곤을 가장 빨리 해결한 대한민국인데 '배고픔'은 해결했지만 '배아픔'을 해결하지 못해 갈등비용을 가장 많이 사용하는 나라가 되었지만 그 갈등비용을 가장 저렴하게 해결할 수 있는 도구가 바로 문학입니다.

인간에게 희망을 명령하는 게 바로 문필가입니다. 사람은 심장이 멎으면 죽은 것이지만 예술가는 영혼을 잃으면 죽은 것과 다름없습니다. 새로움에 대한 호기심이 인류를 지구의 주인으로 만든 원동력입니다. 그 호기심은 창조정신이고 그 정신을 가장 질펀하고 포실하고 흐벅지고 푼푼하게 펼치는 게 어찌 문학정신이 아니겠습니까.

이번 제14회 '삶의향기 동서문학상'은 무려 19,017편이 응모하였고 30대 이하의 젊은 문학도의 참여가 배가되어 한국문학의 미래가 밝아지는 지표를 세웠습니다. 서른두 분의 심사위원들께서 기초, 예, 본심의 엄정한 심사를 거쳐 명작들을 뽑았습니다.

최종 본심은 우리 문단의 거장들께서 살펴 뽑으셨는데, 특이한 것은 멘토링을 받은 작품 중에 대상이 나왔으며 더불어 주목을 받은 작품들이 많았습니다.

동서식품은 '삶의향기 동서문학상' 상금 7,900만 원을 책정했고 멘토링, 문학기행, 동서문학회 운영 등의 폭넓은 지원은 물론 성대한 시상식까지 성원을 아끼지 않아 한국 현대사에서 메세나(Mecenat) 활동의 규범을 보여주었기에 머리 숙여 고마움 전합니다.

한국문학사를 상징하는 한국문인협회는 '삶의향기 동서문학상'의 심사주관기관으로 심사과정의 공정성은 물론 당선작을 월간문학에 발표하고 수상자들을 문인협회 회원으로 받아주고 문학의 광장을 펼쳐 지성의 횃불을 밝혀주셨기에 두 손 모아 감사드립니다.

# 소설 부문 심사평

심사위원 이상문, 이경자

올해, 제14회 삶의향기 동서문학상 소설 부문 응모작은 모두 1천 7백 6십 7편이었습니다. 어느 문학상과도 비교할 수 없는 문학에 대한 일반 인들의 뜨거운 관심이 응모편수로도 충분히 증명이 되고도 남는, 놀라 운 일입니다.

다른 장르와 마찬가지로 소설 부문도 문단의 유수한 소설가들로 편성 된 기초심 심사위원들의 꼼꼼한 심사를 거쳐 예심에 올려졌고, 예심 위 원들은 21편의 우수한 작품을 가려 뽑아 본심 심사위원들에게로 넘겨주 었습니다.

여기 오른 작품들은 서로 다른 개성으로 장점과 단점을 가졌고, 또한 여러 가지로 애쓴 흔적이 보였습니다. 우리 심사위원은 수십 년간 소설 가로 종사해온 동업자의 마음으로 그 노고에 애잔함을 감출 수 없었습 니다. 원고지 70장 이상을 메우고 그 분량에 사람과 사건과 그것을 통 해 주제를 담기 위해 공력을 드렸을 땀방울과 뜨거운 열정을 누구보다 더 잘 이해하기 때문이었습니다. 얼마나 많은 낮과 밤을 쓰고 지웠을 것 이며 소설의 현장을 답사하고 한편으론 자신의 능력이나 재능에 감탄과 절망을 거듭했을까, 상상이 되고도 남았습니다. 그런 의미에서 소설부문 응모자 1,767편의 작가들 모두에게 뜨거운 박수부터 보내겠습니다.

저희 이상문, 이경자 두 사람은 스물한 편의 소설을 거듭거듭 살펴 읽으며 열띤 토론을 해서 「개들이 짖는 동안」을 대상으로 뽑았습니다.

개들이 부둣가에 총출동했다……로 시작해서 개들이 드문드문 짖는다. 슬슬 물메기 철이 지나고 있다, 로 끝나는 소설입니다.

건조시키는 물메기를 지키는 개들과 취업을 준비하는 자신의 처지를 날줄과 씨줄로 엮어내는 솜씨는 능란했습니다. 소설문장을 오래도록, 여러모로 다뤄본 내공도 엿보였습니다.

앞으로 탄탄한 작품 활동이 기대된다는 게 우리 심사위원들의 일치된 의견이었습니다. 대상 수상을 다시 한 번 축하드립니다.

# 시 부문 심사평

심사위원 문효치, 허영자

기초심, 예심을 거쳐 본심에 올라온 작품은 모두 21편이었다. 모두 일만여 편의 치열한 경쟁을 뚫고 올라온 작품들이어서 우열을 가리기가 매우 힘들었다. 생각하고 다시 숙고한 후에 상당히 긴 시간, 논의를 한 결과 수상작의 등위를 정할 수 있었다.

금상으로 뽑힌 「점자 익히기」는 비교적 탄탄한 구성에 선명한 이미지가 돋보였다. 시 속에 녹아 있는 아픔과 희망이 교직 된 중량감 있는 작품이었다. 은상으로 뽑힌 「해중설(海中雪)」과 「달콤한 풍장」은 죽음과 삶의 문제를 심도 있게 규명해가는 사색적 세계와 은유적 표현이 선자의 눈을 끌었다. 동상에 뽑힌 「자목련 수선집」은 서정적 풍경이 잘 표현되어 있고 「아파트에서 금맥 찾기」는 서민적 애환과 희망이 따뜻하게 느껴졌으며, 「굴식돌방무덤」은 특별한 소재의 극적 구성이 흥미롭게 전개되었다.

그 밖에 가작과 입선에 든 작품들도 일정한 수준을 유지하고 있으며 만만치 않은 수련의 흔적이 보이는 작품들이었다.

문학이 소외되는 시대일수록 문학이 더욱 필요하다. 물질주의, 배금주의가 팽배하는 사회 분위기 속에서 메말라가는 인간성을 회복시킬 수 있는 가장 효과적인 힘이 문학에 있기 때문이다. 30여 년의 역사를 이어

온 삶의향기 동서문학상이야말로 문학을 고양 · 진작시켜주는 기능을
발휘하고 있다.

시에 대한 사랑과 창작에의 열기가 새삼 느껴지는 자리였다. 심사위원
들은 매우 기쁜 마음으로 심사에 임할 수 있었다.

# 수필 부문 심사평

심사위원 최원현, 최민자

제14회 삶의향기 동서문학상에는 수필만도 3천여 편이 응모되었다. 이걸 기초심 1차, 예심 2차, 본심 3차에 걸쳐 엄정 심사하여 수상자를 결정했다. 이러한 문학에 대한 열정은 동서문학상의 작품 수준을 크게 향상시켰을 뿐 아니라 문학상의 격을 크게 높이고도 남았으며 좋은 작가의 배출로 한국문단에 끼친 영향도 크다.

수필은 쉬운 듯 어려운 문학이다. 자기 이야기여서 만만해 보일 수 있지만 그걸 문학화해 내는 작업은 쉽지 않다. 수필은 자기의 체험적 이야기를 의미화하고 형상화한 주제가 독자의 공감으로 함께 하는 문학이다. 주제화가 어떻게 얼마나 잘 되었는가가 문학성으로 나타난다.

금상 수상작 「저기 자궁들이 있다」는 수작이다. 상대적 대비를 통해 공감을 유도하여 말하고자 하는 것을 확실히 한다. 자궁은 생명의 탄생소다. 한데 암이라는 예기치 않은 상황 앞에서도 작가는 침착하게 현실에 대처한다. 함께해온 20년 삶의 현장 그리고 예측할 수 없는 수술 후, 그런 심각한 상황조차도 해학을 곁들여 희망을 말한다. 특히 '저기'로 객관적인 나를 세우며 물리적인 것과 심리적인 것까지 조화롭게 의미화 내었다.

은상 수상작 「돌꽃」의 구성은 참 자연스럽다. 글의 흐름을 무리 없이 열어가는 것은 공감대를 형성하는 지름길이다. 암으로 떠나버린 남편,

그 남편이 생각나면 찾는 파도소리 길, 그런데 함께 걷던 남편이 없는 지금에야 육각기둥이 누워 피는 돌꽃이 바로 남편이었음을 깨닫는다. 읽어가는 동안 자연스레 내 이야기로 공감케 하는 마력이 있다.

「파를 다듬으며」는 정겨운 장면이 그려지게 한다. 그러면서 깊은 사고(思考)가 글맛을 더한다. '뻣뻣한 허리를 곧추 세우고 독설처럼 강한 향을 내뿜는 파'이지만 스스로 성질을 죽여 다른 것들과 어울리는 것처럼 이 시대에 가장 필요한 것이 뭔가를 생각게 한다. 주인공과 보조자로 순응하는 역할이 적당하게 조화를 이루는 소통의 모습을 파를 통해 그려낸 것도 의미롭다.

동상 수상작 「잉아」는 삶을 지탱하는 힘이 어디 있는지를 알게 하는 작품이다. 잉아는 베틀에서 실이 헝클어지지 않도록 잡아주는 굵은 줄이다. 그 잉아처럼 어머니는 흔들림 없이 집안을 잘 챙겼다. 시동생들의 건사며, 망해버린 옷가게의 수습이며 벽돌공장까지 해낸다. 막내를 잃은 슬픔으로 흔들리기도 하나 이내 중심을 잘 잡아 여든을 넘긴 부부의 삶을 지켜가는 모습이 자못 경건해 보인다.

「고팽이」는 '당신의 고팽이는 어디인가'고 묻고 있다. 그러면서 지금 나는 엄마의 고팽이란다. 삶의 길에서 숨가빠하다가 비로소 긴 숨을 내뿜고 허리를 펴던 고팽이, 해서 모든 기억을 다 잃어도 남아있는 고팽이,

수없이 그렇게 넘고 쉬기도 했다. 그런데 사느라고 힘들어 하던 때의 고팽이가 이젠 생의 마지막 길 고팽이로 안타까움을 자아낸다.

「오월의 끝자락, 그 언저리」는 엄마의 위대함을 다시 읽게 한다. 내 엄마와 내 아이의 엄마인 내가 겪고 이겨내야 했던 놀라움 불안 절망 그리고 희망은 엄마가 아니면 이룰 수 없는 것들이었다. 서두부의 긴장과 불안이 결말부의 평안한 따스함으로 바뀌어 지기까지의 아픔 슬픔 간난(艱難)이 눈앞에서 펼쳐지는 긴장감을 느끼게 하면서 삶의 순간순간을 우리는 얼마나 치열하게 숨 가쁘게 살아가고 있는가를 보게 하는 작품이다.

모든 문학이 다 그렇지만 특히 수필은 공감–감동–감격으로 작자와 독자가 하나가 될 수 있어야 한다. 간절함이 소통이 되는 문학, 그 소통의 문이 자신으로 목마름이 글을 쓰게 한다. 간절한 목마름 속에서 세상과 사물과 사람, 나와 그들의 관계와 움직임이 삶의 이야기로 수필이된다. 해서 아픔이나 고통조차도 아름다울 수 있다. 나의 이야기이기 때문이다. 수상하신 분들에겐 축하를, 응모하신 모든 분들께는 감사를 드린다.

# 아동문학 부문 심사평

심사위원 정두리, 문삼석

이번 제14회 삶의향기 동서문학상 아동문학 부문 응모작은 동시 2,513편, 동화 1,144편으로 총 3,657편이라는 놀라운 수치를 기록했다. 아동문학에 대한 관심이 사뭇 높아진 듯하여 우선 반갑고 기쁜 마음을 금할수가 없다.

그중 예심을 거쳐 본심에 올라온 작품은 동시 11편, 동화 10편 등 모두 21편이었다. 작품들의 수준이 높은 뿐만 아니라 비슷하여 등위를 가리는 문제가 결코 쉽지는 않았다.

동시 부문에서 본심에 오른 작품들은 대체로 밝은 동심을 바탕으로한 가치 지향적 작품들이 많았다는 점이 특징이었다. 따라서 활기차고유연할 뿐만 아니라 재치 있고 기발한 역동적인 상상력보다는 차분하게자신과 현실을 바라보고 성찰하는 정적인 심미감을 바탕으로 한 작품들이 두드러졌다.

그에 비하여 동화부문에서는 지금까지 강세였던 생활 동화의 전형에서 벗어나 개성과 창의성을 앞세운 판타지를 추구하는 경향이 두드러졌다. 따라서 아동들의 생활주변에서 얻어지는 사실적인 체험담보다는 현실을 벗어난 상상의 공간에서 이루어지는 서사들이 많이 등장하고 있어서 판타지가 사라져가는 현 한국 동화문학의 약점을 보완할 수 있는 좋은 계기가 될지도 모른다는 기대를 갖게 한다.

그렇더라도 작품은 작품으로서의 품격을 갖추어야 한다. 아무리 의도와 지향이 훌륭하더라도 독자에게 문학적 감동을 주지 못한다면 그것은 장양될 일이 아니다. 특히 아동문학은 주 독자가 아동들이라는 점을 고려할 때 작품의 완성도는 크게 중요시될 수밖에 없다.

금상으로 선정된 동시 「외할머니 냉장고」는 외할머니의 냉장고를 통해 혈육끼리 나누는 정과 사랑을 노래한 작품이다. 냉장고 속에 들어있는 언 사물들은 모두 외할머니 사랑의 표징들이다. 그 얼어붙은 사물들은 일단 가족들이 모이기만 하면 뜨거운 사랑으로 되살아난다. 외할머니의 냉장고는 엄마도 얼려버린 것인가? 외할머니댁을 떠나는 엄마의 눈과 입이 꼭 닫혀 있다는 결구가 마음을 두드린다.

전반적으로 평이하게 보이는 작품이다. 내용이나 표현에 특별한 저항이 없다. 그러나 메시지는 분명하고 또한 강하다. 밝고 따뜻하면서도 우리 모두가 바라마지 않는 정과 사랑의 공간을 지향하고 있다는 점에서 퍽 감동적이다.

은상에 입상한 동화 「김치 vs 김치」는 같은 별명을 가진 두 어린이 사이에서 벌어지는 일상의 한 단면을 형상화한 일종의 성장 동화라고 할 수 있다. 서로 대비되는 듯한 상호 성격이나 상이한 생활태도는 결국 비슷한 환경에서 파생된 결과임을 알게 되면서 짙은 동질감으로 진한 우정을 맺게 된다. 치밀한 구성과 탄탄한 문장력이 돋보인다.

역시 은상으로 선정된 동시 「움직이는 탑」은 폐지 줍는 할머니가 쌓아 올린 헌 상자더미를 비유적으로 형상화한 작품이다. 비록 노쇠하고 등이 굽은 몸이지만 소망을 잃지 않고 쌓아 올리는 폐지 탑은 성스럽기까지 하다. 저녁 별들도 두 손 모아 기원의 탑돌이를 한다.

동상 수상작으로 선정된 동화 「라오라오행성의 공주」와 「고양이신사의 동화책」은 일종의 판타지로 분류할 수 있는 작품들로서 무한 가능성을 열어둔 작품들이다. 그리고 동시 「나는 바람이다」는 단순, 간결하게 형상화된 깔끔한 작품이다.

입상자들에게 축하를 드리며, 여타 가작과 입선작 수상자들에게도 축하를 함께 드린다.

# 개들이 짖는 동안

이은정

　책을 팔아 쌀을 사야 했던 형편에도 소설을 포기하지 않게 한 책이 있다. 1989년에 출간된 '文學, 목매달고 죽어도 좋을 나무'라는 책이다. 혜범 스님이 주신 이 책에는 공교롭게도 심사위원이신 김홍신 선생님과 이경자 선생님의 글이 실려있다. 두 분 모두 가난과 좌절을 독하게 견디시어 한 나라를 대표하는 소설가가 되셨다. 그 견디는 법을 배우기 위해 종이가 닳도록 이 책을 읽으며 꿈을 놓지 않았다.

　당선 소식을 들었을 즈음 나는 목매달고 죽어도 좋을 나무를 찾고 있었다. 문학이 아닌 내 삶을 매달 진짜 나무를. 말하자면, 버티는 삶에서 패배하고 싶었다. 성과 없는 소설을 포기하고 싶었다. 꿈은 먹을 수 있는 게 아니었고 나는 배가 고팠다. 두 분 선생님처럼 '작은 악마'가 될 배짱도 없고 '어두운 환상의 덫'을 빠져나올 희망도 보이지 않았다. 그렇게 비관과 절망을 품고 세 번째 동서문학상에 응모했다. 소설이 생의 바닥에 코를 박게 하더니 갑자기 비행기를 태웠다. 동서문학상은 파멸할 뻔한 내 삶을 다시 살게 한 것이다. 나는, 살고 싶어졌다. 이제는 절실하게 살고 싶다.

이상문 선생님, 이경자 선생님 이하 여러 심사위원 선생님들께 가슴 깊이 감사드린다. 잊지 못할 멘토링을 해주셨던 윤이형 작가님, 희망을 던져주신 이태형 작가님께 어떻게 감사의 인사를 드려야 할지 모르겠다. 정말 목매달고 죽어도 좋을 나무가 문학이 될 때까지 치열하게 쓰겠다는 약속으로 그 인사를 대신해야 할 것 같다. 진심으로 꿈을 응원하고 발전을 돕는 공모전이 삶의향기 동서문학상 말고 또 있을까. 그러니 내겐 이보다 자랑스럽고 눈물겨운 상은 다시 없을 것이다.

개인적으로 고마운 분들에 관해 쓰지 않으려고 했지만 한 사람은 꼭 밝혀야겠다. 본상에 올랐다는 소식을 듣고 서울에 면접을 보러 가야 했는데 차비가 없었다. 그때 돌돌 만 지폐를 내 주머니에 쑤셔 넣어주었던 사람이 있다. 신세 지기 싫었던 나는 걸어서라도 갈 거라며 사양했고 결국 둘 다 펑펑 울고 말았다. 대상 확정을 받고 돌아오는 기차 안에서 다짐했다. 기필코 훌륭한 작가가 되겠다고. 선형아, 고맙다. 우리 한 뼘만 행복해지자.

# 개들이 짖는 동안

이은정

　개들이 부둣가에 총출동했다. 움직이는 모든 것이 대수롭지 않은 지루한 팔자들이었다. 반경 일 미터도 안 되는 목줄에 옭아져 문간에서 쪽잠을 자던, 결코 능동적이지 못했던 그들이었다. 밥그릇 옆에다 뒷일을 보고 뒤처리도 안 된 곳에서 밥을 먹어야 했다. 가물에 콩 나듯 면접하는 주인장에게 있는 힘껏 꼬리를 흔들며 고독을 승화시키곤 했다. 그런 그들이 주인집 대문이 아닌 만경창해 부둣가로 적(籍)을 옮긴 것이다.

　그들의 임무는 꽤 막중했다. 겨울철 어획의 상당량을 차지하는 물메기를 사수하는 일. 그것은 노상 길고양이가 상주하는 부둣가에 내려진 특명이었다. 요새를 건축하느라 각 구역의 주인장들이 부산하게 움직인다. 버려진 각목들을 가져다 기둥을 세우고 기둥 위에 파이프를 얹어서 철사로 고정한다. 얼핏 보면 대형 빨래건조대 같기도 하고 초등학교 운동장에 있는 구름사다리 같기도 하다. 눈대중으로 얼기설기 만들어진 것 같으나 그 간격은 매우 조밀하고 정확하며 견고하기까지 하다. 그럴 수밖에 없는 것이 겨우내 말려 팔아야 할 생계수단이기 때문이다.

　깨끗이 손질된 물메기가 한 줄 한 줄 경건하게 몸을 걸친다. 축 늘어진 지느러미 아래로 비린 물이 뚝뚝 떨어진다. 어디선가 길고양이들이 숨죽인 채 때를 기다리고 있을 것이다. 그러나 일 년에 딱 한 철, 딱 한 번 임무를 부여받은 개들이 길고양이들에게 틈을 주진 않을 것이다. 완벽하게 임무를 끝내서 주인에게 인정받아야 한다. 일 년의 대부분을 무료하고 고독하게 보내는 그들에겐 일 년 치 밥벌이인 셈이다. 자칫 실수라도 해서 일 년 내내 눈칫밥을 먹을 수는 없는 노릇이다. 동원된 개들의 눈빛이 예사롭지 않다.

마을의 개들이 특명을 받고 출동한 이후로 나는 단잠에 들 수가 없었다. 밤이 되면 우렁차게 짖는 그들의 목소리는 고요하고 부드러운 요람가가 되어주지 않았다. 어쩌면 저리도 덮어놓고 충성을 다하는가. 그래봐야 삼시 세끼 찬밥이나 먹는 박봉(薄俸)에 겨울 한 철 계약직에 불과한데, 야근까지 해가며 그야말로 맹목적인 책임감 아니던가.

잠이 깬 김에 그들의 경계하는 목소리에 촉각을 세워본다. 하나가 짖으면 일사불란하게 떼짖는 모양새가 아무래도 미심쩍다. 어쩌면 저들이 짖는 이유가 물메기의 안위를 의미하는 것만은 아닐지도 모르겠다. 그저 우리 이렇게 잘하고 있다는, 잠도 자지 않고 맡은 바 임무를 수행 중이라는 어떤 보고서 따위의 행위가 아닐까 하는 생각이 든다. 겹겹이 방문을 모두 닫아걸고 아랫목에서 단잠에 빠진 주인들의 청각에 닿기 위해 서로 힘을 그러모아 목청을 돋우는 것이 아닐까. 다시 잠들긴 힘들 것 같다.

책상 앞에 앉는다. 며칠 전 지역 카페에서 오만 원에 산 책상이다. 여기저기 스크래치가 있고 빛이 바랬고 얼룩도 보인다. 그런데도 내가 이 책상을 사들인 까닭은 이전 주인들의 이력 때문이었다. 책상을 파는 사람은 대학원생이었다. 아버지가 쓰던 책상이라고 했다. 아버지가 공시에 합격한 후 아들이 물려받았고, 아들이 또 공시에 합격하자 팔게 되었다고 했다. 운이 좋은 책상임이 틀림없었다. 함께 쓰던 의자는 없냐고 묻자 판매자는 책상과 함께 물려받은 의자가 있긴 한데 가죽이 조금 찢어져서 새 의자를 구매해 쓰고 있다고 했다. 찢어진 의자라도 원한다면 삼만 원만 받겠다고 했다. 나는 책상만으로 충분했다.

파란색 플라스틱 의자에 앉아 노트북을 켠다. 의자가 영 불편하다. 베개를 가져와 엉덩이 밑에 깐다. 낮에 쓰다만 자기소개서가 뜬다. 가만히 읽어본다. 넉넉하진 않았지만 다정한 부모 밑에서 사랑받고 자란 어린 시절로 시작된다. 진부하다. 가난한데 자식에게 하염없이 다정한 부모가 정말 있기나 할까. 아버지의 폭언과 술주정, 엄마의 잔소리와 눈물 따위를 쓸 수는 없다. 게다가 도입부가 아닌가. 커피를 마셔야겠다. 단것을 먹어야 한다. 부정을 긍정으로 만드는 최고의 힘은 단맛이다. 커피의 단맛. 인생의 단맛.

컵에 커피믹스를 붓는다. 커피가 쏟아져 나올 때의 소리가 나를 흥분하게 만든다. 아낌없이 쏟아지는 소리. 가루 하나 남김없이 탈탈 쏟아지는 소리. 내 인생에서 가장 사치스러운 소리. 다 쏟아낸 빈 커피 봉투로 커피를 솔솔 젓는다. 이내 가루의 형체는 사라지고 커피색의 커피가 탄생한다. 물이 뜨거워야 가루가 잘 녹는다. 나는 지금까지 미지근했으므로 좀 더 뜨거워져야 한다. 밤새 하염없이 짖어대는 저 개들처럼 말이다.

쓰레기통을 벌리니 수험표가 보인다. 지난주 면접 볼 때 달았던 것이다. 교육지원청 대체 인력이었다. 대기실에는 다섯 명의 젊은 여자들이 앉아 있었다. 굳이 누가 알려주지 않아도 내가 제일 나이가 많은 게 확실했다. 지원서를 내기 전까지만 해도 이 좁은 농어촌 지역에서 나보다 어린 대졸 인원이 그리 많을 것이라 생각지 않아 조금 자신했다. 그렇게 어리고 예쁘고 대학을 졸업한 여자애들이 왜 여기 살고 있을까, 의아했다.

면접관은 나의 능력을 의심했다. 이쪽 일을 해 본 적이 없는데 할 수 있겠냐고 물었다. 나는 응시 자격에 경력은 무관하다고 공고되었던 내용으로 대답을 대신했다. 면접관은 컴퓨터 관련 자격증이 없다고 시비를 걸었다. 나는 자격증은 없지만, 컴퓨터 활용을 잘한다고 했다. 약간 심드렁해진 듯한 면접관이 대도시에서 전입한 지 얼마 안 되었는데 그 이유가 무엇인지 물었다. 나는 할아버지의 유산을 지키기 위해 왔다고 말했다.

마지막으로, 라고 말한 면접관은 나이가 있는데 왜 결혼하지 않았느냐고 물었다. 그 질문에서 문득 대기실에 있는 여자들이 떠올랐다. 어쩌면 그녀들에게는 던지지 않았을 질문이었다. 나는 숨을 고른 후 대답 아닌 반문을 했다. 결혼해야 할 나이가 몇 살인데요? 면접관은 나태하게 내밀고 있던 배를 쏙 집어넣으며 자세를 바로잡았다. 서류에 고개를 처박고 있던 다른 면접관들도 일제히 나를 바라보았다.

다시 책상 앞에 앉는다. 어릴 적 이야기는 분량을 줄여야겠다. 아무래도 전형적이고 계산된 모양새가 느껴진다. 뭔가 개성이 있어야 한다. 이미 나이에서 경쟁력이 없어졌고, 촌구석이라 나름 자만했던 스펙도 믿을 만한 것이 아니었다. 나란 인간을 파는데 무엇이 가장 어필될까. 어렵다. 어려울 때마다 커피를 마신다. 가장 저렴한 마약, 카페인이 나를 도와줄 것이다.

성장기 이야기를 대폭 줄였다. 가족이 등장하는 부분은 오히려 마이너스다. 그나마 일본어가 되고 사진 공모전에서 수상한 이력이라든지 여러 아르바이트를 통해 쌓은 경험을 밀고 나가야 할 것 같다. 그 이야기를 먼저 쓰고 성장기 이야기를 역순으로 넣는 편이 좋겠다. 어차피 필력을 보는 것이 아니니까. 어쩌면 훨씬 지능적일지도 모르겠다. 일본어부터 쓰자.

'어릴 적 아버지는 일본에서 물건을 떼와 파는 속칭 보따리장수였습니다. 저는 아버지를 따라 일본을 드나들었는데, 일어에 재미를 붙인 것도 그 때문이었습니다.'까지 쓰다가 지운다. 거참, 아버지가 불법 상인이었다고 광고하는 것도 아니고. '어릴 적 아버지는 국제 무역 상인이었습니다. 저는 아버지 사업 때문에 함께 일본에 드나들면서 자연스럽게 일어를 익혔습니다.' 훨씬 마음에 든다. 문장이 이렇게 달라졌는데 진실의 속성은 변하지 않는다니, 글이라는 게 참으로 매력적이다. 사진에 관한 이야기는 팩트 자체로 자신만만하다. '고교 시절 우연히 죽어가는 개를 찍었는데, 일본에서 열린 교토 아마추어 사진전에서 금상을 받았습니다. 고등학생이 입상을 한 건 최초라고 들었습니다.' '최초'라는 말이 마음에 든다. 아버지가 등장하면 이야기가 훨씬 구질구질해진다는 것도 느낀다.

밖이 소란하다. 다시 개들이 짖는다. 오늘따라 유별나게 짖어댄다. 창문을 열었더니 흔들리던 손전등 불빛이 서둘러 사라진다. 물메기 주인이거나 개의 주인이겠지. 아무래도 더는 진도가 나갈 것 같지 않다.

다음 날, 부둣가가 소란스러워 내다보았더니 마을 사람들이 삼삼오오 모여 있었다. 갑갑했던 참에 삼선 슬리퍼를 끌고 어정어정 부둣가로 향했다. 듣자 하니 간밤에 물메기 한 줄이 몽땅 사라진 사건이 터진 모양이다. 이놈들아, 밥값을 해야 할 것 아냐! 주인들은 애먼 개들만 나무랐다. 그들은 비록 위태로운 비정규직이지만 간밤 얼마나 제 소임들을 잘 해냈던가. 그럼에도 불구, 그들은 이 모든 질타를 묵묵히 감내하는 듯했다. 이러다가 오늘부로 비정규직마저 해고당하는 것이 아닌가, 불안한 눈빛으로 연신 꼬리를 흔들며 아부를 떨었다. 꼬락서니들하고는.

개 짖는 소리만 듣다가 막상 직접 나와서 보니 족보도 없는 똥개들이 다섯 마리나 묶여 있었다. 꼬리를 뒷다리 사이로 말아 넣은 놈, 얌전하게 앉아 눈만 껌벅대는 놈, 에라 모르겠다 엉덩이를 흔드는 놈, 집안에 처박혀 분위기를 살피는 놈, 컹컹 소심하게 짖는 놈. 저마다 덩치도 생김새도 달랐지만 꾀죄죄한 몰골이며 비굴한 표정만은 하나같이 비슷했다.

물메기 주인은 두 집이었다. 머리가 희끗희끗한 아저씨가 한껏 목청을

키워 화를 냈다. 이 망할 것들! 개새끼나 고양이 새끼나! 덩칫값도 못 하는 것들아, 오늘 밥은 다 처먹은 줄 알아!

망연자실한 표정으로 남은 물메기들을 손보던 뚱보 아주머니 역시 호통을 쳤다. 짖기만 하면 어떡해! 어? 잡아야 할 것 아냐! 잡아서 죽여버리라고 예 묶어둔 것 아니냐고! 이어 마을 이장 할아버지가 뒷짐을 진 채 목소리를 높였다. 아 그러게 동네 개들을 다 출동시켜달라고 그렇게 방송을 해댔는데! 자네 집 덕배가 제일 사나우니까 오늘부터 여기 합세를 좀 시키자고.

몇 마리 눈치 빠른 개들은 분위기가 이상했는지 제집에서 꼼짝하지 않고 몇 마리는 그래도 주인이 좋아 연신 꼬리를 흔들며 서성이고 있었다. 자존심도 없는 것들. 밤새 잠 한숨 안 자고 제 할 일 다 해놓고도 욕을 듣는데 꼬리나 흔들다니. 저 개들은 밥이 목적일까, 주인의 사랑이 목적일까, 그저 맹목적인 충성일까. 묶여 있는 개들에게 날랜 고양이를 잡아 죽이라는 업무는 말도 안 되는데 그 말도 안 되는 일이 자신들의 책무임을 저 개들은 알고 있을까? 할 수 있는 일을 시키던지 일을 할 수 있는 조건을 만들어 줘야 할 것 아닌가. 그날 밤, 덕배라는 셰퍼드를 포함해서 세 마리의 개가 합류를 했다. 개 짖는 소리는 나날이 길고 선명해졌다.

물을 끓인다. 탈탈. 머그잔에 커피 가루가 쏟아진다. 카페인과 단맛을 내는 감미료가 체내에 퍼지는 것을 느낀다. 중추신경에 도달할 때까지 약간의 말미를 준다. 어제 쓰다 만 자기소개서 창을 연다. 취업 멘토 카페에 가입해서 거금을 들여 멘토링을 받았을 때 전문가는 나의 자기소개서부터 잘못됐다는 말을 했다. 자기소개서가 좋은 인상을 남기지 못하면 면접은 아예 기회도 없다는 것. 나는 서류 지원에 수없이 탈락하고서야 멘토링을 받은 것이 잘못이라고 생각했다. 멘토링을 받고 처음으로 일차에 합격, 면접을 보았기 때문이다. 역시 투자한 만큼 돌아오는 것이 인생인가.

나는 이력서를 쓸 때마다 새로운 자기소개서를 쓴다. '많은 아르바이트 경험이 있지만, 그중 일본통역 아르바이트는 저를 한층 성장시키는 좋은 경험이었습니다. 일본 문화와 역사, 국가 간 차이를 배울 수 있었습니다. 자연스럽게 국제 교류와 무역 등에 관심이 커졌고, 국제무역사 자격증을 따기 위해 공부하고 있습니다.' 이번 자기소개서는 되도록 간결하게, 포인트만 살려서 마무리했다. 이번에 이력서를 제출할 곳은 군청에서 운영하는 복지관 계약직이다. 외근일까 걱정했는데 관내 상근직이라고 했다. 책상 앞에 있기만 하면 된다.

이메일로 이력서와 자기소개서를 보내고 나니 엄마한테 문자가 왔다. 이번 주말에 아버지랑 내려온다는 내용이었다. 이 낡아빠진 촌집 하나 지키자고 딸내미 혼자 내려보내 놓고 막상 걱정되긴 한가 보다. 그나마 귀촌이 성행하면서 집값이 조금 뛰어 오천은 받을 수 있다고 했다. 엄연히 아버지 이름으로 된 집이었지만 형편이 고만고만한 형제들이 몫을 나누자고 나선 게 화근이었다. 아버지가 '어차피 네 것'이라는 말만 안 했어도 아마 고시촌을 벗어나지 않았을 것이다. 어차피 내 것. 아직은 내 것이 아닌, 완전한 아버지 것도 아닌.

아침부터 부둣가 곳곳에 감시카메라를 설치한다고 부산했다. 간밤에도 물메기 한 줄을 몽땅 도둑맞은 후였다. 마을에선 짐승이 아닌 사람의 짓이라고 확신했다. 물메기 한 줄이면 열 마리. 한 마리당 삼만 원은 족히 받으니 삼십만 원이 두 번, 육십만 원을 도둑맞은 셈이다. 시골 노인네들에겐 막대한 재산 피해였다. 감시카메라는 물메기를 널어놓은 부둣가 근처 전봇대와 가로등, 마을의 자랑인 오백 년 된 소나무에 각각 설치되었다.

카메라가 있다는 문구를 써 붙이자, 말자로 시비가 붙었다. 경고 문구를 붙여야 더 피해를 보지 않는다는 노인들과 비밀리에 설치해 놓아야 도둑놈을 잡을 수 있다는 노인들 사이에 신경전이 오갔다. 누구 하나 자신의 의견을 굽히지 않았고, 누구도 남의 의견에 귀 기울이지 않았다. 그때 멀찍이서 구경하던 내게 무거운 시선이 꽂혔다. 전빵 집 손녀, 이리 와 보시게. 나는 이 동네에서 전방 집 손녀다. 할아버지가 이 동네에서 사십 년 동안 담배 파는 점포를 했다는 이유에서였다. 나는 슬금슬금 마을 사람들 속으로 스며들었다. 시비의 발단이 된 경고 문구에 대해 내 의견을 물었다. 자네 생각을 솔직하게 말하면 되네. 솔직하게 말하란다. 가장 어려운 말이 진실이라는 것을 나는 열심히 익혀가는 중이거늘.

여기저기서 자신의 주장을 내세우느라 말이 거미줄처럼 엉켰다. 모두가 나를 보며 자신의 말이 옳지 않냐 윽박질렀다. 그 순간에 든 솔직한 내 생각은 경고 문구를 붙이는 것이 맞다 쪽이었다. 이미 도둑맞은 건 그렇다 치고 앞으로 똑같은 피해를 보지 않는 것이 중요하다고 생각했다. 어차피 소 잃고 외양간 고치는 격이니 말이다. 그러나 아무래도 경고 문구를 붙이지 말자는 쪽이 우세했다. 그들은 범인을 잡고 싶은 거였다. 앞으로의 피해를 막는 것보다 지금까지의 피해에 보상을 받고 싶은 거였다. 그 보상이 피해 금액의 환급이 아니라 단순히 범인이 누군지 알아내고야 말겠다는 의지로 보였다. 노인들은, 특히 일평생 시골 한 동네에서 나고 자란 노인들은 그 동네에서 벌어지는 모든 것들을 알아야 하고 해결해야 하는 고집이 있다. 사위가 조용해지자 나는 준비된 대답을 했다. 잡을 수 있다면 범인을 잡는 게 좋겠죠?

엄마가 밑반찬과 커피믹스 한 상자를 들고 왔다. 아버지도 달고 왔다. 노안이라 운전도 못 하는 아버지는 엄마가 어딜 가면 그렇게 따라다닌다. 아버지는 손바닥만 한 집 안 구석구석을 살펴보고는 마실 나가버리고 엄마는 부엌에서 살림살이를 손보고 있었다. 엄마는 밑반찬을 냉장고에 넣다가 쌀이 없다는 걸 알게 되었다. 쌀을 사러 가야겠다고 말하던 엄마는 이 집에 가스레인지가 없다는 사실이 떠올랐는지 아궁이를 처음 보는 사람처럼 뚫어지게 쳐다보았다. 그런 엄마를 나도 뚫어지게 쳐다보았다.

나는 엄마가 반대하지 않은 이유를 안다. 나한테 남겨줄 유산이 아무것도 없기 때문이다. 아궁이를 향한 엄마의 시선에서 미안함이 한숨으로 흘러나왔다. 쌀을 사러 간 엄마는 부탄가스와 휴대용 가스레인지도 사 왔다. 어차피 음식은 해 먹지 않는 걸 알면서도 사 왔다. 부엌에서 쌀을 꺼내던 엄마는 동네가 왜 시끄럽냐고 물었다. 나는 그간 벌어진 일을 얘기해 주었다. 엄마는 그런 일에 나서지 말라고 말했다. 시골에서는 젊은 여자애가 나서는 꼴을 좋아하지 않는다고 했다. 엄마도 이 동네 출신이었다. 나는 고개만 주억거렸다.

하늘에 그늘이 지자 취한 아버지가 그늘을 몰고 돌아왔다. 갈 준비를 다 해놓고 기다리던 엄마는 아버지를 보고 한숨만 쉬었다. 미지근한 엄마도 미지근한 아버지도 서로를 보며 한숨 짓는 게 유일한 표현이었다. 아버지는 싸구려 술 냄새를 풍기며 말했다. 당신 아버지가 목숨처럼 아끼던 집이라고. 엄마가 당신 아버지 병시중을 십 년이나 했다고. 당신 동생들은 다 호래자식들이라고. 집은 살고 있는 놈이 주인이라고. 나는 묵묵히 아버지 말을 들었다. 어차피 네 것이라는 마지막 말까지, 묵묵히. 엄마는 책상 위에 오만 원 여섯 장을 놓고 갔다.

문자가 왔다. 〈주서영님. 서류전형에 합격하셨습니다. 이번 금요일 오후 세 시 복지회관 3층에서 면접이 있습니다〉 나는 엄마가 주고 간 오만 원 두 장으로 미용실에서 머리를 말고 세탁소로 향했다. 주인이 없어서 삼십 분가량 세탁소 앞에서 기다렸다. 쭉 있었던 건지 아닌지 모르겠지만 아들로 추측되는 젊은 남자가 다리를 절면서 나왔다. 주서영이요. 한참을 헤매다가 찾아낸 정장을 오만 원과 교환하는데 거스름돈이 없다며 남자가 난감해 했다. 그가 전빵 손녀시죠? 라고 물었다. 내가 고개를 끄덕이자 돈은 나중에 줘도 된다며 오만 원을 돌려주었다.

금요일 오후 세 시. 일찌감치 도착한 복지관 3층에는 세 명의 여자가 먼저 와 있었다. 뒤에 남자 한 명이 더 왔다. 성별 구분이 없는 직종이었다. 나를 포함해서 총 다섯 명이 면접을 보러 왔다. 나중에 안 사실이지만 다섯 명은 응시 인원 전부였고, 모두 예외 없이 서류전형에 합격했다. 구색 맞추기였다.

들어가니 세 명의 면접관이 기다리고 있었다. 가운데 앉아 있던 중년의 남자가 먼저 질문을 시작했다. 이쪽 분야와 전혀 관계없는 일만 하셨네요? 나는 간결하게 대답했다. 네. 여기는 노인 복지관입니다. 무슨 일을 하는지는 아십니까? 마치 나를 무시하는 듯한 질문에 나는 당연한 듯 답했다. 노인들을 위한 복지 활동을 하는 곳이죠. 사회복지사나 요양보호사 자격증도 없고 봉사 활동 경험도 없으신데 응시하신 이유가 있으신가요? 일자리가 없어서요, 라고 말하려는데 왼쪽에 앉은 남자가 고개를 들었다. 낯이 익다 했더니 세탁소에서 본 남자였다.

갑자기 동공이 흔들린다. 어디선가 개 짖는 소리가 들린다. 물메기의 비린내가 진동한다. 나는 마른 입술에 연신 침을 발랐다. 주서영씨? 아, 네. 선친 고향이 이곳입니다. 할아버지뿐만 아니라 부모님도 이곳 출신이세요. 제 본적이기도 합니다. 저는 그분들을 존경합니다. 아름다운 이곳을 지키기 위해 이사도 했어요. 이곳을 지켜 오신 노인분들을 위해 일하고 싶습니다.

세 사람이 동시에 나를 쳐다보았다. 세탁소 남자와 또 눈이 마주쳤다. 그가 설핏 미소를 띠고 나를 쳐다보았다. 부정적인 기운이 훅 끼쳤다. 커피가 당긴다. 또다시 개 짖는 소리가 들린다. 개들을 죽이고 커피를 마시고 싶다. 드디어 세탁소 남자가 질문했다. 자기소개서에는 그렇게 존경한다던 부모님 이야기가 거의 없네요? 고향에 관한 이야기도 없고요.

남자는 내 눈에서 시선을 떼지 않고 말했다. 보이는 게 전부가 아닙니다, 라고 말하려는데 남자 머리 뒤에서 숨어있던 개들이 고개를 내밀고 다시 짖기 시작한다. 개들의 목소리가 커피처럼 중추신경을 자극하며 달팽이관을 드나든다. 나는 재빨리 대답했다. 자기소개서에는 감정을 절제하고 최대한 팩트만 실었습니다. 그리고 간곡하게 덧붙였다. 열심히, 아니 잘할 수 있습니다, 라고. 개들이 하나둘 사라졌다.

집에 오는 길에 소주를 샀다. 부둣가 가로등 밑에 앉아 빨대로 소주를 빨아 마셨다. 정박한 어선들이 너울성 파도에 들썩들썩하고, 팔자 좋은 낚시꾼들이 삼삼오오 모여 있는데 어쩜 이리 적막한지 귀가 막혔나 의심스러웠다. 그러고 보니 개 짖는 소리가 들리지 않는다. 소주를 빨며 물메기가 널린 쪽으로 발길을 옮겼다. 개들은 거기 그대로 있었다. 물메기도 그대로고 감시카메라도 그대로다. 그런데 개 짖는 소리가 들리지 않는다. 짖는 게 눈으로는 보이는데 귀에 들리지는 않는다. 이 무슨 조화일까. 나는 서둘러 집으로 돌아와 잠자리에 들었다.

새벽 세 시가 다 되었을 때 잠에서 깼다. 물색없이 짖어대는 개들 때문에 도저히 더는 잠들어 있을 수가 없었다. 책상 앞에 앉는다. 계속 짖는다. 커피를 마신다. 심하게 짖는다. 진공 상태였다가 다시 들리기 시작한 개 짖는 소리는 그 전보다 훨씬 난폭한 소음이다. 커피를 한 잔 더 마시고 자기소개서를 띄운다. 어제 썼던 걸 모조리 다 지운다. '한국전쟁에 참전하셨던 할아버지는' 다시 지운다. '이 동네 출신인 제 부모님은' 다시 지운다. '개새끼들'

나는 잠옷을 입은 채 부둣가로 달려갔다. 나를 보고 맹렬하게 짖는 개들을 향해 소리쳤다. 이 개새끼들아! 이 자존심도 없는 멍청이들아! 니들이 이렇게 해봤자 누가 알아주는데! 카메라도 달았는데 왜 자꾸 짖고 지랄이야! 복지관엔 왜 왔어! 너! 덕밴지 뭔지 너! 왜 자꾸 따라다니면서 짖어! 왜! 덕배가 잡아먹을 듯이 으르렁대며 짖었다. 나를 무엇으로 인식하는 건지, 서슬 퍼런 이빨을 드러내고 살기 어린 눈알로 쳐다보았다. 덕배가 내 쪽으로 달려들 때마다 목줄을 매단 쇠파이프가 흔들렸다. 다른 개들도 마찬가지였다. 목이 쉬어라 짖으며 나를 향해 돌진할 태세였다. 마을 사람 누구도 나와 보지 않았다. 취기가 확 올라왔다.

다음 날 아침 일찍 누군가 찾아왔다. 이장 할아버지였다. 굳은 표정의 이장님을 따라나섰다. 마을 회관에는 마을 노인들이 모여 있었다. 이것 좀 설명해주겠나? 그 말과 함께 내 눈앞에는 간밤 감시카메라에 찍힌 내가 다가왔다. 잠옷을 입은 나는 새벽에 부둣가 개들한테 뭐라고 떠들어대며 미친 짓을 하고 있었다. 너무 시끄러워서 그랬어요. 조용히 하라고…. 나는 민망하긴 했지만 그게 이렇게 불려 나와 해명을 해야 할 일인지 의아했다. 감시카메라는 찍으라는 도둑놈은 안 찍고 나를 찍었다. 빌어먹을.

조용히 하란다고 개들이 조용히 하나? 일부러 짖으라고 내놓은 애들인데 왜 짖지 말래! 조용히 살 거면 산속으로 들어가지 여긴 왜 왔대? 듣자 듣자 하니까 말이 점점 심했다. 나는 방금 마지막에 지껄인 남자를 향해 목소리를 높였다. 대한민국에서 허락받고 살아야 해요? 어째서 이렇게 이기적이에요? 여기 이사 온 후로 잠을 제대로 잔 적이 없다고요! 감시카메라를 달았으면 개들을 철수시키던가! 이게 지금 저한테 화낼 일이에요? 제가 물메기를 훔쳤어요? 네?

내가 흥분하자 이장 할아버지가 중재했다. 점빵 손녀, 그게 아니라 어제 덕배가 사라졌다네. 혈통 좋은 놈 산다고 월미도까지 가서 데리고 온 놈인데, 저 사람 사정도 좀 이해해주지 그래. 덕배가 사라져? 그럼 지금 내가 의심이라도 받는 거란 말인가. 다행히 감시카메라에 찍힌 덕배의 마지막 모습은 스스로 목줄을 끊고 사라졌다. 나와 덕배가 대치하던 상황에서 덕배의 목줄이 느슨해졌을지도 모른다는 생각이 들자 죄책감이 들었다. 어두워서 그 부분은 보이지 않았다. 덕배가 사라지자 부둣가로 파견 보낸 개 주인들 몇 명이 개를 철수시켰다.

복지관 최종 발표가 있는 날 복지관 홈페이지에 들어갔다. '최종합격자 응시번호 002번 김**' 002가 누구일지 궁금했다. 가장 나이가 어려 보였던 원피스일까, 대기 중에 지원자들에게 내내 말을 건네던 붙임성 좋은 단발일까, 힘든 일도 척척 해낼 것 같던 우람한 안경일까, 유일한 남자였던 말라깽이 정장일까. 어쨌든 나는 아니다. 그게 중요한 거다.

다시 정장을 맡기러 세탁소에 갔다. 재수 없는 탈락의 기운을 털어내야 했다. 일종의 징크스였다. 그 남자를 또 만날까 봐 신경이 쓰여 멀찍이서 세탁소 안을 들여다보았다. 다림질하는 주인아저씨가 보였다. 주인아저씨는 지난번 외상에 대해 모르고 있는 눈치였다. 나는 당시 상황을 설명한 뒤 세탁비를 모두 지급했다.

세탁소를 나오던 중에 다리를 절며 들어서던 그 집 아들과 마주쳤다. 반갑지 않은 상대였다. 나는 왼쪽으로 비껴가려 했다. 내가 왼쪽으로 가려 하면 다리를 저는 남자의 몸이 왼쪽으로 한 번 꺾이고 오른쪽으로 가려 하면 오른쪽으로 한 번 꺾였다. 나는 아예 벽에 붙어 길을 터주었다. 터 준 길을 따라 세탁소로 향하던 남자의 목소리가 들렸다. 시골에 정착하기 참 힘들지요? 이건 무슨 오지랖인가. 동정인가 조롱인가. 나는 말없이 갈 방향으로 몸을 틀었다. 내가 멀어지자 남자의 목소리가 높아졌다. 지금 그런 행동이 하나 도움 안 된다고요! 목소리마저 절름거리며 다가오느라 내 귀에 닿지 않았다. 웬일인지 개들도 짖지 않았다.

유난히 고요한 새벽이다. 고요해서 커피를 탄다. 얼룩진 흰색 전기 주전자가 몸을 떨며 곧 100℃가 됨을 알린다. 100도에서 전원이 꺼진다. 어차피 100도의 물도 바로 마실 수 없는데 200도 300도까지 끓이지 못하는 이유가 뭘까 궁금했던 적이 있다. 100도가 넘으면 물이 기화되기 때문에 수증기만이 존재한다고 한다. 물이 물의 상태로 가장 뜨거울 수 있는 온도가 100도라는 뜻이다. 사람이 사람인 상태로 가장 뜨거울 수 있는 온도는 몇 도일까. 체온계 눈금은 42도까지다. 사람은 죽었다 깨나도 100도에 도달할 수 없다는 얘기다. 그러니까 어차피 인생은 미지근한 거다. 탈탈. 짧고 시원하게 커피 가루가 쏟아진다.

삐걱대는 의자에 앉아 노트북을 연다. 지역 카페에 접속한다. 검색창에 '책상의자'를 써넣고 엔터를 누른다. 의자 리스트가 나타난다. 등받이 의자가 있다면 자기소개서가 더 잘 써질 것 같다. 몇 가지 매물을 클릭하다가 마음에 드는 의자를 발견했다. 검은색 인조가죽에 등받이와 바퀴가 달린 사무용 의자다. 사용한 지 일 년도 안 된 의자라고 한다. 칠만 원. 만만치 않다. 내게 책상을 판매했던 사람을 검색했다. 아직 의자가 있는지 문자를 보냈다. 답장이 왔다. '있긴 한데 아무래도 물려받은 거라 삼만 원은 그렇고 오만 원에 팔 의향은 있습니다.' 나는 내일 방문하겠다고 문자를 보냈다.

의자 판매자가 사는 곳은 십 킬로미터쯤 떨어진 읍내였다. 나는 버스를 타고 가서 택시에 의자를 싣고 올 요량으로 집을 나섰다. 정류장을 향해 걷는데 이웃집 한 채를 지날 때마다 개가 짖었다. 집마다 대문이 없거나 그나마 달린 문도 훤히 열어놓아 지날 때마다 개들과 눈이 마주쳤다. 음식 찌꺼기가 덕지덕지 낀 밥그릇에 코를 박고 밥을 먹다가도 내가 지나가면 맹렬히 짖었다. 금이 간 시멘트 위에 엎어져 자다가도 내가 지나가면 벌떡 일어나 짖었다. 그들이 옥죄어 산 흔적인 녹슨 목줄이 금방이라도 끊어질 듯 팽팽해졌다. 저러다 곧 재가 될 것만 같았다.

판매자 집에 도착해서 살펴보니 의자는 엉덩이를 받치는 부분이 찢어져 있었다. 사실 전체적으로 찢어질 준비를 하는 듯 보였다. 나는 오만 원을 지급하고 의자를 택시에 실었다. 사거리에서 택시가 신호를 받고 멈췄다. 신호도 아랑곳하지 않고 경운기가 시끄럽게 지나갔다. 시야를 가리던 경운기가 사라지자 비탈길 아래 논두렁에서 배회하는 개 한 마리가 보였다.

자세히 보지 않아도 셰퍼드였다. 시골 노인들이 셰퍼드를 키우는 경우는 극히 드물다. 덕배일 확률이 높았다. 셰퍼드는 지능이 꽤 높은 견종인데 고작 옆 마을에서 집을 못 찾아가다니. 나는 재빨리 휴대전화기를 꺼내 들었다. 화면을 확대해서 덕배의 모습을 담았다.

의자에 앉는다. 몸이 의자에 폭 안기는 느낌이 좋다. 노트북이 부팅되는 사이 덕배의 동영상을 재생해 본다. 살기 넘치던 모습은 어디로 갔는지 덕배가 왠지 행복해 보인다. 뛰다가 걷다가 자유롭게 움직인다. 목줄에서 자유롭고, 주인에게서 자유롭고, 뜨거워야 하는 강박에서 자유로워 보인다. 처음에는 이 동영상을 덕배 주인에게 보여 주기 위해 촬영했다. 일부 내 잘못도 있다는 죄책감 때문이었다. 그런데 무엇이 누구를 위한 것인지 판단이 서지 않는다.

새 의자에 앉아 새로운 자기소개서를 펼친다. 일본에 수산물을 수출하는 작은 업체에 보낼 것이다. 일본어로 수출물 서류작성을 맡아줄 직원을 구하는 곳이다. 회화가 가능한 사람은 우대해준다고 한다. 물론 책상 앞에서 하는 일이다. 이것이야말로 확실히 내가 적임자란 생각이 든다. 예쁘고 어리고 대학을 나온 지원자와 경쟁해도 이길 자신이 있다. 이번 자기소개서는 죽기 살기로 쓸 것이다. 운 좋은 의자도 장만했으니 예감이 좋다. 커피가 식고 있다. 개들이 드문드문 짖는다. 슬슬 물메기 철이 지나고 있다.

# 어디서 그대는 아름다운 깃털을 얻어 오는가

정혜정

요즘 피아노를 다시 배웁니다. 꽤 본격적으로.

어릴 때 그만두었던 피아노 앞에 성인이 되어 진지한 마음으로 앉은 계기는, 음악이 글을 쓰는 데 도움이 된다는 문장이었습니다. 생각해 보면, 소설을 쓰면서 생각지 않게 얻은 것들이 있습니다. 무엇보다 소설로 인해 만난 사람들이 그렇습니다. 언제나 소설에 대한 열정으로 가득한 "SO-IN"의 서정님, 정애님, 원옥님, 미영님, 미호님, 혜진님, 해방촌 언덕에서 오늘도 독립서점을 여는 경희님, '프루스트 한 번 읽어볼까?' 혼자 헛기침한 줄 알았는데 이상하게 의기투합해준 "프루스트를 읽는 네 번째 가능성"의 멤버들, 다정한 "책상의 시간" 열어준 조해진 작가님, 제 작은 글에 큰 격려 주는 조원규 시인님, 쓰는 사람이라는 걸 잊지 말라는 덕경 언니. 저에게 글 쓰는 힘이 되는 사람들이에요. 오랜 시간 곁이 된 친구들 호연, 지은, 화영, 평범하지 않은 며느리를 따뜻하게 안아 주는 해남 부모님, 늘 주기만 하는 부모님과 남동생에게도 사랑한다고 말하고 싶습니다. 마지막으로 정혜정 천재인 이대희 씨, 고마워요. 사랑해요.

다시 피아노 이야기를 하자면, 얼마 전 성인반 사람들끼리 작은 연주회를 열었습니다. 전에는 상상하지도 못한 긴 곡을 사람들 앞에서 완주했습니다. 지금의 '어, 하니까 되잖아'하는, 힘들지만 기쁘고 낯선 시간을 통과하며 이런 생각이 듭니다. '아무리 해도 나는 안 돼'의 시간이 없었으면 '어, 하니까 되네'의 시간이 도래하지 않았을 것.

'어, 하니까 되네'의 시간을 맞이하도록 부족한 작품 뽑아주신 심사위원님께도 마음을 다해 감사의 인사를 전합니다. 오늘 밤에도 저는 노트북을 켜고 야금야금 쓰거나 지난 소설을 엉거주춤 고치고 있을 거예요.

# 어디서 그대는 아름다운 깃털을 얻어 오는가<sup>*</sup>

### 정혜정

　바닷가에서 태어나 자란 남편은 여름 바다를 좋아하지 않았다. 이른 봄이나 초가을의 바다가 좋다고 했다. 지난해에도 남편은 부러 늦은 휴가를 받았다. 성수기가 지난 해변은 고요했다. 여자는 고양이를 품에 안고 해수욕장을 거닐었다. 태어난 지 삼 개월 되는 고양이는 조그마했고 태어나서 처음 보는 바다에 관심이 없었다. 오히려 파도가 칠 때마다 두려워하며 여자의 품속으로 더욱 깊이 파고들었다. 여자는 해수욕장에서 찍은 사진을 액자에 끼워 화장대에 놓고 매일 보았다. 남편과 여자와 고양이가 차분한 가을 해변을 배경으로 앉아 있는 게 좋았다. 카메라 타이머를 맞춰놓고 다급히 뛰어왔던 남편의 짓궂은 표정이 떠올라서 여자는 미소 지었다. 여자의 친구 중 누군가는 새끼고양이 자리에 서너 살 된 아이가 있어야 한다고 말했지만, 여자는 이 사진이 여느 가족사진 못지않다고 생각하였다. 관습적인 가족사진이라면 여자는 싫증이 날 만큼 보아왔다. 아버지가 사진사였기 때문이다.

　여자의 어린 시절 대부분 시간을 보냈던 아버지의 사진관은 무수한 조각이 흩어졌다 모이면서 예측 불가능한 무늬를 만드는 만화경 같은 곳이었다. 여자는 사진관을 방문했던 숱한 얼굴들과 사진관에 진열되었던 수많은 사진을 떠올려보았다. 여자는 기억력, 그중에서도 사람의 얼굴을 기억하는 능력이 뛰어나서 사진으로 본 사람을 동네에서 마주치면 무례인 줄 알면서도 빤히 쳐다볼 때가 많았다. 사진을 찍기 위해 애써 차려입고 꾸민 얼굴과 일상의 모습이 무척 달라서였다. 조금은 다른 의미로, 자녀와 함께 다정하고 모범적인 모습으로 사진을 찍었던 부부가 얼마 지나지 않아 이혼하였다는 소식을 소문을 통해 들은 적도 있었다.

올해 휴가는 공항과 가까운 호텔에서 보낼 것이었다. 호텔에 딸린 유럽식 정원을 산책하고 레스토랑에서 식사하고 틈틈이 책을 읽다가 어디론가 떠나는 비행기를 바라보는, 그게 다인 휴가를 보내자고 제안한 사람은 여자였다. 휴가를 보내게 될 호텔에는 애완동물을 위한 공간이 마련되어 있지 않았다. 남편은 근처에 고양이를 맡기기 위해 나가 있었다. 남편이 돌아올 동안 여자는 외출 준비를 했다. 화장을 끝낸 뒤에 남편에게 전화를 걸었지만 남편은 전화를 받지 않았다. 자전거를 타고 돌아오는 중일 거라고 짐작하며 여자는 오렌지색 선드레스를 꺼내 입고 전신 거울 앞에 섰다. 머리카락 끝에 헤어롤을 말아둔 채였지만 거울에 비치는 모습이 자못 만족스러워 여자의 입꼬리가 올라갔을 때, 휴대전화가 울렸다.

"119 구급 대원입니다." 남편이 아닌 낯선 목소리가 말했다. 그 뒤부터 전화기 너머의 말들은 여자가 붙잡을 새 없이 흩어졌다. 간신히 근처 대학병원 이름을 알아들은 여자는 뛰쳐나가 택시를 잡았다. 택시 안에서 여자는 등줄기와 겨드랑이를 타고 흐르는 식은땀을 느꼈다. 택시 기사가 몇 마디 말을 건넸지만 여자는 한마디 대꾸도 할 수 없었다. 병원에 도착하기 전 마지막 사거리의 신호를 기다릴 때였다. 백미러에 비친 모습을 본 여자가 허겁지겁 헤어롤을 뺐다. 그 모습이 마치 머리를 쥐어뜯는 것 같았다. 여자의 넓은 치맛자락으로 떨어진 분홍색 롤들은 여자가 택시에서 내리면서 죄 쏟아져 경사진 길을 타고 데구루루 굴러갔다.

  여자와 남편은 연애 시절 이런 놀이를 했다. 놀이의 이름은 '만약 ( ) 했다면'이었다. 규칙은 까다롭지 않았다. 한 사람이 가정을 말하면 다른 사람은 그에 어울리는 결론을 대응시키면 되었다. 만약 내가 널 만나지 않았다면, 이런 행복은 누릴 수 없었겠지. 만약 네가 혼전순결주의자라면, 지금 한 침대에 누워 있지 않겠지. 만약 네가 지금보다 더 무신경한 사람이라면, 벌써 헤어졌겠지. 만약 네가 지금보다 더 숨 막히는 사람이래도, 벌써 헤어졌겠지. 땀에 젖어 농구를 하는 청년들을 바라보며 새벽에 숫눈 밭을 걸으며 남편이 수집한 고급 브랜드나 위스키를 홀짝거리며 혹은 여자의 자취방 싱글 침대에 누워 꺼냈던 '만약'은, 깃털처럼 가벼웠고 절대 심각하지 않았다. 가끔은 상대의 단점을 에둘러 말하는 방식으로도 사용되곤 하였다.

  남편이 죽고 나서 여자는 몇 번이고 남편의 짧은 생애를 되짚어보았다. 만약 김 교수를 만나지 않았다면. 김 교수는 남편의 은사로, 이십여 년간 자전거로만 출퇴근한 교수였다. 남편은 김 교수가 이끄는 환경단체의 일원이었고 아이가 태어나기 전까진 승용차를 마련하지 않겠다고 했다. 만약 그날 자전거가 아니라 승용차를 타고 나갔다면. 여자는 위스키 한 모금에 하나의 '만약'을 대응시켰다. 만약 남편이 환경주의자가 아니었다면. 만약 아이를 낳았다면. 만약 그날 휴가를 떠나지 않았다면. 만약 호텔이 아니라 고양이를 데리고 갈 수 있을 만한 곳으로 갔다면. 만약 고양이를 키우지 않았다면……. 인생의 갈림길은 셀 수 없이 많았고, 그 앞에서 '만약'은 속수무책으로 증가했다. 이번의 '만약'은 결코 가볍지 않았으며 이 덧없는 유희를 함께 할 상대도 없었다. 한 달 가까운 시간이 흐르자 남편이 아끼던 술들이 바닥났다.

만약 내가 남편을 만나지 않았다면, 과 만약 내가 태어나지 않았다면. 이 두 개의 '만약'을 남겨두고 여자는 연거푸 술잔을 비우며 흐느꼈다. 술에 취한 여자의 발걸음은 주방으로 향했다. 여자는 개수대 아래 수납장 문을 열었다. 수납장의 문짝에는 기능을 달리하는 칼들이 꽂혀 있었다. 여자는 그 칼들을 물끄러미 바라보았다.

　여자를 막은 건 뜻밖에 걸려온 전화였다. 여자는 전화를 받지 않았지만 여자가 하려던 일이 무엇이었든 간에 전화는 여자를 저지했다. 같은 번호로 보낸 문자 메시지도 있었다.

　'타루라는 이름의 고양이를 데리고 있습니다. 목걸이의 전화번호를 보고 연락드립니다.'

*

　"자네는 어느 때 가장 행복하지?"

　동료가 남자에게 물었다. 동료는 어떤 야구팀을 좋아하나 라고 묻는 것처럼 왜 산다고 생각하나 식의 질문을 던지는 데 능숙했다. 남자는 동료로부터 주춤, 한 걸음 물러났다. 그러고는 웃으려다가 실패한 표정을 지으며 답했다.

　"이렇게 담배 한 대의 여유를 즐길 때지."

　동료는 자네가 담배라도 피워서 다행이야, 라고 말하며 담배꽁초를 던졌다. 담배꽁초는 쓰레기통을 비켜서 떨어졌다.

　남자는 동료가 들어간 병원 건물을 올려다보았다. 층마다 직사각형 모양의 거울 같은 창문들이 나란히 나 있었다. 현기증이 일 만큼 많은 창문이 빛을 반사하고 있어서 한낮의 태양이 더욱 가차 없이 느껴졌다. 남자는 행복이라는 감정에 대해서 생각했다. 마지막으로 언제 행복을 느껴보았던가. 그건 너무 까마득해서, 그야말로 까마득해지는 기분이었다.

그럼에도 남자는 행복하다고 말하는 듯한 표정을 수월하게 떠올릴 수 있었다. 남자는 그런 표정들이라면 수십 개 갖고 있었다. 거실에 들여놓은 장식장의 선반마다 가득한 액자들…… 남자의 생각은 이 액자들을 향했다. 액자, 그러니까 사진 속의 가족들은 비슷했다. 생김새가 아니라 사진사의 지시에 따랐을 자세와 인위적인 표정 때문에 그랬다. 사진에서만큼은 조명과 의상 따위의 연출, 기술의 가필에 힘입어 흠잡을 데 없는 모습이었다. 지금 이 순간이 가장 행복합니다, 라고 말하는 것 같았다.

반면 남자는 자신의 가족사진이라면 한 장도 갖고 있지 않았다. 사고가 난 날, 아버지는 집에 하나뿐인 앨범을 가지고 갔다. 아버지는 유년을 보살펴 준 보육원 원장에게 꿈꾸어 왔던 가정을 이뤘다고 보여주고 싶었을 테지만, 앨범은 사고의 여파와 빗물로 인해 그 무엇도 보여줄 수 없었다. 살아남은 어린 아들이 부모를 기억할 수 있는 사진마저 남기지 않았다. 한번은 원장이 아버지가 어렸을 적의 사진을 보여주었다. 흑백 사진에는 남자 나이 또래의 원생들이 한데 모여 있었다. 남자가 고심한 끝에 한 사내아이를 짚었다. 네 아버지는 그 옆의 녀석이었지, 하고 원장은 쓸쓸하게 웃었다.

누군가 어린 시절 남자를 사진 속에서 찾는다면, 지금의 얼굴과 크게 다르지 않은 앳된 모습의 남자를 정확히 짚을지도 모르겠지만 남자의 내면은 사고가 난 그날 즈음부터 뒤틀려 어릴 때와는 사뭇 다른 모습을 하고 있었다. 남자가 첫 번째 가족사진을 손에 넣은 것은 순전히 우연이었다. 두 번째, 세 번째는 발각될 위험이 있었는데도 참을 수 없었다. 여자가 아니었다면 남자는 그대로 어둡고 축축한 기억을 더듬고 있었을 것이다.

　여자는 분홍색 헤어롤과 함께 나타났다. 롤들은 병원 정문에서 응급실 입구까지의 경사면을 타고 굴러왔다. 남자는 발치에 멈춘 롤 하나를 주웠다. 고개를 들자 발목까지 닿는 휴양지풍의 치마를 입은 여자가 보였다. 여자의 걷는 모습은 금방이라도 돌부리에 걸려 넘어질 것처럼 위태로웠다. 마치 여자가 딛는 바닥은 남자가 서 있는 아스팔트 포장도로가 아닌 것 같았다. 남자는 한 손에 헤어롤을 쥔 채로 여자의 뒷모습이 보이지 않을 때까지 바라보았다.

　"뭘 그렇게 보고 있어?"

　동료가 걸어왔던 쪽을 돌아보며 물었다. 절차상의 문제를 해결하기 위해 응급실에 들어갔다 나온 동료는 남자에게 구급차로 이송한 사람의 죽음도 알렸다. 구급차에 실을 때만 하더라도 살 수 있을 줄 알았는데, 급격한 뇌 손상이 따랐다고 했다. 하늘을 올려다보는 동료의 표정은 강렬한 햇빛에 짜증이 난 것처럼 보였다.

　남자는 교통사고 현장에서 구조한 고양이를 살펴보았다. 승용차에 부딪힌 충격으로 파손된 자전거와 달리, 두툼한 패브릭 소재인 이동장이 쿠션 역할을 한 것인지 고양이는 안전하게 구조되었다. 어둠 속에서 온몸이 까만 녀석의 눈빛만이 빛났다. 남자는 조금 전에 본 여자가 사고자의 아내이리라 짐작했다. 신원을 파악하느라 경찰이 사고자의 지갑을 펼쳤을 때 보게 된 사진 속 여자인 것 같았다. 사진은 남자에게 깊은 인상을 남겼다. 해변을 배경으로 젊은 부부가 검은 고양이를 안고 찍은 사진이었다.

　남자는 그날 사고자의 가족에게 고양이를 전해주지 않았다. 그다음 날이나 그 다음다음 날도 마찬가지였다. 사고가 났던 날에는 적절한 타이밍을 찾지 못해서였을 수 있다. 어영부영 남자의 집에서 며칠을 보낸 고양이가 그의 편견과 달리 꽤 사랑스러운 동물이며 남자를 그다지 귀찮게 하지 않아서였을 수도 있다. 남자는 제법 시간이 흐른 뒤에 — 한 달쯤 지나서였다 — 여자에게 연락했다. 여자가 전화를 받지 않아서 남자는 문자메시지를 남겼다.

'타루라는 고양이를 데리고 있습니다. 목걸이의 전화번호를 보고 연락드립니다.'

사고 후부터 여자에게 연락하기까지 걸린 시간은, 부모가 죽은 뒤 남자가 다시 말을 하기까지 걸린 시간과 비슷했다.


*


늦은 오후였다. 여자는 거실의 소파에 앉아 창밖을 바라보았다. 몇 개월 동안 여자는 외출을 거의 하지 않은 채 집안에만 틀어박혀 지냈다. 전화 통화나 문자메시지에 답을 하는 것에도 소홀했다. 오전에는 희끗희끗 날리며 조짐만 보이던 눈발이 굵어져 있었다. 눈은 바람에 따라 예측할 수 없는 방향으로 나부꼈다. 여자는 휴대전화를 들었다. 불현듯 여자의 마음이 움직인 것은 다시 나타난 옆집의 개 때문일지도 몰랐다.

남편은 옆집 개를 싫어했다. 주인이 있든 말든 잘 짖는 개였다. 남편 말고도 여러 이웃이 싫어했다. 한번은 개의 주인이 벨을 눌렀다. 이거 당신 남편이 쓴 거 맞죠. 아니면 당신이 썼나요. 어딘가 늙은 말티즈를 연상시키는 개의 주인은 종이 한 장을 내밀며 몸을 떨었다. 자세히 읽어볼 수 없었지만 개가 시끄러우니 조치가 필요하다는 내용이었다. 개의 주인은 남편이 이런 편지를 쓸 만한 사람이라고 여기는 것 같았다. 개의 주인이 우편함에서 발견하였다는 편지는 옆집의 위층에 사는 할아버지가 쓴 것으로 밝혀졌다. 며칠 후 엘리베이터에서 만난 이웃이 전해준 소식에 의하면 개는 옆집의 친척이 사는 시골로 보내졌다고 했다. 이웃집 개가 사라지자 남편은 손 안 대고 코를 푼 것처럼 기뻐했다.

그 개가, 며칠 전부터 다시 짖고 있었다. 개가 병에 걸려서 마지막을 함께 하고자 다시 데려왔다고 했다. "엘리베이터 안에 소자보가 붙어 있던데, 못 봤니?" 사위가 죽은 뒤 정기적으로 딸에게 들르는 어머니는 여전히 여자가 걱정이라는 눈빛이었다. "타룬가 타툰가 하는 고양이는 영영 잃어버린 거니?" 어머니가 화장대 위에 쌓인 먼지를 닦다가 넘어뜨린 액자를 세우며 여자에게 물었다. 어머니는 여자가 대답을 하지 않자 다시 한번 물었지만 끝끝내 답을 듣지 못했다. 여자는 가족에게 남편이 고양이를 맡기려다 사고를 당했다고 말하지 않았다. 아들이 죽고 사위가 죽은 마당에 한낱 고양이의 안부를 묻는 가족도 없었지만.

인터넷 신규 가입 상담이나 백화점의 브랜드 세일 등을 알리는 문자에 파묻힌 그 문자메시지는 그때 보낸 메시지 하나뿐이었다. 그 후로 전화를 다시 한 것도 아니었다. 여자는 휴대전화에 찍힌 낯선 전화번호를 가만히 응시했다. 그때 여자는 망가져 버린 자신보다 낯모르는 상대가 고양이를 더 잘 돌보아주리라 생각했다. 지금 여자는 그것이 어설픈 자기합리화에 직무유기였다고 인정했다. 어쩌면 가까운 곳에 사는 이웃일 수도 있다는 생각이 여자를 스쳤다. 여자는 망설이다가 통화 버튼을 눌렀다.

어떤 남자가 전화를 받았다. 사고 당시의 구급대원이라고 했다. 예상 외의 답변이어서 여자는 잠시 침묵했다. 휴대폰 너머의 목소리는 왜 이제 연락을 했냐고 묻지 않았다. 목소리는 고양이가 밖에 나갈 만한 상황이 아니라고 하였다. 결코 이동장이나 케이지 안으로 들어가려 하지 않는다고 했다. 아예 문밖으로 나가기를 두려워하는 것 같다고 했다. 고양이를 데려오기 위해서 아무래도 여자가 구급대원의 집을 찾아가 보는 수밖에 없었다.

여자는 겉옷을 되는대로 꿰입었다. 바로 택시를 타려다가 방향을 틀어 마트에 갔다. 음료수 판매대에서 여자는 선물세트를 하나 골랐다. 두꺼운 코트나 털 달린 패딩점퍼를 걸치고 카트를 끄는 사람들을 보고 있자니 계절이 두 번 바뀌었다는 생각이 새삼스레 들었다.

*

새벽에 구급차가 인적 없는 동네의 좁은 길을 지날 때면 이상하게도 남자는 수험 생활이 떠올랐다. 그해 계절이 순환하여 다시 초겨울의 문턱에 들어섰을 때 마음을 덜컹 내려앉게 했던 차가운 바람을 느낄 수 있었다. 경광등의 번쩍거리는 빛이 거리를 얼룩지게 할 때마다, 새벽의 한기와 구급대원 일을 하며 겪어온 비보들이 뒤엉켜 남자의 마음을 어지럽혔다. 남자는 미로 같은 길들을 지나 죽음에 도착하였던 적이 많았다. 물론 식당 주방에서 어설픈 칼질로 잘려나간 손가락 일부분을 아이스박스에 넣어 나올 때도 있었다. 인적이 드문 시각 우연히 구급차를 발견한 사람들은 쉽사리 자리를 떠나는 법이 없었다. 사람들은 길 건너편에서 팔짱을 낀 채로 자리를 지켰다. 남자가 아이스박스 같은 것을 가지고 나오면 사람들은 시시하다는 듯이 흩어져버렸고, 천으로 덮인 들것을 가지고 나오면 지켜선 입에서 한숨이나 탄식 같은 것이 흘러나왔다. 그러나 행인들에게 이런 죽음은 TV 뉴스나 인터넷 기사로 접하는 죽음처럼 자신들과 무관한 죽음일 거였다.

남자의 동료 중에는 어릴 적 품어보는 영웅 의식, 혹은 인류애적인 사명감으로 이 직업을 택한 이들도 있었는데 그런 좋은 감정들은 일할수록 소진되었다. 대원들은 취객의 횡포와 불미스러운 일들이 쏟아지는 새벽 근무에 넌더리를 냈다. 일하다 벌어진 마찰을 극복하지 못하여 심리 상담이나 정신과 치료를 받는 대원도 있었다. 그래도 대부분 거나한 술자리를 통해 스트레스를 해소하는가 하면 등산이나 마라톤처럼 건전한 소모임을 도모하며 지니고 있는 불씨를 꺼트리지 않겠다는 노력을 보였다.

 남자는 술을 마시지도 소모임에 가입하지도 않았다. 남자는 이를테면 직업이란, 어떤 직업이든 간에 초심을 잃기 쉽다고 생각하는 쪽이었다. 남자가 자랐던 보육원에는 이름이 엇비슷한 단체들을 통한 자원봉사자와 야학 교사들이 숱하게 다녀갔다. 기억하건대 육 개월 이상 다녀가는 야학 교사는 드물었다.

 남자는 어린 시절 교통사고로 어머니와 아버지를 잃었다. 남자의 부모는 같은 보육원 출신이었고 허름한 단칸방에서 동거를 시작했다. 몇 년 후에 남자가 태어났을 때, 그들의 가정은 자질구레한 경제적 고난의 여부와 상관없이 단란했으며 견고했다. 남자의 부모는 꿈에도 상상하지 못했다. 남자가 자신들처럼 고아가 되리라는 사실을.

 그들은 좋은 부모였다. 휴일이면 아들을 특별한 곳에 데려가기 위해 노력하였고 형편을 내색하지 않으며 백화점 레스토랑에서 별식을 사주었다. 다섯 번째 남자의 생일에도 마찬가지였다. 가족은 가까운 놀이 공원으로 소풍을 갔고 그곳의 사진사에게서 기념이 될 만한 사진을 찍었다. 사진사는 회전목마를 배경으로 가족에게 포즈를 취하도록 했다. 아버지와 어머니는 남자의 양쪽에 섰다. 남자는 한 손에 풍선 두 개를 들고 절대 손에서 놓지 않으려 했다. 남자의 손에서 벗어나면 언제라도 곧장 하늘로 떠나버릴 참인, 헬륨으로 가득 차 있는 풍선이었다. "치즈."

가족은 사진사의 외침을 따라 하며 입을 가로로 벌리고 웃었다. 사진을 찍은 후 손에 쥐고 있던 색색의 풍선이 날아가 버려서 남자가 울음을 터트렸다. 남자의 부모는 풍선을 다시 사주어야만 했다. 그때 남자는 조그맣고 나약한 어린아이였다.

놀이공원 안에 있는 동물원까지 구석구석 돌아본 뒤 가족은 보육원을 방문할 계획이었다. 남자의 부모가 함께 자란 보육원이었다. 아들의 양손을 하나씩 잡고 보육원 초입에 들어서는 부부의 모습이 아버지 머릿속에 그려졌다. 그러나 가족을 태우고 가던 시외버스가 전복됐다. 보육원이 위치한 소도시의 톨게이트를 지나기 전부터 쏟아져 내린 폭우 때문이었다. 남자는 어머니의 품에 꼭 안긴 채로 구조되었으나 남자를 안고 있던 어머니는 죽었다. 아버지도 시신으로 발견되었다.

남자는 문자 그대로 천애 고아가 되었다. 고아들의 자식으로 태어나 다시 고아. 그건 자라면서 어떤 섣부른 희망도 품지 말라는 운명의 선언과도 같았다. 보육원의 인근 병원에서 죽음에 관한 모든 의례 — 의례라고 할 수도 없을 만큼 신속하고 사무적으로 처리되었지만 — 가 마쳐지자 남자는 맡겨졌다. 부모가 자란 보육원에서 남자는 자랐다. 한동안 남자에게는 진정한 주소가 없었으며 고아라는 명패만이 확실했다.

남자에게 삶의 시혜가 아예 없진 않았다. 남자는 어린 시절부터 주위와 자신을 달리할 만큼 영민했고 뭐라고 해야 할까, 단련되어 있었다. 남자는 기습적으로 출현하는 삶의 불안이나 두려움을 일찍이 인수한 것 같았다. 보육원을 운영하는 재단의 이사장은 남자의 교육에 관해서라면 특별히 더 후원하였다. 이사장 부부는 둘 다 의사였다. 부부에겐 자식이 없었다. 이사장은 남자가 재단에서 지은 대학의 의예과에 입학하기를 바랐다. 이사장은 적절한 시기에 남자를 입양하고 싶었다. 이사장은 완벽함을 사랑하는 사람이었고 어린 남자에게는 완벽한 불행이 있었다. 이사장이 생각하기에 완벽하다는 형용사는 불행처럼 불온한 명사에 어울리지 않는 말이었다.

남자는 대학 입시를 잘 치르기 위해 노력했고 노력에 상응하는 결과를 얻었다. 이사장이 원하는 의과대학에 입학하고도 남을 성적이었지만, 남자는 이류 대학 응급구조학과의 수석 입학을 택했다. 수석 입학자에게는 사 년간 장학금이 주어졌다. 타인의 도움으로 살아왔던 남자에게는 장학금이 필요했다. 또한 자립이 안락함보다 더 중요했다. 원장을 비롯한 주위 사람들은 마지막까지 의대 입학을 권유했으나 남자의 결심은 단호했다. 남자의 선택에 대해 원장은 어릴 적 사고가 끼친 영향이라고 짐작했다.

남자는 사람들이 그렇게 여기도록 내버려 두었다. 남자는 타인에게 속마음을 털어놓는 데 서툴렀고 무리 중에 스며들기는 하였지만 누군가와 특별히 어울리는 법이 없었다. 대학에 입학해서도 마찬가지였다. 선배와 동기들의 권유에도 학회나 동아리에 가입하지 않았고 남들이 꽃다운 나이라 여기는 때에 흔한 연애마저 경험하지 않았다. 동기들이 오리엔테이션에 참석하고 MT를 떠나고 단체 미팅을 하면서 대학 생활의 흥을 돋울 때, 남자는 아르바이트를 하고 기숙사 방에서 책을 읽거나 지하 체육관에서 몸을 단련하였다. 감옥 같은 입시에서 해방되어 나사가 하나쯤 풀린 듯 생활하던 동기들이 동년배인 남자가 삶을 조절하고 제어하는 방식의 근원을 궁금해했을 만큼 남자는 한 치의 흐트러짐도 없었다.

입학한 지 일 년이 되어갈 무렵 남자에 대한 말이 돌았다. 학과 사무실에서 아르바이트하던 선배의 입에서 흘러나온 말이어서 신뢰도가 높았다. 고아니까. 아, 고아여서 그랬던 거구나. 동기들은 남자에 대해서 더 궁금해하지 않았다.

남자의 집으로 가기 위해 택시를 탔을 때는 눈이 제법 쏟아졌다. 택시 기사는 마침 자신의 집과 같은 방향이라 여자를 태웠다며 오늘 같은 날은 집에 들어가는 게 남는 장사라고 말하였다. 이런 날에도 개의치 않고 일만 하다 사고로 죽은 동료가 있다고 했다. 기사는 여우 같은 마누라도 있고 토끼 같은 자식도 셋이나 있는데 내가 죽어버리면 어떡하냐며 웃었다. 택시 기사에게 눈이 많이 오는 날이란 죽기 쉬운 날인 것 같았다. 어떤 날도 죽기 어려운 날은 아니랍니다. 여자가 조그맣게 말하였고, 택시 기사는 듣지 못하였다. 풋눈. 잣눈. 자국눈. 도둑눈. 소나기눈. 살눈. 떡눈. 가랑눈. 분설(粉雪). 세설(細雪). 박설(薄雪). 폭설(暴雪). 여자는 단어들을 중얼거렸다. 남편은 눈에 대한 단어들을 좋아했다. 남편은 수집가였다. 어쩌면 남편은 자기 죽음마저 수집하려 들었을지 모르지만 그것만큼은 뜻대로 되지 않았을 터였다. 매사에 빈틈없는 사람이었는데 남편은 삶의 마지막에 가장 큰 틈을 벌려 놓았다. 눈석임. 쌓인 눈이 속에서 녹아 스러지는 것. 여자가 마지막 단어를 조그맣게 발음하였을 때, 택시 기사는 여자를 남자의 집 앞에 내려주었다.

남자의 집은 주변의 집들과 멀찍이 떨어진 곳에 있었다. 붉은 벽돌로 쌓은 담장은 색이 바랬고 군데군데 금이 가 있었다. 담장 위로 절반쯤 모습을 드러낸 나뭇가지가 앙상했다. 낡은 대문이 열리며 남자가 나타났다.

"고양이는 집 안에 있습니다."

여자는 남자의 뒤를 따라 큼지막한 타일이 징검다리처럼 놓인 작은 마당을 가로질렀다. 여자는 남자를 어디서 본 듯했지만, 여자의 생각은 현관문 안쪽에서 들려온 고양이의 울음소리에 이내 묻히고 말았다. 남자가 현관문을 열었다. 고양이는 여자의 냄새를 맡으며 조심스럽게 다가왔다. 몇 번 주위를 맴돌더니 여자라고 알아차린 것 같았다. 고양이는 긴

꼬리를 바짝 세우고 여자의 다리에 머리를 비볐다. 고양이의 다정함에는 시간의 공백이 느껴지지 않았다. 목덜미와 등을 어루만지는 여자의 손길에 고양이가 가르랑거렸다. 고양이의 가르랑거리는 소리는 지금 안심하고 있으며 만족감을 느낀다는 증거였다. 여자는 고양이를 쓰다듬고 또 쓰다듬었다. 남자가 말했다.

"저는 고양이가 코를 고는 줄 알았습니다. 심장근육의 진동 때문에 그렇다더군요. 고양이에 대한 책에서 읽었습니다."

이동장 안에 들어가지 않으려 하는 고양이로 인해 한동안 실랑이가 있었다. 여자가 택시를 호출하려 했으나 주변에 차량이 없다는 메시지만 떴다. 남자는 어쩔 수 없다는 듯이 여자에게 차 한잔하고 갈 것을 권하였다.

\*

눈은 그칠 기미가 보이지 않았다. 거실의 창밖으로 보이는 좁다란 마당이 어떤 불가해한 동물의 날개로 덮인 듯 새하얬다. 차라리 지금이라도 일어서야 하는 거 아닐까, 망설이던 차에 여자의 무릎 위로 고양이가 올라왔다. 남편과 함께 있을 때도 그랬다. 고양이는 결정적인 순간에 여자의 무릎 위나 남편의 무릎 위로 폴짝 뛰어올라 모든 행동을 지연시키곤 했다. 남자가 차를 준비하는 동안, 여자는 고양이의 털을 어루만지며 주위를 둘러보았다.

가구라고 할 만한 것은 원형 테이블과 여자가 앉은 일인용 의자와 장식장이 다였다. 테이블 위는 잡동사니 하나 없이 말끔했다. 실내는 낡았지만 청결했고 안락하기보다 금욕적이었다. 장식장만 아니라면 그랬다. 여자는 고양이를 안은 채로 장식장 가까이 다가갔다. 장식장은 윤이 났고 선반마다 액자들이 자리를 차지하고 있었다. 가족사진들이었다. 그러나 죄다 구성원이 다른 가족의 사진이었다. 남자가 속한 사진은 보이지 않았다. 여느 사람이라면 자칫 기괴함을 느꼈을지도 모르지만 여자는 수집벽이겠지, 생각하려 했다. 응접실 한 편을 장식했던 남편의 취미를 떠올리기도 했다. 외국 출장에서 돌아온 남편의 여행 가방에는 면세점에서 산 술이 들어 있곤 했다. 결혼기념일처럼 특별한 날이면 식기장에서 신중하게 술을 고른 뒤 생산지나 제조 방식 등을 설명하며 여자의 잔을 채워주었던 남편이었다.

차를 마시며 생각지도 않게, 여자는 남편에 대한 이야기를 늘어놓았다. 남편에게 술을 수집하는 취미가 있었다는 것, 남편의 직장 때문에 낯선 도시에 왔을 때 처음에 무척 지루했다는 것, 남편에게서 고양이를 선물 받고 이 도시가 처음으로 마음에 들었다는 것, 남편이 매사에 꼼꼼한 성격이어서 더러는 힘들었지만 그런 남편에게서 보이는 빈틈을 여자는 좋아했다는 것 같은 이야기들을 여자는 쉬지 않고 했다. 끝으로 남편이 모은 술을 다 마셔버렸다는 이야기를 하면서 여자는 겸연쩍은 미소를 지었다. 누군가에게 남편에 대해 이렇게 많은 말을 한 것은 처음이었다.

"그런데 저 사진들 말이에요……."

여자가 찻잔을 만지작거리며 액자 속의 사진들에 대해 물었다.

한동안 여자의 이야기에 귀를 기울였던 남자는 예기치 않은 질문에 당황하였다. 남자는 여자의 움푹 파인 뺨을 바라보았다. 스웨터를 한 번 접어 올린 소매 아래로 드러난 여자의 손목이 앙상했다. 여자에게 숨겨둔 저의 같은 건 없어 보였다. 얼마간 침묵을 지키다 남자가 입을 열었다.

"누군가를 집에 들인 적이 없어요. 당신이 처음입니다. 평소 저라면, 현관문 앞에서 고양이를 건네주고 당신이 들고 온 선물세트를 받고 끝이었 겠죠. 아무리 날씨가 나쁘다고 해도요. 그게 평소에 제가 사람들을 대하 는 방식이니까 말입니다. 전기 포트의 물이 끓는 동안 생각했어요. 당신 에게 왜 차를 권했는지, 왜 한 번도 한 적이 없는 행동을 했는지……."

이 여자도 얼마 전에 가족을 잃었다. 그 사실이 남자의 마음을 돌변 하게 했는지도 모를 일이었다. 남자는 사진들을 어떻게 모았는지 설명했 다. 고개를 약간 숙인 남자의 모습은 고해성사하는 신자처럼 침착하고 경건했다. 장식장의 한 가족사진을 가리키며 사진 속의 양복을 차려입은 사람은 곱게 단장한 부인, 젊은 아들과 함께 활짝 웃는 모습이지만 독거 노인으로 생을 마쳤다고 말하기도 했다.

"같은 팀이었던 동료가 눈치를 채었습니다. 어린 시절 사고를 당했던 제 사정이 참작되어 파직은 면했고…… 지금은 징계를 받는 중입니다. 심 리 상담도 병행하고 있지요."

낮고 건조한 남자의 목소리가 실내를 메웠다.

"이제 저 사진들과도 이별해야 합니다. 상담사가 그래야 한다고 말하더 군요."

다시 짧은 침묵 뒤에 남자가 덧붙인 말은, 앓고 있는 짐승이 내뱉는 신 음처럼 들렸다.

고양이가 여자의 무릎에서 내려가 기지개를 켰다. 여자는 남자에게 건 넬 말을 조심스럽게 고르며 장식장 앞을 서성였다. 그러나 여자는 한마 디도 할 수 없었다. 정말이지, 모두 가족사진이었다. 가족사진 하면 으레 떠오르는 양식에 부합하는 사진은 말할 것도 없고 흰 티셔츠와 청바지 차림의 가족들이 일렬로 앉아 장난스러운 표정을 짓는 사진이 있는가 하면 소풍 나온 가족의 모습을 자연스럽게 포착한 스냅 사진도 있었다. 대개 비슷했다. 어떤 연출법이든 아버지 곁에서 숱하게 지켜봤던 것과 크게 다르지 않았다. 사람들은 행복한 한때를 사진 한 장으로 압축해서 영원히 증명하고 싶어 했다. 이런 게 하나쯤 필요한 것인지도 모르지, 하고 여자는 생각했다.

여자는 눈을 가늘게 뜨고 남편의 얼굴을 떠올리려고 노력했다. 남편의 입가에 진 주름이 왼쪽이 더 깊었던가, 오른쪽이 더 깊었던가. 여자는 어려운 수학 문제를 눈앞에 둔 것처럼 집중했다. 남편의 얼굴이 벌써 희미해진 것 같아 여자는 조바심이 났다. 아니, 그것은 어쩌면 여자의 눈앞이 부예졌기 때문일지도 몰랐다. 여자가 양손으로 얼굴을 감쌌다.

남자는 몇 발자국 떨어져 여자의 어깨가 조금씩 흔들리는 것을 지켜보았다. 강마른 여자의 어깨가 들썩일 때마다 니트 스웨터 아래로 어깻죽지가 올라갔다 내려갔다 하는 것이 보였다. 여자의 뒷모습은 인간이라기보다 섬약한 짐승에 가까웠다. 비에 젖은 새끼 새가 힘겨운 날갯짓을 하는 것처럼.

"미안해요. 저도 모르게……"

여자의 웅얼거림에 남자는 괜찮다, 와 이해한다, 의 중간쯤 되는 표정을 지었다. 다시 얼마간 액자 속 사진들을 바라보던 여자가 눈가에 남은 눈물을 훔치며 말했다.

"이상하게 들리겠지만, 전 당신을 본 적이 있어요. 아니면 당신을 닮은 아이일 수도 있겠죠."

여자는 곧 자신의 말을 정정했다.

"그러니까 제 말은, 사진 속에서요. 처음부터 당신을 본 적이 있단 생각이 들었어요. 이 사진들을 보고 있자니 확실해졌죠. 기이해요. 당신의 얼굴은 하나도 없는데 그 부재가 오히려 기억나게 했어요. 당신이 들려준 이야기도 도움이 되었고요. 그 사진은 오랫동안 걸려 있었으니까요."

"사진이라고요?"

"네."

거미가 실을 뽑는 것처럼 여자의 가느다란 음성은 그칠 줄 몰랐다.

"당신은 아마 T시에서 살았던 적이 있을 거예요."

남자가 T시라는 말에, 팔짱을 꼈다.

"아니면 T시를 방문한 적이 있거나요."

여자는 사뭇 확고했다.

"아버지는 T시에서 사진관을 운영하셨어요. 저는 대학에 입학하기 전까지 아버지 옆에 붙어 사진관 일을 도와드렸어요. 카운터를 보기도 했고 증명사진을 자르거나 암실에서 조수 역할을 했지요. 증명사진을 다양한 규격에 맞게 자르면서 저는 이런 생각도 했어요. 사람들은 증명할 게 참 많구나……."

여전히 팔짱을 풀지 않은 채였지만 남자의 얼굴에 무언가 일렁거렸다.

"아버지는 좋아하는 일을 직업으로 삼은 분이셨어요. 휴일이면 가까운 놀이 공원에 사진을 찍으러 가셨어요. 일을 가장한 취미 생활이었지요. 작은 동물원이 딸려 있어서 제법 복작거렸던 아담한 놀이공원이었어요. 어린 자녀를 데리고 젊은 부부들이 주로 왔어요. 인근에 사는 가족들도 산책을 나왔어요. 연인들도 많이 왔어요. 저도 남편과 데이트 삼아 간 적이 있었죠……. 아버지는 나들이 온 가족의 즐거운 얼굴을 찍는 것을 좋아하셨어요. 어느 날 아버지는 놀이 공원에서 한 가족을……."

여자는 숨이 찼다. 이처럼 많은 이야기를 한 것은 남편이 죽고 나서 처음이었으므로 여자는 심한 달리기를 한 사람처럼 숨이 차고 목이 말랐다. 냐오옹. 고양이가 울었다. 남자는 여자에게 차를 더 마시겠냐고 물었다. 전혀 예기치 않은 선물을 받은 사람처럼 조금은 얼떨떨하고 놀란 표정이었다. 처음에 워낙 무표정했기 때문에 지금 남자의 얼굴은 마치 숨이 끊길 정도로 위급했던 사람의 얼굴에 혈색이 차차 돌아오는 것 같았다.

여자는 기억 속에 선명하게 남아 있는 그 날을 떠올렸다. 아버지의 사진관에는 오랫동안 걸려 있던 사진이 하나 있었다. 아버지는 그 사진을 마음에 들어 했다. 젊은 남편과 아내, 어린 아들이 회전목마 앞에서 찍은 사진이었다. 아이가 놓칠세라 꼭 쥐고 있는 은색 풍선들이 햇빛을 반사하며 반짝였다. 여름이 끝나갈 무렵 대대적인 사진관 청소를 한 날이었다. 여자는 아버지와 함께 땀을 흘려가며 실내는 말할 것도 없고 전면 창까지 얼룩 하나 없이 닦았다. 청소가 끝난 뒤 여자는 아버지와 나란히 밖에 서서 사진관을 바라보았다. 그때 아버지가 사진관 앞에 걸린 사진을 보며 했던 말이 기억에 또렷했다. "이상하지, 이 가족에게서 무언가 애잔함을 느꼈었다. 사진관에 걸어도 좋다고 말하고는 이 사진을 찾으러 오지 않아서 의아했는데……" 아버지는 아직 그늘이라고는 찾아볼 수 없는 딸의 얼굴을 보며 말하였다. "가족에게 큰 사고가 났다고 들었다. 아이만 살았다고 하더구나."

창가의 라디에이터 위에 느긋하게 앉아 있는 고양이는 밤(夜)처럼 까맸다. 유리창 너머도 짙은 어둠에 잠겨 있었다. 그러나 쉴 새 없이 쏟아지는 눈이 어둠의 장막을 이내 하얗게 덮어버리고 덮어버렸다.

"폭설이군요."

차를 다시 내오던 남자가 창밖을 보고 말했다. 이따금 창에, 살찐 거위의 새하얀 깃털 같은 눈송이가 부딪히다 녹아 없어졌다.

---

* '어디서 그대는 아름다운 깃털을 얻어 오는가'라는 제목은 이성복의 시, 「라라를 위하여」에 나오는 구절임을 밝힙니다.

# 레테

유수현

  2018년이 시작되면서 재미로 신년운수를 보았다. 무슨 선녀님이 운영하는 유튜브 방송이었다. 각 띠별로 싸잡아서 봐주는 신년운수였는데 12간지 중에서 내 띠가 최고의 운이 따른다고 했다. 로또가 되려나봐, 모두 내 뒤로 줄 서. 이런 농담을 하면서 웃고 넘겼다. 하지만 하반기에 접어들면서 선녀님의 점괘가 들어맞아갔다. 생전 5등도 안되던 로또가 4등에 두 번이나 당첨이 되더니 결국 삶의향기 동서문학상에 덜컥 당선이 된 것이다. 아하! 나의 최고의 운이란 바로 동서문학상이었구나. 용하게 운세를 맞춘 유튜브 선녀님께 댓글이나마 감사인사를 드리고 싶었지만 선녀님 이름이 생각나질 않았다. 내년 신수도 봐야 되는데.

  당선 전화를 받고 그때부터 히죽히죽 웃음이 나기 시작했다. 기쁨을 참지 못하고 폭발하는 대로 그냥 즐겨버렸다. 좋은 일은 마냥 즐겨야 되니까.

  동서커피문학상이었던 9회 때 생전 처음으로 문학상이라는 것에 도전하고 맥심상을 받았다. 매우 기뻤다. 찬란한 상패가 내 머리를 쓰다듬으며 '글이 아주 나쁘지는 않아' 라고 칭찬해주는 것 같았다. 그렇게 시작된 글쓰기가 십 년이 되었고, 마침내 삶의향기 동서문학상에서 커다란 열매를 맺었다. 매우 기쁘다. 생각해보면 그때 맥심상이 나에겐 고단백 영양제였던 거 같다. 그 맥심상 이후 나의 글쓰기에 대한 자신감이 한없이 충만했기 때문이다.

이렇듯 신인들이 뜻을 펼칠 수 있도록 자리를 마련해주신 삶의향기 동서문학상에 깊이 감사드린다.

부족한 글을 채택해주신 심사위원님들께 감사드리며, 사랑하는 나의 가족과 친구들에게도 무한한 감사를 드린다.

모두 내 뒤로 줄 서, 밥 사줄게.

# 레테

## 유수현

 출근하고 첫 번째 환자는 엄지손가락에 붕대를 감은 복례할머니였다. 철컹거리는 기계소리를 뒤로 하고, 모니터에 할머니의 엑스레이 검사 결과가 떴다. 엄지손가락 첫 번째 마디의 뼈가 살점과 함께 사라져있었다. 담당의사는 밤새 콜을 받고 잠을 설쳤는지 졸린 눈으로, 할머니가 손가락을 갉아먹었다고 말했다. 순간 이현은 메스꺼움에 입 안 가득 신물이 고였다. 노인병원에서 십 년째 방사선사로 일하고 있는 이현. 치매 노인들의 수많은 기행들을 봤지만 이번 복례할머니 같은 케이스는 처음이라 무척 당황스러웠다.

 "지금 웃음이 나와요?"

 이현의 일그러진 표정에도 아랑곳하지 않고, 복례할머니는 침대위에 꼿꼿하게 앉은 채 싱글벙글 웃으며 병실로 올라갔다. 이현은 고통도 느끼지 못하게 만든 치매에 몸서리를 치며 오전 내내 멀미에 시달려야 했다. 이현은 휴대폰을 꺼내 페이스북 아이콘을 터치했다. 뇌 속을 단순화시키기에는 SNS가 최고라는 생각을 하며 한참을 뒤적거리던 이현, 시선이 '소녀상'에 관한 기사와 사진에 멈추어 있었다. 사진에는 빗속에 소녀상을 끌어안고 버티는 시민들과, 그들을 억지로 끌어내려고 몸싸움을 하는 경찰과 구청공무원들의 모습이 찍혀 있었다. 시민단체가 일본대사관 앞에 위안부 소녀상을 세우려하자 경찰과 공무원들이 이를 저지하면서 마찰이 일어났다는 것이다. 이현이 살고 있는 광역시에서 현재 벌어지고 있는 사건이었다.

"저것들은 어느 나라 사람이야?"

이현은 짜증스레 휴대폰을 껐다. 그러자 복례할머니의 엄지손가락으로 이현의 머리가 다시 리셋 되었다. 복례할머니의 자해는 이번이 처음이 아니었다. 입원한 뒤로 세 번째이고 그보다 더 오래전부터 자신의 몸을 학대하며 살아왔다고 한다. 치매 증세가 심해지면서 자해가 점점 더 심해지는 바람에 입원까지 하게 된 것이다. 복례할머니가 처음 입원하던 날, 이현은 흉부엑스레이 검사를 위해 복례할머니의 윗옷을 걷어 올리다 깜짝 놀랐다. 할머니의 복부에는 온갖 흉터들로 빼곡한 틈이 없어 보였다. 그 틈새에 쭈글쭈글한 나비 한 마리가 푸르스름하게 웅크리고 있기까지 했다. 옆에 계시던 할아버지는 할머니가 스스로 배에 상처를 낸 것이라고 설명을 했다. 이현은 자해의 이유가 궁금했지만 굳게 다문 할아버지의 입술을 보고 더 물어보지 못했다. 무엇 때문에 자신의 몸에 이렇게 많은 상처를 낸 것일까? 어울리지 않게 배꼽아래 나비문신은 또 뭐지? 많은 궁금증들은 이현의 마음속에서만 메아리칠 뿐이었다. 이현은 검사가 끝나자마자 누가 볼 새라 얼른 복례할머니의 복부를 덮었다. 복례할머니는 검사가 끝나자마자 벌떡 일어나 앉더니 이현을 보고 활짝 웃어주었다. 웃는 모습이 귀여웠다. 복례할머니는 평소에도 항상 앉아만 있었다. 잘 때도 앉아서 잤다. 앉아만 있어서인지 엉덩이에 욕창까지 생겼다. 욕창 치료를 위해 억지로 눕히면 곧바로 다시 일어나 앉아버렸다. 피가 쏟아져도 앉아서 또 해맑게 웃었다.

복례할머니가 입원하고 일주일쯤 지난 따스한 낮이었다. 이현은 잠시 짬을 내어 건물 밖 테라스에서 시원한 바람을 쐬며 머리를 식히고 있었다. 테라스에는 휠체어를 탄 복례할머니와 할아버지가 산책을 하고 계셨다. 복례할머니는 유일하게 하나 남은 대문니를 드러내며 환하게 웃고 있었다. 눈물이 그렁그렁 고인 눈으로.

"할아버지 오늘 바람이 시원하죠?"

"예, 그래요."

할아버지는 말끝에 자신감이 떨어지는 특이한 말투였다. 그래서인지 말수가 적었고 대신 예의가 바르고 잘 웃었다. 이현은 혀가 짧아서 그런가보다 생각했다.

"할머니도 기분이 좋으신가 봐요."

이현은 주머니에 있는 휴지를 꺼내 그렁그렁한 할머니의 눈물을 닦아 드렸다.

"좋아도 웃고, 슬퍼도 웃고, 아파도 웃고, 아무것도 아니어도 웃고 그래요. 웃는 게 병이지요."

할아버지는 이현에게 고맙다고 인사를 하며 나무 밑으로 자리를 옮겼다.

'병이지.'

이현은 이모가 생각났다. 뇌졸중으로 쓰러지고 난 뒤 말문을 닫아버린 이모도 복례할머니처럼 시도 때도 없이 웃었다. 좋아도 웃고 슬퍼도 웃고 아파 누워 있으면서도 웃었다. 이모도 웃는 게 병이었다. 이현의 엄마는 불쌍한 년이 결국 미쳤다고 슬퍼했다. 엄마는 웃는 이모를 보고 한숨을 쉬면서 견과류를 쉬지 않고 꾹꾹 씹었다. 견과류가 뇌세포와 치매 예방 좋다고 어디서 들은 모양이었다. 이현의 이모는 엄마의 표현대로 불쌍한 년이었다. 여덟 살 때 길을 잃고 고아원에서 자랐고, 스무 살이 넘어 극적으로 가족을 만났지만 남편을 두 번이나 갈아치우는 박복한 삶을 살아야 했다. 힘들었던 고아원 생활, 같은 고아원 출신으로 도박꾼이던 첫 번째 남편, 무능한 알코올중독자 두 번째 남편을 거치며, 하나 있던 아들까지 먼저 저 세상으로 보내버린 이모였다. 이현은 엄마에게, 이모의 나쁜 기억들이 모두 지워지고 웃음만 남은 지금이 이모에겐 행복한 시간인 것 같다고 했다.

"행복은 무슨 얼어 죽을 행복? 저건 그냥 미친년이야."

여전히 견과류를 씹어대는 엄마를 보며 이현은 레테를 떠올렸다. 레테는 그리스 신화 속에 존재하는 망각의 신이다. 저승에는 이 레테의 이름을 붙인 레테의 강이 흐른다. 이 강물은 죽은 망자들이 저승으로 들어서는 길목에서 반드시 마셔야만 하는 강물이다. 이승의 일, 즉, 전생의 번뇌를 모두 잊고 평온한 마음으로 저승으로 떠나게 해주기 위해서이다. 이현은 이모가 뇌졸중으로 쓰러졌을 때 레테의 손에 이끌려 망각의 강물을 마셨다고 생각했다. 그래서일까? 웃기 시작하면서 이모의 얼굴은 무척 편안해 보였다. 이현은 이모의 편안한 얼굴을 보면서 레테의 강물은 신이 인간에게 베푸는 마지막 배려라고 굳게 믿었다. 복례할머니도 레테의 강물을 마셨으리라. 레테의 강물이 목구멍으로 넘어가는 순간, 웅크리고 있던 나비는 비로소 날개 짓을 하며 훨훨 날아올랐으리라.

복례는 햇빛을 본 게 언제인지 가물가물했다. 어두운 동굴 안이다 보니 밤낮이 언제 어떻게 바뀌는지 알 수가 없었다. 그동안 이 어두운 동굴 속에서 복례가 한 일이라고는 하루 한 번 던져주는 주먹밥을 먹으며 일본 놈들을 상대하는 것뿐이었다. 만약 이대로 계속해서 햇빛을 보지 못한다면 온몸에 곰팡이가 퍼져 죽을지도 모른다고 생각했다. 하긴 곰팡이에게 먹혀 죽으나, 일본 놈들에게 맞아 죽으나, 열병으로 들떠서 죽으나, 죽는 건 매한가지긴 했다. 어차피 동굴에서는 매일 여러 명의 여자들이 죽어나갔기 때문이다. 질질 끌려 나가는 여자들의 시체를 볼 때마다 복례는 저들 중에 하나가 나였으면 좋겠다는 생각을 했다. 어제는 미자가 죽었다. 편의상 그냥 어제라고 말 한 것일 뿐, 어제나 오늘이나 내일이나 동굴 속의 여자들에게는 아무런 의미가 없었다. 미자는 복례 바로 오른쪽 거적에 누워있던 동생이었다. 며칠 동안 고열로 끙끙 앓더니 일본 놈 밑에 깔려서 아무 소리도 내지 못한 채 숨을 거두었다. 미자 위에서 제풀에 들떠 끙끙거리던 일본 놈이 눈이 허옇게 뒤집어진 미자를 보더니 부스스 일어났다. 일본 놈은 바지춤을 여미며 미자를 힐끗 쳐다보고는 카악 가래를 끓어 올려 미자 얼굴에다 뱉었다. 가래가 찰떡처럼 미자 얼굴에 착 소리를 내며 올라붙었다. 경상도 김해가 고향인 미자는 복례보다 네 살이나 어린 여자아이였다. 경상도 사투리로 '언니야'라고 부를 때마다 애교가 철철 넘쳤다. 복례는 '언니야' 부르는 게 좋아서 자꾸 불러보라고 시켰고 미자는 그때마다 싫은 기색 한 번 하지 않고 '언니야'라고 불러주었다.

복례가 있는 이곳은 바다 한가운데 떠 있는 섬으로 일본 놈들은 '꼬뻬이도루'라고 했다. 빛 한 줄기 들지 않는 배 안에서 밤인지 낮인지 가늠할 수 없이 많은 시간을 보내고 난 뒤 도착한 곳이다. 복례는 이곳이 조선에서 얼마나 먼 곳인지 짐작조차 할 수 없었다. 출발할 때 배 안에는 복례 또래부터 미자 정도의 어린 애, 초선언니처럼 나이가 많아 보이는 여자들이 가득 실려 있었다. 몇 날 며칠 흔들리는 배 바닥에서 뱃멀미와 굶주림을 견디다 못해 많은 여자들이 죽음을 맞이했다. 일본 놈들은 복례일행이 보는 앞에서 시체를 고기밥 주듯 바다에 던져버렸다. 죽음의 공포와 지독한 배고픔, 창자까지 훑어내는 뱃멀미를 견디며 복례일행이 섬에 도착했을 때는 여자들이 반도 남아있지 않았다. 섬은 조선의 공기와는 달리 바다 특유의 짠 내와 뜨거운 열기에 절여져서 불쾌하기 이를 데 없었다. 복례일행은 배에서 내리자마자 바로 이 동굴로 끌려왔다.

퀴퀴한 땀 냄새와 곰팡이가 낀 흙냄새, 그리고 시큼한 냄새에 복례는 숨을 쉴 수가 없을 지경이었다. 난생처음 무섭고도 힘든 일을 겪으며 복례는 오한에 고열까지 오르는 몸살이 났다. 정신마저 혼미해진 복례의 눈에 일렁거리는 횃불들이 저승사자가 되어 내려다보는 것 같았다. 온 몸은 불이 붙은 것처럼 뜨겁게 끓어올랐다. 이런 몸으로 계속 저 짐승들을 상대하는 것은 무리였다. 초선이가 복례의 상태를 타다요시 대장에게 전했지만 타다요시는 어떤 조치도 취해주지 않았다. 복례는 꿈인지 생시인지 모르는 모호한 상태인 채로, 눈앞에서 커지고 작아지기는 뿌연 머리통이 형체 없는 달걀귀신처럼 느껴졌다. 초선이는 일본 놈 밑에 깔린 채 타다요시의 욕을 걸쭉하게 내뱉었다.

"찢어 죽일 놈이여, 그렇게 부탁혔는디, 이러구 냅두냐? 짐승 같은 놈."

애초에 이 섬에는 사람이 없다. 먹다가 썩으면 언제라도 버려지는 고깃덩이와 그 고깃덩이를 미친 듯이 포식하는 짐승, 두 부류만이 존재할 뿐이었다. 복례는 눈물이라도 쏟으며 울고 싶었지만 버석거리는 눈은 그마저도 허락하지 않았다. 흐느낌이 복례의 목구멍 언저리에서 꺽꺽거리며 맴돌 뿐이었다. 미자가 떠올랐다. 일본 놈이 뱉은 가래침을 얼굴에 붙이고 눈도 감지 못한 채 복례를 노려보던 미자. 복례는 걸레조각 하나 걸치지 못한 채 허연 알몸으로 질질 끌려나가던 미자가 부러웠다.

"어젯밤 꿈자리가 뒤숭숭 혀서 영 개운치가 않어. 머리카락이 한 움큼이나 빠지는 꿈을 꿨는디, 복례야, 오늘은 몸 사려야 쓰것다. 어디 나 댕기지 말고 집에 딱 붙어있어라이? 요즘 일본 놈들이 눈에 불을 켜고 처자들을 마구 잡아간다고 안하냐. 그렇잖아도 아버지가 너 내려온 김에 워디 혼처자리 봐서 시집을 보낼랑가 싶은 갑다. 그랴도 일본 놈들이 쪼까 양심은 있는가 시집간 아그들은 냅둔디여."

"걱정 하지 마시요. 장에 가서 동무들만 잠깐 만나고 와서는 집에 꼼짝 안하고 있을 거니께."

"이 난리 통에 동무들이 있겄냐? 발써 시집갔거나 잡혀들 갔을 텐디?"

"갔다가 바로 올 거구만."

얼마나 보고 싶었던 동무들인가. 복례는 경성깍쟁이들에게는 도무지 정이 가질 않았다. 함께 공부도 하고 잠도 자고 밥도 먹고 하지만 쌀밥에 섞인 보리알처럼 매끈거리며 서로 어울리지 못했다. 복례는 달이 휘영청 밝은 밤이면 같이 멱 감고 놀던 동무들 생각에 눈물이 뚝뚝 떨어지곤 했었다. 엄마는 무남독녀인 복례가 신여성이 되길 바라며 경성에 있는 학교로 보냈다. 복례는 아버지 어머니, 그리고 동무들 모두 두고 혼자만 경성으로 가야 한다는 사실이 너무 싫고 두려웠다.

"아가, 엄니를 봐. 너는 나처럼 살면 안 되어. 형제자매도 한 놈 없는디, 나중에 우리 늙어서 죽고 없어지면 이 힘든 왜놈들 시상을 어떻게 헤쳐 나갈 거여? 그럴라믄 니가 똑똑해야 혀. 많이 배워야 살아남지, 우리 조선 땅이 왜놈들 시상이 된 것도 말이여 우리가 다 무식해서 그런 거여, 똥인지 된장인지 안 먹어보고는 알 수가 없는 바보들이라서 그런 거란 말이여. 맴을 독하게 먹어야 혀. 알것냐?"

아버지는 하나밖에 없는 딸이 경성까지 가는 것을 달가워하지는 않았지만 엄마의 굳은 뜻을 굽히지 못했다. 한기가 드는 어느 날 새벽 복례는 옷 보따리와 함께 경성 가는 기차에 올랐다. 서럽게 우는 복례를 엄마는 꼬옥 안아주었다.

"그만 울어 이것아. 죽으러 가냐?"

복례는 엄마에게 안겨서 엄마의 냄새를 뒷골이 당기도록 들이마셨다. 엄마에게선 늘 달큰한 젖 냄새가 났다.

"엄마한테서 젖 냄새가 나."

"젖 뗀지가 언젠디 징그럽게 아직도 젖 타령을 하고 그러냐."

동생이 있었던 것도 아닌데 희한하게 엄마에게서는 언제나 젖 냄새가 났다. 복례는 젖 냄새를 맡으려고 엄마의 가슴을 파고들었고, 말랑한 엄마의 젖을 만져야만 잠이 들었다. 엄마는 그런 복례를 징그럽다면서도 밀어내지는 않았다. 복례가 경성으로 유학을 떠나기 전까지 복례와 동무들은 장날이 되면 항상 같은 장소에 모여 놀았다. 서로 약속한 것도 아닌데 언제부터인가 그렇게 모이게 되었다. 복례와 동무들은 약속도 없이 모이는 게 신기해서 웃고, 웃는 모습을 보며 또 웃고 웃었다. 그렇게 장날마다 모이는 놀이는 몇 해 동안 계속되다가 복례가 경성으로 떠나면서 끝이 났다. 그런 동무들이 복례가 경성으로 가기 싫었던 가장 큰 이유이기도 했다. 장날 모이던 동무들은 복례를 포함한 여섯 명이었지만 오늘은 웃음기 가신 명자만 보일 뿐이었다. 가장 잘 웃고 목소리도 제일 컸던 명자는 우울하게 목소리마저 낮게 변해있었다.

"경성은 어뗘?"

"뭐가?"

"잘 모르는 겨? 여기는 난장판인디? 처녀고 총각이고 씨가 말랐고만."

명자는 복례가 없었던 동안 동무들에게 일어난 일들을 소상하게 알려줬다.

"귀임이랑 정신이는 억지로 시집갔고, 춘자랑 연화는 갑자기 사라졌어. 갸들 엄니 말로는 워디 공장에 돈 많이 벌게 해준다고 일본 놈들이 델고 갔다는디, 우리가 바보도 아니고 그 말을 믿겠냐? 그냥 그렇게 믿고 싶은 심정인 것이제. 갸들 엄니는 시방 다 죽어가. 처녀들 잡아가다가 못된 짓들을 시킨다고 시상이 다 아는디. 오죽하면 달거리도 없는 쬐깐 것들을 시집보내느라 난리도 아니잖여. 아무것도 모르는 것들을."

뭔가 비밀스런 이야기라도 되는 듯 명자는 복례 귀에 살짝 입을 가져다 대고 속삭였다.

"정신이는 그래도 얼추 맞는 남자 맞춰서 시집을 가서 잘 사는디, 귀임이는 다 죽어간디야."

"왜?"

"왜는? 즈그 아부지보다 늙은 마흔도 훨씬 넘은 홀 애비한테 재취로 갔는디, 늙은 놈이 암 것도 모르는 어린 애한티 못 할 짓을 밤새도록 한 것이제. 첫날밤에 아랫도리가 온통 피 범벅이 되었디야. 달포가 넘었는디 여적 움직이지도 못하고 방구석에 누워서 오늘 내일 한다는디."

"어쩔 거나."

"젊은 남자는 징용으로 다 잡아가고 씨가 말랐는디, 늙은 영감들이 복 만난 거제. 그랴도 시집 간 여자들은 안 잡아간다고 하니께 귀임이 같이 얼척 없는 일이 벌어지는 것이고만."

"무서워서 어쪄냐, 우리 엄니도 혼처자리 알아본다고 하든디."

"나도 곧 시집 가. 그라고 우덜 만나는 것도 당분간 못 할 거여. 돌아 댕기다 어느 순간에 소리 없이 사라질지 모르구면."

복례는 명자를 끌어안고 하염없이 눈물만 흘렸다.

"춘자랑 연화도 반드시 돌아올 거여. 그때까지 우리는 절대로 헤어지지 말자."

그때였다. 뭔가 머리를 내리치는 느낌에 복례는 정신을 잃었고 깨어나서 보니 배 안이었다.


죽은 미자는 위로 오빠와 언니를 둔 집안의 막내였다. 곡창지대로 유명한 김해평야에 벼농사를 짓는 부잣집 딸로 태어난 덕택에 어려움도 모른 채 귀하게 자란 아이였다. 일본군들은 김해평야에서 생산되는 쌀을 일본으로 실어 나르기 위해 온갖 방법으로 지주와 소작인들을 괴롭혀댔고, 미자 아버지는 살아남기 위해 무척이나 노력을 해야 했다. 그런 어려운 상황들이 자신이 벼슬아치가 되지 못한 탓이라는 생각에 미자 오빠에게 많은 기대를 걸게 되었다.

"영우야 사나(사나이)로 태어났으면 벼슬 한 자리는 해야 안 되것나. 세상 사람들이 니를 우(위)로 쳐다보는 그런 벼슬 말이다."

"에이, 벼슬이 뭐가 좋은교. 지는 벼슬에 욕심이 없는데 예."

"이 자슥아 예로부터 남자는 나라 녹을 먹고 살아야 지대로 사는 기다. 알았나?"

"그기 맘대로 됩니꺼."

"와 안 되노, 머리도 좋은 놈이. 애비 봐봐라. 벼슬 한 자리 못 해가꼬 이래 굽실 거리며 사는 거 보기 좋나? 영우 니는 반드시 벼슬을 해야 된데이."

하지만 미자 오빠는 아버지가 바라는 그런 길을 가지 않았다. 어느 날 일본군들이 군화발로 집안을 헤집고 들어와 며칠 동안 집에 들어오지 않은 오빠 대신 미자를 잡아다 이리로 보내버린 것이다. 오빠 대신 잡혀 왔다가 죽어버린 어린 미자는 일본 놈이 뱉은 가래를 얼굴에 붙인 채 동굴 밖으로 질질 끌려나갔다. 동굴바닥에는 끌려가면서 벗겨진 미자의 등껍질에서 피가 흘렀고, 그 피를 빨아먹으려 벌레들이 새까맣게 줄을 지어 모여들었다.

군인이 총부리로 젖가슴을 꾹꾹 찔러대는 통에 복례는 정신이 번쩍 들었다. 또다시 악몽이 시작된 것이다. 바닥에 깔린 거적이 접혔는지 등이 배겨 아팠다. 복례가 접힌 거적을 똑바로 펼치려고 몸을 반쯤 일으켰다. 그 잠깐의 순간을 견디지 못한 일본 놈이 복례에게 덤벼들었다. 접힌 거적을 펴지도 못한 채 또다시 악몽이 시작이 되었다. 복례는 등껍질이 벗겨지는 고통이 밀려왔다. 감각이 없는 복례의 아랫도리는 어느새 일본 놈들의 더러운 정액들로 흥건히 젖어갔다. 복례는 눈이 감기면서 정신을 잃었다. 시간이 얼마나 흘렀을까 복례의 흐릿한 시야로 근심어린 까만 눈동자의 겐죠가 들어왔다.

"겐죠."

복례는 겐죠의 이름을 옹알이하듯 중얼거렸다.

복례가 이곳에 끌려와서 몸을 추스를 틈도 없이 시달리며 짐승의 밥이 되어가던 어느 날, 자신 위로 오르내리는 일본 놈 머리통 숫자를 세면서 시간이 가기만을 기다리고 있을 때였다. 복례 앞으로 쭈뼛쭈뼛 다가오던 겐죠를 처음 만났다. 복례는 물끄러미 그를 바라보았고, 겐죠는 처참한 상태로 누워있는 복례를 보고는 토악질을 하며 동굴 밖으로 뛰쳐나가 버렸다. 복례는 머릿속에서 번개가 내리쳤다. 이 섬에 온 뒤로 겐죠 같은 행동을 하는 사람을 처음 본 것이다. 며칠이 지난 어느 날, 바닷가에서 빨래를 하고 있는 초선이와 복례 옆으로 일본군 하나가 살며시 다가왔다. 복례는 한 눈에 그가 겐죠임을 알아보았다. 겐죠는 생각보다 키가 작았다. 개구리처럼 튀어나온 눈은 얼굴의 반 이상을 차지하였고, 입술은 두텁고 턱이 짧아 눈코입만 얼굴에 빽빽하게 박혀있는 것 같았다. 복례는 겐죠가 웃기게 생겼다는 생각에 피식 웃었다. 생김새로 봐서는 복례보다 어려 보였지만 두 살이 더 많았다. 겐죠는 말없이 옅은 미소를 지으며 작은 양갱 두 개를 복례 손에 꼭 쥐여주고 뛰어갔다.

겐죠가 복례 위로 올라왔다. 복례는 혼미해지는 정신을 추스르며 겐죠의 얼굴을 보았다. 슬펐다. 겐죠도 눈물을 흘리고 있었다. 겐죠의 등 뒤로 길게 뻗은 시커먼 총구가 보였다. 겐죠가 또 도망갈까 봐 타다요시가 아예 총구를 겨누고 지키고 있었다. 총구를 겨누고 있는 타다요시 뒤로 푸르스름한 동굴 밖이 보였다. 밤이었다. 겐죠의 그것이 복례 안으로 들어오는 순간, 복례는 검푸른 밤하늘에 슬프게 떠 있는 노란 타국의

달을 보았다.

　오전 일을 끝낸 이현은 복례할머니의 점심식사를 도와드리기 위해 병실로 올라갔다. 이 일은 이현이 복례할머니의 엄지손가락 회복상태를 보러 갔다가 자연스럽게 시작한 일이었다. 이현이 먹여주는 밥을 받아먹으며 환하게 웃는 복례할머니였는데 오늘은 평소와 달리 상황이 좋지 않았다. 복례할머니는 누운 상태로 양팔이 침상에 결박되어 있었고 두려움에 벌벌 떨며 눈물을 흘리고 있었다. 당황해서 어쩔 줄 모르고 서 있는 이현 옆으로 할아버지가 다가왔다.
　"목욕할 땐 늘 이래요. 놀라지 마세요."
　환의를 갈아입히고 욕창치료도 하느라 억지로 눕힌 게 화근이었다. 복례할머니는 안정제를 맞은 듯 조용히 잠이 들었다. 잠이 든 복례할머니는 마른 북어 같았다. 몇 년 전 이현이 승용차를 바꾸던 날 엄마가 고수레를 외치며 트렁크에 던져둔 북어. 몇 년째 이현을 지켜주느라 뻣뻣하게 마른 그 북어가 복례할머니와 닮아보였다. 북어의 마른 눈처럼 움푹 파인 복례할머니의 눈은 아까 흘린 눈물이 흐르지 못하고 고여서 우물이 되었다. 이현은 티슈를 뽑아 복례할머니의 눈물을 닦아드리고는 병실 밖으로 나왔다. 테라스 흡연구역에서 할아버지가 담배를 피우고 계셨다. 이현은 자판기 커피를 뽑아 할아버지 앞에 내밀었다. 할아버지는 급히 담뱃불을 끄고 이현이 내민 커피를 받아들었다. 할아버지는 이현을 바라보고 빙긋 웃으며 커피를 한 모금 마셨다.
　"맛나네요."
　"네. 가끔 달달한 게 좋더라고요."
　"눕는 걸 무서워해요."
　"왜요?"

"아주 옛날부터…… 그랬어요."


열병에 걸려 죽음 직전까지 간 복례를 살린 것은 겐죠였다. 겐죠는 동료들 몰래 약을 훔쳐 와서 복례에게 먹였다. 전쟁의 막바지에 다다른 일본은 이 작은 섬까지 의약품을 보급해줄 여력이 남아있지 않았다. 그런 까닭에 코페히도르섬에서 열병은 곧 죽음을 의미했다. 일본 놈들도 열병에 걸려 죽어가는 판에 여자들은 약 한 번 써보지 못하고 죽어갔다. 미자의 죽음처럼. 일본 놈들은 열병에 걸린 여자들을 죽을 때까지 써먹다가 죽으면 바다에 던져버렸다. 복례도 예외일 수 없었다. 열이 올라 시야가 뿌옇게 흐려지고 보이지 않을 때까지 일본군을 상대해야 했다. 그러다가 혼절하기를 몇 번이나 되풀이했는지 모른다. 엄마의 목소리가 들리는가 하면 '언니야' 불러대는 미자의 웃는 소리도 들리는 것 같았다. 복례는 몽롱한 상태에서 히죽히죽 웃음이 났다. 죽을 수 있다는 희망이 생긴 것이다. 일본 놈의 가래를 얼굴에 바르든지 정액을 온몸에 바른다고 해도 이대로 죽는다면 더할 나위가 없는 일이 아닌가. 두런두런 이야기 소리에 복례는 저승일 거라 생각하며 실눈을 떴다. 겐죠의 동그란 눈이 복례의 눈과 마주쳤다. 겐죠는 복례가 살아나서 다행이라고 흥분했다.
'내가 살았어? 설마……'
복례는 절망감에 눈물이 왈칵 쏟아졌다. 꿈이라고 소리 지르고 싶었지만 고열로 입안이 터지고 부어올라 혀가 움직이지 않았다. 겐죠는 말없이 복례를 안아주었다. 어느 정도 몸이 나아진 복례는 자신의 배꼽아래 커다란 나비가 그려진 것을 발견했다. 열병으로 위안소 일을 할 수 없는 복례의 몸을 일본 놈들이 문신을 그리며 가지고 논 것이다. 그 와중에 초선이는 배가 많이 불러왔다. 사쿠를 사용하기 싫어하는 일본 놈들 때문이었다. 초선은 배가 불러올수록 두려움에 점점 야위어 갔다. 이 섬에서는 임신도 곧 죽음을 의미했다. 만삭이 된 많은 여자들이 어디론가 끌려가서 다시는 돌아오지 않았다. 초선은 전라도에서 알아주는 기생으로 보기 드문 미인이었다. 그런 까닭에 초선이를 원하는 일본 놈들이 많아 복례나 다른 여자들에 비해 일본 놈 상대가 배로 많았다. 그래도 초선이는 희망을 버리지 않고 조선에 두고 온 딸을 만날 그날만 손꼽아 기다렸다. 섬으로 오기 전 초선은 나이 많은 영감의 소실로 들어가서 영감의 딸을 낳았다고 했다. 딸이 백일이 지난 어느 날 들이닥친 일본군들에 의해 이곳으로 끌려온 것이다. 그 영감이 자기 딸 대신 자신을 여기로 보낸 것이라고 초선은 이를 갈았다. 다행인지 불행인지 초선을 원하는 일본 놈들이 많은 탓에 다른 임산부와 달리 출산 후에도 초선은 사라지지 않았다. 다만 울며 매달리는 초선을 일본군들은 죽도록 때리고는 아기를 데려가 버렸다. 들리는 소문에 의하면 먹을 게 부족하던 일본 놈들이 아이를 끓여 먹었다는 소리를 들었지만, 복례는 차마 그 말을 초선에게 전할 수가 없었다. 겐죠도 더 이상 초선의 아이에 대해 말하지 않았다. 비가 지루하게 내리던 어느 날, 겐죠가 핏발 선 커다란 눈으로 복례에게 말했다.

"어쩌면 집에 갈 수 있을지도 몰라."

"정말?"

그 뒤로 일본 놈들의 행동이 달라지기 시작했다. 무리지여 몰려다니며 쑥덕거렸고 밤마다 몇십 명씩 상대해야 했던 여자들은 일이 반으로 줄어들었다. 복례는 기대감으로 들떠 초선에게 겐죠의 말을 전했다. 초선은 딸의 이름을 부르며 대성통곡을 했다. 복례도 초선을 끌어안고 엄마를 부르며 같이 울었다. 하지만 겐죠가 이야기했던, 집으로 갈 수 있는 그날은 지루하게 오지 않았다. 겐죠도 더 이상 어떤 말도 해주지 않아 복례에게는 답답한 날의 연속이었다. 섬의 밤은 더 길어졌고 낮의 태양은 더 뜨거워졌으며 그 사이에 여자들은 하나하나 죽어 고기밥이 되었다.

할아버지는 다시 담배를 하나 피워 물었다. 이현은 날아오는 연기를 손으로 부채질하여 옆으로 보냈다.

"눕지를 못해. 그때 누워서 고생을 너무 많이 해서, 그 기억 때문에."

이현은 눕기를 거부하면서 꼿꼿하게 앉아있는 복례할머니와 시민이 끌어안고 울던 소녀상이 오버랩 되었다. 하루 종일 누워서 몹쓸 짓을 당한 기억이 할머니를 눕지도 못하게 만들었다니. 내 나라 내 땅에 소녀들을 위한 동상하나 세우기가 저렇게 어려운 것인가를 생각하니, 심장이 밖으로 튀어나올 것처럼 쿵쾅거렸다. 어떤 정신과 의사의 말을 빌리자면 우리나라 국민은 일제 강점기를 거치고 육이오를 겪으면서 전 국민이 트라우마를 안고, 치유 받지 못한 채 응어리를 안고 힘겹게 살아내고 있다고 했다. 복례할머니 역시 그 트라우마를 안은 채 살아가고 있는 작은 역사였다.

그때 이현의 휴대폰이 울렸다.

"이현아, 이 미친년이 미친것도 모자라서 나보다 먼저 요단강 건너버렸다."

결국 이모는 레테의 손을 잡은 채 이모의 역사를 완전히 지워버렸다.

"사람은 다 그렇게 가는 거요. 각자 가는 시간이 다를 뿐이지."

할아버지는 이현을 위로했다. 바람 한 점이 이현의 이마를 간질이며 지나갔다.

일본은 어린 일본군들에게 비행기 조종훈련을 시켰고 그들은 멋진 조종사의 꿈을 꾸며 하나둘 섬을 떠나갔다. 줄어든 일본군 덕택에 여자들의 몸은 오히려 편해졌다. 겐죠도 예외는 아니었다. 비행기 조종훈련을 받는 동안 며칠씩 보이지 않을 때가 많았다. 망망한 수평선을 바라보고 앉아있는 복례 옆으로 겐죠가 조용히 다가왔다.

"우리 같이 섬을 떠나자."

"정말 집으로 갈 수 있는 거야?"

"여기 있으면 다 죽어. 나도 곧 비행기 타러 가야 돼. 그게 무슨 뜻인 줄 알아? 죽는 거야. 다시는 돌아올 수 없는 비행을 하는 거라고."

"섬에서 어떻게 나가?"

"일본이 전쟁에 지고 있대. 그래서 다들 정신이 없어. 지금이 도망치기 좋은 기회야. 여기 있는 여자들 다 죽이라는 명령이야."

"왜 죽여? 시키는 대로 다 해줬잖아?"

"복례, 우리는 절대로 죽지 말고 살자."

겐죠가 탈출할 방법을 찾는 동안 초선이마저도 고기밥이 되어 복례 곁에서 떠나버렸다. 출산을 한 몸으로 그날부터 위안소 일을 하는 바람에 몸이 견뎌내지 못한 것이다. 초선은 빨갛게 열꽃이 핀 얼굴로 눈에 눈물을 꼭 끼운 채 복례의 손을 잡았다. 조선 땅에 있는 딸을 찾아봐 달라며 꺼져가는 목소리로 한마디 하고는 눈을 감았다. 죽은 초선이의 시신은 복례가 보는 앞에서 바다로 던져졌다. 복례는 초선이 던져진 바다를 하염없이 바라보았다. 초선의 부탁에 고개를 끄덕였지만 과연 이 섬을 살아서 나갈 수 있을지 복례로서는 자신이 없었다. 그도 그럴 것이 간간이 찾아오던 겐죠가 아예 발길을 끊어버렸기 때문이다. 연합군의 비행기가 하루에도 몇 번씩 커다란 굉음을 내며 섬 주변을 맴돌았고 수시로 폭탄을 떨어뜨렸다. 그 폭탄으로 많은 일본 놈들과 여자들이 죽어나갔다. 복례는 겐죠의 말대로 일본이 전쟁에 지고 있다고 확신했다. 복례는 최대한 동굴에 몸을 숨기고 겐죠가 오기만을 기다렸다. 그나마 던져주던 주먹밥도 끊겨버려 굶주린 여자들은 기어 다니는 벌레들을 잡아먹으며 허기를 면해야 했다. 동굴천정에서 떨어지는 물방울을 받아먹으며 목숨을 이어갔지만 겐죠는 여전히 오지 않았다. 그렇게 버티며 얼마나 시간이 지났을까, 겐죠가 조용히 복례를 찾아왔다. 거의 죽기 직전이었던 복례는 힘없는 팔을 겐죠의 목에 걸고 깊게 끌어안았다. 겐죠는 조용히 하라는 신호로 입술에 검지를 가져다 대고 복례의 손을 잡고 살금살금 동굴 밖으로 나갔다. 죽음 직전인 여자들은 복례와 겐죠의 행동을 알아차릴 기운마저도 없이 송장이 되어 누워 있었다. 겐죠의 손에 이끌려 나온 동굴 밖은 밤이었다.

"손 놓치지 말고 무조건 뛰어. 들키면 끝이야,"

복례는 겐죠의 커다란 눈을 바라보고 마른 침을 꿀꺽 삼켰다. 겐죠는 복례의 손을 잡고 달리기 시작했다. 복례는 숨이 끊어질 것 같았지만 있는 힘을 다해 겐죠를 따라갔다. 같이 달린다기보다는 겐죠의 손에 질질 끌려가는 상태였다. 그렇게 쉬지 않고 한참을 달려 도착한 곳은 섬의 끝에 있는 작은 비행장이었다. 연합군의 비행기와는 비교가 안 되게 작은 비행기 여러 대가 나뭇잎들에 가려진 채 달빛을 받아 반짝이고 있었다. 복례는 비행기를 이렇게 가까이서 보기는 처음이었다. 복례는 이제 어쩔 거냐는 눈빛으로 겐죠를 바라보았다. 겐죠는 큰 눈을 반짝이며 복례의 손을 다시 꽉 다잡고 살금살금 비행기로 다가갔다.


이현은 할아버지의 발음이 자신감 없이 끝이 흐렸던 이유를 비로소 알게 되었다.

"섬에 남아있어도 죽고, 비행기를 몰고 전투를 하러 가도 죽지. 비행기가 아주 작아서 연료를 많이 싣지 못했거든. 다시 말해서 살아서 돌아오지 못한다는 뜻이지."

"가미카제."

"그때 어린 우리들은 영웅심과 충성심으로 충만해서 죽음도 거뜬히 뛰어넘었지."

"할아버지는 왜 탈출을 결심했어요?"

이현의 물음에 할아버지는 대답 없이 미소만 지었다.

"우리는 그 비행기를 타고 제법 한참 동안 비행을 했는데 어느새 연료가 바닥이 나서 바다 위로 추락했지. 그런데 운이 좋았나 봐요. 이렇게 살아있는 거 보면. 하지만 언젠가는 죽어요. 시간의 차이만 있을 뿐이지."

할아버지는 이현에게 깍듯하게 겐죠 식의 인사를 하고는 병원 안으로 사라졌다.

곧 퇴근시간이었다. 이현은 꽃집을 하는 수희에게 전화를 걸어 크고 화려한 꽃다발을 주문했다. 어디 가져갈 거냐고 따지는 수희에게 궁금하면 같이 가자고 했다. 이현은 휴대폰 포털 검색 창을 열어 검지에 힘을 주어 검색어를 꾹꾹 입력했다.

○○시 소녀상 위치.

# 가을이 온다

이진숙

　몇 줄 안 되는 소감문인데 썼다 지우고 썼다 지우기를 반복합니다. 수상의 기쁨보다 부끄러움이 더 크기 때문이라 생각합니다. 몇 년 동안 힘들다면 힘든 일들이 많았는데 잘 견뎌왔다는 격려로 여기겠습니다. 글쓰는 내내 행복했습니다. 제 글을 읽으신 단 한 분에게라도 전해지면 좋겠습니다. 다시금 꿈을 꾸게 해 주신 심사위원 선생님들과 관계자 여러분께 깊이 감사드립니다.

# 가을이 온다

이진숙

그녀는 암갈색의 옅은 줄무늬 털옷을 입고 세렝게티가 시작되는 언덕 위에 비스듬히 누워있었다. 퉁퉁 분 젖가슴이 땅에 닿아 숨을 쉴 때마다 대지가 내뿜는 아지랑이와 함께 일렁였다. 무심한 듯 고즈넉해 보이지만 세렝게티는 그녀를 끝없이 단련시켰다. 군더더기 없는 허벅지와 다리는 그녀가 원시의 초원에서 어떻게 독립적인 존재로 살아남았는지 가늠하게 했다. 반면 검은빛이 살짝 도는 호박색 눈동자는 아름답지만 쓸쓸한 사막의 석양을 떠올리게 했다. 그녀는 태어나면서부터 운명에 순응하는 법을 알았다. 교육을 통해 체득했더라면 그녀는 결코 초원의 삶에 만족하지 못했을 것이다. 까마득한 옛날부터 야생에서는 지능보다 본능이 보다 적합한 생존수단이었다.

바깥으로 나가기 위해서는 용기가 필요하다. 나는 마스크와 선글라스로 얼굴을 가린 뒤 카디건을 걸치고 어안렌즈로 바깥의 동태를 살피고서야 현관을 나선다. 백십 년 만의 폭염. 더위에 관한 온갖 기록을 갈아치운 날이지만 다리가 후들거리고 소름이 돋는다. 첫 번째 장애물인 엘리베이터에 다행히 동승자가 없다. 오늘 외출은 어쩌면 성공할 수 있겠다는 자신감이 생긴다. 일 층에 도착해 엘리베이터 문이 열리자마자 걸음을 재촉한다. 되도록 사람과 부딪히지 않기 위해서다. 하지만 서두르면 서두를수록 사람의 시선을 더 끌게 된다는 사실을 나는 깨닫지 못한다. 아파트상가 편의점에 들러 생수와 라면을 사서 집으로 돌아가야 한다는 강박에 벌써 지배당해 있다.

음료코너는 편의점 정문에서 일직선에 있고, 가공식품코너는 음료코너에서 좌측으로 모서리를 돌아야 한다. 편의점 문을 열자 풍경소리가 딸랑거리고 "어서 오세요!"라는 앳된 아르바이트생의 목소리가 이어진다. 소리에 긴장한 나는 성급히 음료코너로 가서 이 리터짜리 생수병 하나를 거머쥔다. 가공식품코너까지는 좌측으로 열두 발 짝 남짓. 뒤를 돌아 왼쪽으로 가기만 하면 된다. 하지만 반대편에서 오던 사람과 부딪혀 생수병이 떨어진다. 손이 떨린다. "어머, 죄송합니다." 새된 여자의 음성이 귀에 박힌다. 순간 여자와 눈이 마주친다. 계획에 없던 일이다. 동공이 흔들리고 식은땀이 흐른다.

"괜찮으세요?" 여자가 내 눈을 똑바로 보기 위해 몸을 숙인다. 나는 얼굴까지 빨개진다. 군데군데 흩어져 있던 사람들이 모여든다. 언젠가 본 적 있는 풍경이다. 가슴에 통증이 느껴진다. 나는 널브러진 생수병을 그대로 둔 채 편의점을 뛰쳐나간다. 뒤에서 웅성대는 소리가 들린다. 아니, 들리는 듯하다.

― 몰랐어? 저 여자, 아이가 죽었잖아. 방송에도 나오고 그랬대. 그 사고로 좀 이상해졌다더니 진짠가 보네. 어떡하니. 안 됐다.

어떻게 집으로 돌아왔는지 모르겠다. 집을 찾아온 것만도 지금 내 상태로는 다행한 일이다. 자꾸만 꺾어지려는 다리를 이끌고 이삿짐이 덜 풀린 거실을 지나 욕실로 직행한다. 변기에 얼굴을 박고 속에 있는 것들을 게워낸다. 입에 거품 같은 침만 고일 뿐 아무것도 나오지 않는다. 곡기라곤 입에 대지 않았다는 걸 깨닫는다. 속이 더 메슥거린다.

— 저 여자, 아이가 죽었대.

어디선가 사람들이 수군대는 소리가 쟁쟁거리기 시작한다. 눈을 감고 입술을 깨물어도, 도리질을 해봐도, 귀를 막아도 들린다. 남편은 내가 너무 예민하기 때문이라 했다.

— 여기 사람들이 알 턱이 없잖아. 이사 온 지 얼마 되지도 않았는데.

남편은 자신에게 주문을 걸듯 이어서 말했다.

— 당신 잘못 아니야. 누구에게나 벌어질 수 있는 그냥 사고야.

목소리는 확신에 차 있었지만 눈빛은 흔들렸다. 남편의 위로는 나를 죄책감과 자괴감의 심연으로 더욱더 빠져들게 할 뿐이다.

— 세연이… 내 새끼… 차라리 내가 죽었어야지…. 내가 죽었어야 했는데…. 미안해…. 미안해…. 엄마가 미안해….

가슴을 쥐어뜯고 머리를 벽에 찧어도 고통은 사그라지지 않는다. 눈물이라도 쏟는다면 이 고통이 덜어질까. 생살을 도려내고 뼈를 부러뜨리면 눈물이 날까. 세연을 황망히 보내면서 눈물 한 방울도 허락하지 않는 고통의 신이 존재한다는 걸 그때 비로소 알았다. 나는 빈센트 반 고흐의 작품에 등장하는 벌거벗은 여자처럼 욕실 바닥에 웅크린 채 얼굴을 파묻는다. 그녀가 짊어진 생의 버거움과 비탄이 고스란히 내 것이 된다.


— 여보… 추워…. 이불 좀.

시간을 확인하지 않아도 새벽녘이라는 건 피부로 느낄 수 있다. 이불을 당기려 손을 뻗었지만 아무것도 잡히지 않는다. 옆자리는 비어있고 얇은 리플이불이 방바닥에 나뒹굴고 있다. 옷은 어제 입은 그대로이다. 이 시간에 남편은 어디로 갔을까. 겨우 윗몸을 일으켜 머리맡의 시계를 확인한다. 새벽 다섯 시 이십오 분. 온도 이십팔도. 습도 칠십 퍼센트. 온도와 습도까지 표시되는 탁상시계는 오늘도 어제처럼 무더울 거라는 실시간 예보를 하고 있다. 나는 아무래도 항온기능을 하는 몸의 어딘가가 고장 난 게 분명하다. 이 더위에 한기라니. 창문에 쳐놓은 암막커튼 틈으로 달을 밀어낸 여름 해가 성마르게 기웃댄다. 머리가 지끈거린다. 온몸이 등산한 이튿날처럼 무지근하다.

냉장고를 여니 문 쪽 서랍 칸에 이 리터짜리 생수가 가득하다. 문득 어제 일이 떠올라 입이 마른다. 생수 한 병을 꺼내 벌컥벌컥 들이킨다. 몸은 한기를 느낄 만큼 바들거리는데 속에는 뜨거운 돌덩이 하나가 똬리를 틀고 열기를 뿜어낸다. 생수를 넣으려다 냉동고 쪽문에 붙은 포스트잇 메모지를 발견한다.

― 대전 출장이야. 일요일 아침에 돌아올 거야. 생수하고 즉석 밥 사다놨어. 끼니 잊지 말고 잘 챙겨. 당신 좋아하는 우거지된장국 끓여놨으니까 입맛이 없더라도 아침은 꼭 밥을 먹도록 해. 기차시간 때문에 얼굴 못 보고 간다. 힘내자, 우리.

성격만큼이나 반듯한 남편의 글씨에 심장이 저릿해진다. 냉장고 하단에 유독 자리를 많이 차지한 큰 냄비에는 남편이 어설픈 솜씨로 주섬주섬 만들어 놓은 일주일치 우거지된장국이 들어있으리라. 확인해보지 않아도 다용도실에는 생수와 라면, 즉석 밥이 쟁여져있겠지. 언젠가부터 나는 음식을 만들지 못하게 되었다. 칼질이나 가위질을 할라치면 손가락이 잘리는 불쾌한 상상이 엄습해 몸이 얼어붙고 만다.

남편은 우거지된장국을 끓이며 무슨 생각을 했을까. 묵은 된장이 풀리듯 어느 날 갑자기 엉켜버린 불행의 실타래가 풀리길 바랐을까. 맵디매운 현실이지만 극복할 수 있다고 스스로 각인하며 고추를 썰어 넣고 마늘을 다져넣었을까.

– 이건 아니다…. 이건 사는 게 아니야….

그동안 힘겹게 버티던 의지의 한 축이 일순간에 무너져 내린다. 엄마로 서, 아내로서, 아무 구실도 못하는 나는…. 마땅히 걸어둘 데를 찾지 못 해 식탁 위에 세워둔 십자수 액자처럼 명분을 잃어버린 게 아닌가. 세연 을 가진 후 시작해 낳을 때쯤 완성한 액자에는 김현승 시인의 '플라타너 스'가 초록색 실로 수놓아져 있다.

– 홀로 되어 외로울 제 플라타너스 너는 그 길을 나와 같이 걸었다.

나는 시 속의 문장을 속으로 되뇌며 허우적허우적 거실을 지나 집을 빠져나간다. 시인은 플라타너스를 동반자로 삼아 유한자로서 고독을 견 디며 어떻게든 살아보겠다는 삶의 의지를 노래했다. 하지만 나는 늘 어 떻게 죽을까 고민했고, 오늘 그 해답을 찾은 것 같다.


우리 집이 있는 삼백삼동 정문을 끼고 오른쪽 뒤편으로 돌아 걸으면 뒷산과 이어지는 오솔길에 다다른다. 아름드리 키 큰 플라타너스들과 잡 풀이 무성한 이곳을 지나면 산책로가 시작된다. 원래 아파트 주민들의 쉼터로 만들어졌지만 몇 해 전 어떤 불상사가 생긴 이후로 방치되었다고 한다. 입구에 허리까지 오는 쥐똥나무 울타리가 쳐져 있다. 그 틈 사이로 낡은 플라스틱 팻말이 보인다. '출입금지'라는 붉은 글씨가 오랜 세월 햇 빛에 노출된 탓에 색이 바랬다. 담장을 쌓아 원천봉쇄하지 않은 다음에 야 뒷산으로 오르는 지름길인 이곳을 등산객이 포기하기 만무하다. 몰 래몰래 여기를 통해 산을 오른 몇몇 선구자들 덕분에 나무는 한사람이 지나다닐 만큼만 양옆으로 휘어져 길을 터주고 있지만 울타리는 애초부 터 제 역할을 했는지 의심스러울 정도로 질서 없이 얼기설기 얽혀있다.

나는 이사 온 첫날부터 이곳이 마음에 들었다. 어떤 사연이 깃들어있 는지는 궁금하지 않았다. 머물 수 있는 쉼터 대신 스치고 지나가는 길목이 되어서야 자생력을 찾아 무성해진 이곳이 왠지 위안을 주었다. 그래서 인적 끊기는 밤중에 가끔 들어와 플라타너스와 삼백삼동 건물 중간에 세워진 나무의자에 앉아 있고는 했다. 플라타너스는 여름 내내 이어진 무더위와 가뭄으로 토양이 말라갈 때에도 가지를 하늘로 당당히 뻗은 채 싱그러움을 잃지 않았다. 이십여 년 전 아파트가 들어설 때부터 있었다는 이 나무에는 이곳 사람들의 어떤 사정들이 나이테로 새겨져 있을까. 나이테는 우리나라처럼 계절의 변화가 뚜렷한 지역에 사는 나무들의 특성으로, 일 년 내내 무더운 열대지방에서 자라는 나무는 나이테가 없거나 있어도 선명하지 못하다는 이야기를 들은 적 있다. 나는 나무가 허락한다면 끝이 닿지 않는 나선형 무늬의 나이테로 남아 나무의 작디작은 세포로, 이름도 존재도 없이 살다가 풍화되고 싶다. 나는. 오늘. 이곳에서. 죽으려 한다.

　그녀를 처음 만난 건 니트 카디건을 벗어 엇감은 뒤 플라타너스 가지에 매달려고 나무의자 위에 한 발을 걸쳤을 때였다. 잠시 뒤 어떤 살풍경이 펼쳐질지 이루 표현할 길 없는 감정이 소용돌이치던 순간이었다. 어디선가 '야옹'하는 소리가 고요를 깼다. 찰나에 불과했지만 그 소리는 하던 일을 멈추게 할 만큼 단호하면서도 마음을 감싸줄 만큼 따뜻하기도 했다. 나는 팽팽하던 긴장의 사슬이 끊어지는 느낌에 안도했다. 어쩌면 나는 폭주하는 나를 말려줄 무언가를 기대하며 이곳으로 왔는지도 모르겠다.
　그녀는 사람들 발길이 닿지 않은 잡목들 사이에서 나를 빤히 바라보고 있었다. 우리는 이 미터도 채 안 되는 거리를 두고 오랫동안 서로를 응시했다. 한참이 지나서야 어미 옆에서 놀고 있는 새끼 두 마리가 눈에 들어왔다. 새끼들은 암갈색 줄무늬의 엄마를 닮지 않았다. 한 마리는 완전히 흰털을, 다른 한 마리는 흰색에 까만 점박이가 섞인 털을 가지고 있었다. 서로 깨물며 장난을 치던 새끼들이 폴짝폴짝 뛰어서 어미 가슴으로 파고들었다. 젖을 찾는 모양이었다. 그녀는 선 채로 젖을 물렸다. 새끼들은 통통하게 살이 올라 있었다. 모성이 강한 어미가 틀림없었다.

나는 이곳에 온 목적을 까맣게 잊어버린 채 어미가 아기고양이에게 젖 먹이는 모습을 지켜보았다. 경이를 넘어 어떤 뭉클한 감정이 솟아올랐다. 나도 한때는 세연에게 젖을 먹이던 어미였다. 세연이 처음 젖을 물었을 때 따끔하고 찌릿하던 그 느낌, 세연이 입속 가득 젖을 물고 오물거리다가 꿀떡꿀떡 넘기던 그 소리, 젖가슴에 닿아있던 세연의 작은 코와 턱, 처음 마주쳤던 눈동자…. 감각이 생생하게 되살아나 눈을 뗄 수가 없었다. 그렇게 얼마나 몰입한 상태로 있었을까. 그녀가 확장되었던 동공을 수축시키며 눈을 지그시 감았다 떴다. 나를 위험인물로 여기지 않는다는 신호 같았다.

"안녕하세요?"

낯선 여자의 음성이 나를 비현실에서 현실로 돌아오게 했다. 나는 화들짝 놀라 뒤를 돌아보았다. 여자는 한 손에 종이가방을 들고 빈손으로는 이마의 땀을 닦으며 나에게 붙임성 있는 미소를 보냈다. 나도 엉겁결에 웃어 보이며 어색하게 고개를 까닥였다. 여자는 고양이 가족이 있는 곳을 흘깃 쳐다보았다.

"일부러 아무도 없는 새벽에 나왔는데 웬 낯선 분이 계셔서 깜짝 놀랐지 뭐예요. 근데 아까부터 얘들을 바라보시는 눈길이 따스해보여서 마음이 놓였어요. 해코지하는 분들도 더러 있거든요. 길고양이에게 먹이 주는 걸 싫어하는 주민들 때문에 이렇게 사람 없을 새벽이나 야밤에 몰래몰래 가져다준답니다."

여자는 묻지도 않은 이야기를 하소연하듯 토로하며 종이가방에서 고양이 것으로 보이는 사료그릇과 물그릇을 꺼냈다. 그리곤 고양이 가족이 있는 곳에서 다소 떨어진 으슥한 곳에 내려놓았다. 어미가 새끼들에게 젖을 물린 채 고개만 돌려 그릇을 확인했다.

"이 녀석은 일 년이나 먹이를 주는데도 전혀 곁을 안 주네요."

여자가 내 옆으로 오더니 다짜고짜 팔을 붙들고 어딘가로 이끌었다.

"우리가 보고 있으면 안 먹을 거예요. 멀리 떨어져 있어야 해요."

나는 여자가 이끄는 대로 삼백삼동 건물 측면 밑으로 갔다. 그곳에는 사람 둘이 앉을만한 낮고 평평한 바위가 있었다. 나는 여기에 이런 게 있었나 싶었지만 웃자란 잡초에 가려 눈에 잘 안 띄었으리라 짐작했다. 우리가 멀리 떨어지자 어미가 일어나 새끼들을 놔둔 채 사료가 있는 곳으로 어슬렁어슬렁 걸어갔다. 어미는 먹이를 보고도 결코 서두르지 않았다. 코를 그릇에 가까이 대고 느긋하게 씹고 음미했다. 결혼 전 친정에서 키우던 말티즈 강아지는 사료그릇만 들어도 깡충깡충 빙글빙글 난리도 아니었다. 식탐이 너무 강해 사료를 먹는다기보다 인공청소기처럼 흡입하는 수준이었는데 길에서 태어나 살면서 굶주림이 일상다반사였을 텐데도 품위를 잃지 않다니. 감탄과 안쓰러움이 교차했다.

"쟤네들은 사료를 다 먹지도 않아요. 언제나 조금씩은 남겨놓는답니다. 참 이상하죠? 다 먹어치울 법도 한데 말예요."

여자가 내 마음을 읽기라도 한 듯 말했다.

"이젠 이 일도 오늘이 마지막이네요. 저 어린 것들을 두고 발길이 떨어질까 몰라요. 어느 날 새끼가 새끼를 낳아왔는데 어찌나 황망하던지. 새끼들이 어느 정도 자라 독립하면 TNR까지 책임지려 했는데…."

여자가 TNR은 구청에서 길고양이를 포획(Trap), 중성화수술(Neuter), 방생(Return)하는 제도라고 덧붙였다. 그러면서 전세만기가 도래해 연장하려 했지만 집주인이 제시한 가격이 맞지 않아 내일이면 이사를 가야 하는데 이래저래 마음이 편치 않다고 했다.

"일 년 전 재를 만나 얼떨결에 캣맘이 되었지 뭐예요. 내 팔자에 캣맘이라니. 우리 딸이 처음엔 콧방귀를 뀌더라고요. 제가 네 발 달린 짐승을 무서워했거든요. 더 웃긴 건 뭔지 알아요? 제가 비염환자라는 거예요. 그런 제가 약을 먹으면서까지 사료를 챙겨주고 있으니 아마도 전생에 저 아이에게 큰 빚을 졌나 봐요."

여자는 아파트 안에 주기적으로 길고양이를 챙기는 캣맘들이 있다고 했다. 일부 주민들의 원성 때문에 아예 집에 데려가 키우거나 TNR에 발 벗고 나서며 어떡하면 다툼이나 피해 없이 길고양이와 공생할 수 있을까 고민 중이라고도 했다.

"저도 예전엔 캣맘들을 이해하지 못했어요. 저 아이를 만나기 전이었죠. 일 년 전쯤부터 갱년기우울증 때문에 이곳에 와서 혼자 음악을 듣곤 했어요. 집안에 있으면 숨이 막힐 것 같고 밖에 나오면 사람 만나기가 겁이 났는데 인적 없는 이곳이 왠지 안정감을 줬어요. 그러다 우연히 여기에 먼저 터를 잡고 있던 저 아이를 만나게 된 거죠. 저 아이가 아니었다면 전 아직도 갱년기우울증에서 벗어나지 못했을 거예요. 다른 사람이 보기엔 비천한 길고양이일지 모르겠지만 제겐 은인이나 마찬가집니다. 그래서 욕먹을 각오로 사료를 챙겨주는 거예요. 저 아이가 내게 준 평화에 비하면 이 일은 정말 손톱의 때만큼도 아니랍니다. 참, 여기가 왜 출입금지 구역이 됐는지 알아요? 언제였다더라? 암튼 몇 해 전에 여기서 사람이 죽었대요. 나무에 목을 매달고 죽었다나 봐요. 끔찍하게도…. 죽은 사람한텐 미안하지만 그건 나무에게도 못할 짓이죠. 안 그래요?"

나는 여자의 느닷없는 질문에 뜨끔했다. 어떤 나무일까. 내가 아까 매달리려 했던 그 플라타너스일까. 이곳에는 대여섯 그루의 플라타너스가 사이좋게 일렬로 서 있다. 그 중 하나일 테지. 그이는 무엇 때문에 스스로 삶을 마감하려 했을까. 그이의 삶은 어떤 무늬의 나이테로 남아있을까.

"혹시… 괜찮으시다면 쟤들한테 사료 좀 챙겨 주시겠어요? 꼬물이들 독립할 때까지 얼추 두어 달 정도면 충분해요. 다른 캣맘한테 부탁할까 생각도 해봤지만 여기 이사 와서 이 년 동안 두문불출 살다 보니 서로 왕래가 없네요. 아, 초면에 불쾌했다면 미안합니다. 아까 쟤들을 바라보시는 눈빛이 하도 따뜻해 보여 나도 모르게 그만."

여자는 진정으로 고양이 가족을 걱정하고 있었다. 그 진심이 통해서였을까? 내 입에서 나온 대답은 나도 믿지 않았다.

"어떻게 하면… 되나요?"

생에 종지부를 찍으려 했던 순간, 나는 엉겁결에 세 마리 생명체를 보살피는 대리모가 되었다. 이 역설을 어떻게 설명해야 하나. 전생에 여자보다 더 큰 빚을 저 고양이들에게 진 업보일까. 여자는 믿거나 말거나 길고양이들은 자신을 보호해줄 사람을 스스로 고른다고 강조했다. 그야말로 '간택 당한' 내가 해야 할 일은 예측 가능한 것을 좋아하는 그들을 위해 사료는 되도록 규칙적으로 주되 반드시 물과 함께 준비할 것, 식사가 끝날 때까지 기다렸다가 그릇은 꼭 치울 것, 주변은 파리나 바퀴벌레가 생기지 않도록 늘 청결히 할 것, 타고나기를 고고하게 타고난 그들은 쉽게 정을 주지 않으므로 빨리 친해지려 애쓰지 말 것, 만약 이 일을 하다가 비난하는 사람을 만난다면 절대 싸우지 말 것 등을 당부했다. 여자는 '좋은 분' 덕분에 안심하고 떠난다며 남은 사료와 일회용 그릇들을 챙겨다 주었다.

집에 돌아와서야 나는 마스크와 선글라스를 쓰지 않았다는 걸 깨닫는다. 세연을 잃은 후 마스크와 선글라스 없이 사람을 만나 오랜 시간 대화를 나눈 것은 처음이다. 불현듯 시장기가 돌아 냉장고에서 남편이 끓여놓은 우거지된장국 냄비를 꺼내 가스레인지 위에 올리고 불을 켠다. 다용도실에서 즉석 밥 하나를 들고 와 전자레인지에 돌린다. 밥과 국을 쟁반에 담아 컴퓨터 앞으로 간다. 컴퓨터가 켜질 때까지 국에 밥을 말아 오물거리며 기다린다. 윈도우 화면이 뜨자 인터넷을 누르고 검색창에 '길고양이'라고 쳐 본다. 관련 정보가 화면을 가득 채운다. 마우스 커서를 내려 눈으로 대충 읽는 사이 밥 한 그릇을 뚝딱 비운다. 쟁반을 옆으로 치우고 의욕에 불타는 신입사원처럼 컴퓨터 화면에 집중한다. 한참 뒤. 나는 마스크와 선글라스를 들고 다용도실로 간다. 잠시 망설이다 종량제봉투에 담는다. 욕실로 가 비누로 뽀드득 얼굴을 씻고 거울 속 민낯을 마주본다. 거울을 마지막으로 본 게 언제였더라. 내 것인 듯 아닌 듯 익숙하면서도 낯선 얼굴이 나를 빤히 바라본다. 지난 몇 개월 동안 거울 속 여자가 겪은 일들이 얼굴에 잔주름과 기미로 남아 칙칙하다.

– 너 잘못 아니야….

나는 손을 내밀어 거울 속 여자의 얼굴을 쓰다듬는다. 손에 남았던 물기가 여자의 뺨에 닿아 눈물처럼 한 방울 흘러내리다 만다.


첫날 새벽. 그녀는, 아니 녀석은 늘 밥을 주던 여자 대신 내가 나타나자 경계를 멈추지 않았다. 사료를 보고도 한참 동안 움직일 생각을 안 했다. 어제 봤으면서 벌써 나를 잊었나? 왠지 섭섭한 기분이 들었다. 나는 여자가 가르쳐 준 대로 멀리 떨어진 바위에 앉아 조용히 기다렸다. 시간이 흐르자 다행히 녀석이 사료를 먹어주었다. 녀석은 배를 채운 후 새끼들에게 젖을 먹였다. 젖을 먹인 후에는 한참동안 핥아주더니 새끼들을 이끌고 어딘가로 느릿느릿 걸어갔다. 은신처로 가는 것 같았다. 나는 녀석들이 안 보일 때까지 기다렸다가 사료와 물그릇을 수거했다. 여자 말대로 사료가 밑바닥에 약간 남아있었다.

오 일 동안 똑같은 패턴이 반복되었다. 이른 새벽과 한밤중, 하루에 두 번 사료와 물을 배달했다. 한번은 새벽에 사료를 주다가 산길로 향하던 등산객과 딱 마주쳤다. 칠십대쯤 되어 보이는 할머니였다. "고양이 싫어하는 사람들도 생각해줘야지 원. 불쌍하면 자기네 집에 데리고 가서 키우든가 자기만족에 취해서 다른 사람이 피해를 입는지 어떤지 관심도 없다니까. 참 이기적인 사람들이야." 할머니는 완고한 표정으로 혼잣말처럼, 그러나 들으란 듯이 구시렁대며 지나갔다. 욕 세례를 받지 않아 그나마 다행이다 싶었다. 다음부턴 사람들과 마주치지 않도록 더 조심하리라 다짐했다.

녀석과 만난 지 엿새째. 전날 밤 가늘게 내리던 비가 새벽부터 거세지기 시작했다. 한 달 넘게 계속되던 폭염과 가뭄해갈에 도움이 될 만한 비였지만 걱정이 앞섰다. 신발장을 뒤져 살이 부러진 우산 하나를 찾아냈다. 세연이가 쓰던 요괴워치 우산이었다. 펼치면 두 귀도 쫑긋 서는 주황색 우산. 비가 안 오는 날에도 쓰고 다닐 만큼 세연이 애지중지했던 우산. 자꾸 과거로 돌아가려는 머리를 흔들었다. 곧 녀석이 올 시간이다. 사료가방을 챙기고 비옷을 펼쳐 입은 뒤 집을 나섰다.

나는 우산을 펴 잡목 속에 거꾸로 집어넣었다. 혹시 지나가던 사람이 발견해도 누가 버린 우산이겠거니 무심히 지나쳐갈 정도가 될 때까지 밀어 넣은 후 안쪽에 사료그릇을 놓았다. 누가 보아도 부러진 우산 하나가 펼쳐진 채로 버려진 듯했다. 녀석이 비를 맞지 않고 사료를 먹을 생각을 하니 내심 뿌듯했다.

시간이 지나도 녀석은 나타나지 않았다. 녀석도, 사람도, 삼십 분이 지났지만 아무도 지나가지 않았다. 비는 더욱 거세져 비옷이 닿지 않는 무릎 아래로 흙탕물이 튀어 바지가 축축했다. 은신처에서 비가 그치기를 기다리나? 그칠 비가 아닌데…. 은신처를 알면 그곳으로 갖다 주면 좋으

런만. 혼자 온갖 상상을 하다가 일단 귀가하기로 했다. 땀과 비로 범벅이 되기도 했지만 내일 아침이면 남편이 출장을 마치고 돌아온다. 어젯밤 용기를 내 남편에게 전화를 걸었다. 남편은 나를 배려해선지 한 번도 먼저 연락하지 않았다.

— 너무 오래 외로웠지? 이젠 당신 힘들게 안 할게.

남편이 오면 어젯밤 했던 말이 빈말이 아니란 걸 증명해 보이고 싶었다. 내게 기적처럼 굴러들어온 일상의 변화를 자랑하고 싶었다. 쑥스럽지만 다시 함께 행복을 꿈꾸자고 말하고도 싶었다.

샤워를 마치고도 왠지 싱숭생숭해 다시 내려가 보았다. 사료는 그대로 있었고, 장대비만 요란하게 땅과 나무와 바위를 때렸다. 주위를 둘러보았지만 녀석의 흔적은 어디에도 없었다. 집에 올라와 혼란스러워진 머리도 정리할 겸 이사 후 제대로 청소한 적 없는 곳곳을 쓸고 닦았다. 청소를 대충 마무리하니 정오가 훌쩍 지나있었다. 아침을 먹지 않아 허기진 배를 밥 한 술로 채우고 다시 내려갔다. 역시 보이지 않았다. 빗물이 튀어 사료가 눅눅해져 있었다. 이 비에 헛일이란 걸 알면서도 사료를 새로 갖다놓기 위해 집으로 향했다. 다리가 후들거리고 좀체 진정되지 않았다.

밤이 되어도 비는 지칠 줄 몰랐다. 혼자 있기 무서워 틀어놓은 TV에서는 종일 재난방송이 이어지고 있다. 남녀 앵커가 폭염에 이어 폭우에 의한 피해가 잇따르고 있다는 뉴스를 반복해 보도했다. 비가 잠시 소강상태를 보이는 틈을 타 다시 내려가 보았다. 녀석을 만나리라 내심 기대했지만 반겨주는 건 캄캄한 어둠뿐이었다. 손전등으로 여기저기 비춰보아도 허공에서 가늘게 부서지는 빗방울 외에는 특이한 것이 발견되지 않았다.

뜬 눈으로 밤을 꼬박 새웠다. 침대에 누워보고 거실을 거닐어보고 심야방송에 귀를 기울여도 보았지만 잠은 오지 않았다. 그러는 동안 비는 내렸다 그치기를 반복했다. 새벽녘이 되자 무시무시했던 폭우는 더 이상 없을 듯했다. 가랑비 떨어지는 소리가 방안으로 스며들어왔다. 다시 내려가 보기 위해 무거운 몸을 일으키려는 순간, 현관 도어록을 누르는 소리가 나더니 문이 열렸다. 남편이 돌아왔다.

예정된 시간보다 빨리 돌아온 남편은 그제 밤 통화로 한층 상기된 표정이었다. 남편의 손에는 기차역에서 파는 호두과자가 들려있었다. 그런 남편에게 또 다시 퀭하고 어둡고 기진맥진한 나를 보여줄 수밖에 없다는 사실에 절망했다.

"어떡해? 혹시라도 비에 쓸려갔을까? 죽었을까? 새끼들도?"

반가운 마중도 없이 두서없이 쏟아내는 말에 남편이 나를 꼭 안으며 등을 토닥였다.

"괜찮을 거야. 비 그치면 같이 찾아보자."


비가 그치자 신기하게도 아치형 쌍무지개가 떴다. 남편과 나는 좋은 징조라 여기며 함께 집을 나섰다. 오솔길에 도착해 우선 사료를 놓아둔 곳부터 찾았다. 펼쳐진 우산 아래 빗물에 불은 사료가 담긴 그릇이 덩그러니 놓여있었다. 거센 빗물을 막기에는 우산이 너무 작았나 보았다. 남편이 우산을 물끄러미 바라보는 게 느껴졌다. 나는 얼른 우산을 끌어내 접고 사료그릇을 비닐봉지에 담았다. 남편이 짐짓 못 본 척하며 주위를 둘러보았다.

남편과 나는 한 번도 가본 적 없는 삼백삼동 건물 뒤편을 살펴보기로 했다. 건물 뒤편은 아무렇게나 자란 풀들 사이로 누군가 버린 캔 종류의 쓰레기가 군데군데 떨어져 있었다. 길이 나 있지 않은 걸로 보아 적어도 최근에는 사람들 왕래가 전혀 없는 것 같았다. 건물 아래에는 땅과 약간의 차이를 두고 필로티처럼 비를 피할 수 있는 작은 공간이 있고, 지하기계실로 통하는 창문이 깨져있어 고양이가 은신하기에 안성맞춤으로 보였다.

건물 밑쪽을 살피며 앞서 가던 남편이 속도를 내다가 몇 발자국 안 가 우뚝 섰다. 그러더니 소리 안 나게 살금살금 두어 걸음 내 쪽으로 뒷걸음질 쳤다. 내 곁으로 다가온 남편이 검지로 건물 아래를 가리켰다. 손가락 끝에는 그렇게나 애를 태웠던 고양이 가족이 있었다. 기쁜 마음에 다가가려는 나를 남편이 말렸다.

"잠시만 이대로 있는 게 좋겠다."

어미는 새끼가 일어날 때까지 언제까지고 핥고, 핥고, 또 핥았다. 널브러진 흰색 털의 새끼는 어미가 필사적으로 온몸을 핥으며 온기를 전해도 꿈쩍하지 않았다. 옆에는 점박이가 섞인 다른 새끼가 어미의 행동을 지켜보고 있었다. 평소 느긋하고 위엄 있어 보이기까지 하던 어미는 당황한 듯 서둘렀고 절박해보였다.

순간, 봉인되어 있던 어느 봄날의 기억이 해제되면서 내 입에서 흐느낌인지 탄식인지 모를 소리가 새 나왔다. 나는 고양이에게 들릴까봐 입을 막았다. 두 눈에서는 하염없이 눈물이 흘러내렸다. 그동안 아무리 애를 써도 나오지 않던 눈물이 굵은 물줄기가 되어 주르륵주르륵 쏟아져 내렸다. 남편이 나를 꽉 껴안았다.

오늘은 햇살이 유난히 눈부시다. 남편과 나, 세연은 봄나들이를 가기 위해 집을 나선다. 우리는 산 중턱에 위치한 신축아파트에 산다. 산을 깎아 지어, 아파트 안 곳곳에는 언덕이 많다. 그래서 가끔 이중주차해 놓은 차를 이리 밀고 저리 밀고 하다가 사고가 나기도 한다. 운전자도 없는 빈 차가 언덕을 굴러 내려와 언덕 밑에 주차해 놓은 다른 차를 치기도 한다. 다행히 인명피해는 없다. 관리사무소에서 만일의 위험을 알리고 이중주차는 절대 하지 말라고 당부하지만 주민들은 잘 듣지 않는다. 자잘한 사고는 많았으나 죽거나 다친 사람은 없기에 주민들은 점점 안전의식이 희박해져 간다.

유모차와 짐을 든 남편이 먼저 주차장으로 간다. 차에 먼저 가서 짐을 싣고 시동을 걸어놓겠다고 한다. 나는 그러라고 하며 세연을 내려놓는다. 삼십 개월을 갓 넘긴 세연은 독립심이 생겼는지 무엇이든 혼자 힘으로 하길 좋아한다. "엄마, 나 걸을래요. 혼자 걸을 수 있어요."라며 제법 긴 문장을 만들어 말할 줄도 안다. 나는 코를 실룩거리며 걷는 세연을 찍기 위해 휴대폰을 꺼낸다. 세연과 멀찍이 떨어져 앞에서 걸어오는 세연을 찍는다. 한순간이라도 놓칠세라 이렇게 저렇게 각도와 거리를 달리해 여러 장을 찍는다.

그날, 그 봄날은 슬로 모션으로 기억된다. 언덕을 굴러 내려오는 자동차. 피로 물든 세연의 얼굴. 따뜻하던 입술. 포시럽던 볼과 손. 사람들의 비명소리. 웅성웅성 모여드는 소리. 내가 울부짖는 듯한 소리. 그렇게 그 봄날은 아스라이 페이드 아웃된다.


어미는 죽은 새끼를 두고 살아남은 새끼만 물고 어디론가 떠났다. 사력을 다했지만 결국 죽고만 새끼를 두 번 다시 돌아보지 않고 매정하게 떠났다. 녀석은 운명을 거슬렀던 나와는 달리 순응하는 법을 알았다. 남편과 나는 차갑게 식은 새끼를 예쁜 손수건에 싸서 어미와 형제의 추억이 서린 오솔길 한쪽 양지바른 곳에 묻어주었다.

– 너를 맞이하려고 하늘은 저리도 아름다운 쌍무지개 다리를 놓았구나. 다음 생에는 길이 아닌 곳에서 태어나 사랑만 받다 천수를 누리렴.

어미는 그 뒤 한참 동안 모습을 드러내지 않았다. 남편과 나는 행여 녀석이 나타날까 사료 주는 일을 빼놓지 않았다. 그러는 사이 계절은 빠르게 여름옷을 벗어던지고 있었다. 새벽공기가 제법 차다고 느껴지던 어느 날이었다. 그날은 둘 다 늦잠을 자는 바람에 새벽 배식시간을 놓쳐 버렸다. 해가 중천에 막 오르려 하고 있었다. 나는 이불을 둘둘 말고 엎어져 있는 남편의 엉덩이를 두드려 깨웠다.

우리가 서둘러 채비를 하고 오솔길에 이르렀을 때, 자취를 감추었던 어미와 새끼가 전날 밤 놓아둔 사료를 먹고 있었다. 이십여 일 만에 나타난 그들은 아무 일도 없었다는 듯 평화롭게 식사를 했다. 우리는 발소리를 죽이고 멀리 떨어진 곳에서 녀석들을 관찰했다. 다행히 어미도 새끼도 건강해 보였다. 손바닥만 하던 새끼는 어느새 팔뚝만 하게 자라 있었다. 우리는 대단한 발견이라도 한 것처럼 조그만 소리로 감탄사를 연발하며 호들갑을 떨었다.

순간, 인기척을 느꼈는지 어미가 우리 쪽을 돌아보았다. 우리가 조사한 바에 따르면 녀석은 무려 32개의 근육과 180도 회전 가능한 귀로 우리가 내뿜는 미세한 소리를 포착했을 것이다. 어미의 눈에 경계하는 빛은 보이지 않았다. 행동을 멈추고 우리를 잠시 주시하더니 다시 사료를 먹기 시작했다.

어미는 식사를 마친 후 느긋하게 일광욕을 즐겼다. 우리는 아예 안중에도 없는 듯한 태도였다. 그 위용이 마치 세렝게티 초원의 한 마리 암호랑이 같았다. 활력을 주체 못하는 새끼는 까치발을 하고 몸을 쭉 뻗어 플라타너스 딱딱한 줄기에 발톱을 갈기도 했다.

"저 아이에게 어떤 이름이 어울릴까 줄곧 생각했는데 오늘 딱 어울리는 이름이 떠올랐어. 가을이. 저 털 색깔 좀 봐. 가을이랑 닮았잖아. 보호색처럼."

남편의 귀에 대고 소곤거리자 남편이 빙그레 웃었다. 덧니가 살짝 보였다. 엷게 단풍 든 플라타너스 잎 하나가 발치에 떨어졌다.

"가을이 오긴 오는구나."

남편이 내 어깨를 감싸 안았다. 나는 남편의 허리에 두 팔을 두르고 힘껏 깍지를 꼈다.

# 사춘기

장서인

　'소설'은 내게 영원한 숙제 같은 존재다. 그래서 때로는 숙제하기 싫은 아이처럼 던져버리고 싶은데 그게 잘 안 된다. 내가 성실하고 모범적인 아이라서일까!

　거의 몇 년 만에 다시 소설을 펼쳤다. 쓰지 않으면 정말 힘들 것 같아 밤을 꼬박 샌 적도 있었다. 작년에 인생의 터닝 포인트를 겪으면서 담아 두었던 모든 일들을 다시 풀어내야 할 것만 같았다. 지금까지 겪은 나의 모든 일들이 소설처럼 다가왔다.

　당선되었다는 전화를 받았을 때 우선 두 아들이 먼저 떠올랐다. 아이들은 "축하드립니다. 어머니"라며 정말로 기뻐해주었다. 남편이 떠난 자리를 대신해주는 의젓한 두 아들, 아이들을 위해서라도 다시 소설을 써야겠다.

　기쁨을 함께 나누고 감사드리고 싶은 사람들이 너무나 많다. 우선 부족한 나의 작품을 뽑아주신 심사위원 선생님들께 감사드리고 싶다. 그리고 일이 서툴고 부족한데도 나를 믿어주시는 ㈜ 참치왕 양승호의 양승호 대표님, 내가 외롭지 않도록 함께 하고 가족처럼 늘 챙겨주는 고마운 최성미 대표님, 그리고 우리 직원들과도 기쁨을 나누고 싶다. 또 나의 콤비 작곡가 '하늘나라 동화'의 이강산 교수님께도 감사드리고 싶다. 매월 '가곡'과 '동요' 작사를 보낼 때마다 칭찬을 아끼지 않으시는 교수님, '소설'로 내가 이번에 상을 받게 된 것을 아신다면 더 놀라실 것 같다.

부산에 살고 있는 나의 친구들은 또 얼마나 좋아할까. 다시 소설을 쓴다고 하면 축하주를 한 잔 사줄지도 모르겠다. 문학과 음악을 사랑하는 내 모습이 멋있다는 친구들이 있어서 나는 행복하다.

대화하고 싶을 때 가끔 이야기 상대가 되어 주는 나의 지인들과 지금도 "선생님, 보고 싶어요."라며 문자가 오는 나의 제자들과도 기쁨을 함께 하고 싶다.

# 사춘기

장서인

뭐 해. 아줌마가 내 등짝을 후려쳤다. 아야. 왜 때려요? 나는 도끼눈으로 아줌마를 노려보았다. 아줌마는 샤워기를 틀어 벽면 거울에 갖다 댔다. 주르르 미끄러져 내려오는 물줄기 위로 내 모습이 보였다. 수증기에 익은 얼굴이 불그스름하다. 저리 좀 비켜. 아줌마가 또 언성을 높였다. 언제 가져 왔는지 흰 우유가 작은 대야 속에 들어있다. 사 올 거면 내 것도 사 오지. 나는 중얼거리며 목욕의자를 내려놓았다. 이번에는 아줌마가 도끼눈으로 나를 노려보았다. 자꾸 중얼거릴래? 아줌마의 눈빛이 말을 했다. 나는 그런 아줌마의 표정을 볼 때마다 대야를 엎어버리고 싶다. 누가 공짜로 달라나. 나는 속으로만 삼키고 곁눈질로 아줌마를 흘겨보았다. 우유팩을 여는 팔꿈치 사이로 풍만한 젖가슴이 보였다. 얼마나 우유를 발라 문질렀던지 아줌마의 젖가슴은 반질거렸다. 뽀얀 살결에 검은 젖꼭지가 더 도드라져 보였다. 남자와 그거 많이 하면 색깔이 진하다던데. 어느 날 로맨스 소설에 빠져있던 유주가 내게 은밀하게 말했다. 유주는 생리도 5학년 때부터 했다는데 나는 6학년이 끝나가는데도 아직 소식이 없다. 나는 내 가슴을 내려다보았다. 아직 몽우리도 그대로다.

아줌마가 양손으로 흰 우유를 찍어 왼쪽 젖가슴을 톡톡 두드렸다. 마치 유리잔을 다루듯 조심스럽다. 나는 그런 아줌마의 모습이 오늘따라 낯설게 다가왔다. 고등어 한 마리 때문에 시장바닥에서 고래고래 소리 지를 때와 달랐고, 도둑으로 몰려 옷가게 주인 여자의 머리끄덩이를 잡고 몸싸움을 할 때의 모습도 아니었다. 나는 아줌마의 젖가슴이 바닥에 떨어질까 봐 내가 더 조심스러웠다.

요즘 아이들이 다 그렇죠. 아줌마는 우리집에 가사도우미로 온 첫날부터 아주 당당했다. 나는 그때 아줌마의 눈길이 내 허벅지에 머무는 걸 보았다. 다 큰 계집애가 저런 반바지 차림이라니 하는 눈빛이었다. 나는 오히려 아줌마의 블라우스에 눈이 가 있었다. 얇은 블라우스 단추의 벌어진 틈 사이로 브래지어가 보였다. 브래지어 위로 밀려나온 아줌마의 젖가슴은 풍만했지만 고급스러워 보이지는 않았다.

죽은 엄마도 가슴이 풍만했을까. 어릴 때 잠결에 할머니의 가슴을 더듬을때마다 할머니는 미친년 지 몸매 생각한다고 젖도 안 먹이더니라며 잠꼬대에서까지 엄마에게 욕을 해댔다. 나는 경계하듯 조금 떨어진 곳으로 목욕의자를 옮겨놓았다. 뭔가 들킨 사람처럼 얼굴이 화끈거렸다. 늘 부끄러움도 모르는 선머슴 같다고 아버지에게 혼만 났는데 나도 이제 여자가 되어가는 걸까. 아줌마에게 내 가슴을 보여준다는 게 민망했다. 이젠 아버지가 돌아오면 속옷차림으로 거실을 돌아다닐 수도 없고, 유주가 준 생리대도 서랍 깊숙이 숨겨두어야 할 것만 같다.

나는 자꾸 아줌마의 가슴 쪽으로 눈이 갔다. 이번엔 우유를 많이 발랐던지 아랫배까지 흰우유가 흘러내렸다. 나는 언제쯤 젖망울이 생길까.


"엄마가 참 미인이네."

아버지가 커피를 타는 동안 아줌마는 피아노 위에 놓인 사진을 보고 있었다. 저 아줌마 뭐야. 나는 거실에 놓인 물건을 제 것처럼 만지작거리는 아줌마에게 불쾌감이 들었다. 일주일에 두 번만 오시면 됩니다. 밑반찬 몇 개 하고 청소만 해 주세요. 아버지는 나를 두고 중국에 잠시 나가 있는 게 불안했던지 그동안 나를 보살펴줄 아줌마를 찾고 있었다. 아버지의 초등학교 동창이라는 친구는 자기 아내가 아는 여자를 우리에게 소개했고, 그렇게 해서 혼자 산다는 아줌마가 우리 집에 처음 왔다. 가끔 우리 아이와 목욕도 가시면 되겠네요. 출국하기 하루 전날에도 아버지는 마음이 놓이지 않았던지 아줌마와 통화를 했다. 돈은 송금해 드릴 테니 계좌번호 문자로 주세요. 아버지는 아줌마를 믿는 듯하면서도 믿지 않는 듯했다. 그리고 아줌마가 집에 오는 날에는 꼭 통화를 했다. 한 번은 아버지의 전화가 걸려왔을 때 아줌마는 베란다에 빨래를 널고 있었다. 내 티셔츠 옆에 널어놓은 아줌마의 팬티는 분홍색 같기도 했고 살구색처럼 보이기도 했다. 집에 오면 청소기부터 돌리는 아줌마는 가끔 우리 집에서 샤워를 하고는 속옷을 빨아 베란다에 널어놓고 돌아갔다. 우리 집 베란다에는 아줌마의 브래지어와 팬티가 번갈아가면서 걸려있었다. 잘 있으니 걱정 마세요. 오늘 저녁은 카레를 만들어 주려고요. 나는 반쯤 열린 문틈으로 아줌마의 통통 튀는 목소리를 들었다. 아줌마는 아버지와 통화를 할 때마다 콧소리를 내며 호호거렸다. 마치 전화기 밖으로 아버지를 불러낼 듯 아줌마의 목소리는 간드러졌다. 유주가 며칠 전에 빌려준 로맨스 소설 속 여자처럼 아줌마도 남자가 그리운 걸까.

아줌마는 대부분 내가 학교에서 돌아오는 시간에 맞춰 우리 집에 도착했다. 어쩔 때는 30분 늦게 도착해 놓고는 은행에 손님이 많았다거나 아파트 입구에서 친구를 만나는 바람에 늦었다고 그럴싸한 핑계를 댔다. 누가 뭐래요? 나는 알면서도 모른 척했다. 그리고 정말로 마트에 들렀다가 올 때는 양손에 비닐봉지를 들고 왔다. 아줌마는 생각보다 요리

솜씨가 좋았다. 가끔씩 감자 껍질을 벗기다가 내 허파를 뒤집어 놓지만 않는다면 얼굴도 봐줄 만했다.

"엄마가 교통사고로 갔다면서?"

아줌마는 우리 집 정보를 어떻게 그렇게 잘 아는지 죽은 엄마에게 관심이 많았다. 내가 3년 동안 고모 집에 맡겨졌다는 것과 엄마가 미용실을 했다는 것은 그렇다 쳐도 아버지가 잠시 한눈을 팔아 이혼할 뻔한 것까지는 어떻게 알았을까.

"그만 좀 물어봐요. 그게 아줌마랑 뭔 상관이에요. 짜증나게."

나는 보고 있던 소설책을 확 집어 던졌다. 아줌마가 두 눈을 부릅뜨고 어이없다는 듯 쳐다보았다.

"물어볼 수도 있지. 그게 그렇게 화낼 일이니?"

아줌마도 화가 났던지 다듬고 있던 양파를 거실 바닥에 내팽겨쳤다. 매운 양파 때문인지 아줌마는 두 눈을 비비며 욕실 쪽으로 걸어갔다. 나는 아줌마 말대로 머리에 피도 안 마른 년이 되어 아줌마의 등을 쏘아보았다. 욕실 안에서 수돗물 소리가 세차게 들려왔다.

아줌마와 나는 그렇게 해서 하루 동안 서로 말을 하지 않을 때도 있었다. 그러다가 조금 풀어지는가 싶으면 또 약간의 신경전을 벌였다. 그러면 아줌마는 내가 좋아하는 떡볶이를 만들어놓고 냉장고 문 앞에 메모지를 붙였다. 먹고 싶으면 먹고, 살찔 것 같으면 말고. 나는 메모지 앞에서 피식 웃다가 떡볶이를 반 접시만 먹은 적도 있었다. 아줌마는 정말 30대 후반이 맞기는 한 걸까. 나랑 티격태격할 때는 내 또래 같은데 벗은 아줌마의 몸을 보면 어른이 분명했다. 그래도 우리는 서로에게 그다지 상냥하지는 않았다. 그리고 뭐든지 돈 앞에서도 철저했다. 목욕하고 나오면서 튀김을 사 먹을 때도 계산은 반씩 부담했으며 거스름돈 100원까지도 야무지게 챙겼다. 요즘은 모녀지간에도 철저하네. 그런 우리의 모습을 보고 분식집 이모는 덧니를 보이며 깔깔 웃었다. 나는 우리 엄마 아니에요. 라고 따지려다 그만두었다.

"집에 와서 쇠고기 장조림 좀 가져가."

고모의 전화를 받으러 나왔을 때 나는 욕실 앞에 아무렇게나 던져져 있는 아줌마의 속옷을 보았다. 아줌마는 또 욕실에 있는지 변기 물 내리는 소리가 들렸다. 며칠 전에는 브래지어를 풀어 소파 위에 걸쳐놓고 청소기를 돌리더니 그저께는 내 앞에서 함부로 팬티를 갈아입었다. 아버지는 정말 사람 보는 눈이 없었다. 아버지가 철저한 사람이었다면 분명 아줌마가 집에 오는 것을 어떤 식으로든 거절했을 것이다. 나는 아줌마를 처음 보았을 때 어디선가 익숙한 향수 냄새가 난다고 생각했다. 그건 유주 집에 갔을 때 유주 엄마에게서 나던 냄새였다. 밤에 일을 나가는 유주 엄마는 얼마나 향수를 뿌렸던지 우리 먹으라고 주는 과자에도 그 냄새가 배어있었다. 아줌마 말대로 사진 속 엄마는 미인이었다. 예쁘면 얼굴값 한다느니 직업이 마음에 안 들었다느니 하며 결혼을 반대했던 할머니는 아버지 앞에서 자주 소리 내어 울었다. 젊은 나이에 홀아비가 된 아들을 볼 때마다 억장이 무너져 울었고, 어린 내가 불쌍해서 더 크게 울었다. 할머니는 엄마가 얌전하게 살림을 안 살고 미용실에 나간다고 설치는 바람에 사고가 났다고 말했다. 엄마는 미용실 직원들이랑 놀러 가는 길에 사고를 당했다. 자동차 유리문 밖으로 튕겨 나간 엄마는 일그러진 얼굴을 하고도 정말 예뻤을까. 그리고 나는 할머니 손에 이끌려 고모 집에 맡겨졌다.

나는 고모에게 두 시간 뒤에 가겠다며 전화를 끊었다. 그 시간이면 아줌마도 집으로 갈 시간이라 나와 함께 집을 나서면 될 것 같았다. 아줌마는 샤워가 아니라 목욕을 하는 지 꽤 오랫동안 나오지 않았다. 마사지 그만하고 나와요. 나는 문을 향해 소리를 질렀다. 아줌마의 뽀얀 젖가슴이 자꾸 떠올랐다.


내가 아버지를 만난 건 3년 만이었다. 엄마가 그렇게 가 버리자 할머니는 세 살 된 나를 고모 집에 데려다 놓았다. 할머니는 아버지에게서 떨어지지 않는 나를 억지로 떼어 놓으며 한마디 했다. 학교 갈 때까지만 여기서 살자. 그래도 내가 악을 쓰며 울어대자 할머니는 누구 닮아서 고집이 이렇게 세냐며 내 엉덩이를 한 차례 때렸다. 내가 그 말을 듣고 더 크게 울어대자 할머니는 속을 뒤집어 놓는다며 이번에는 등짝을 후려쳤다. 아버지는 남편과 이혼하고 여섯 살 된 아들을 데리고 사는 누나에게 딸을 맡기는 게 미안했던지 매달 생활비 얼마를 주겠다고 말했다. 건설회사 소장이었던 아버지가 일부러 파견근무를 베트남으로 신청했을 때 고모는 은근히 좋아했다. 아버지에게서 생활비 얼마를 더 받을 수 있을 거라고 생각했던지 고모는 아버지가 출국한 지 일주일도 안 되어 아들을 태권도장에 등록했다.

"누나, 애 머리가 왜 이래. 사내도 아니고."

3년 만에 나를 본 아버지는 짧게 자른 내 머리를 보고 기겁을 했다. 아직도 내가 양 갈래로 묶은 파마머리를 하고 공주 원피스를 입고 있을 거라고 생각했던지 아버지는 낯선 눈으로 자꾸만 부끄럽게 쳐다보았다.

"꼼짝 말고 손들어. 항복하면 살려준다."

나는 아버지 뒤로 와서 등을 향해 장난감 총을 겨누었다. 멈칫하던 아버지가 고개를 내 쪽으로 돌렸다. 나와 눈이 마주친 아버지의 표정이 점점 굳어졌다. 왜 나를 여기다 두고 갔어. 그래서 마음이 편했던 거야. 내 눈이 그렇게 말을 하는 것 같았다고 아버지는 한참 지난 후에 말해 주었다. 두 살 위 고모 집 오빠가 나와 똑같은 멜빵 청바지를 입고 나타나자 아버지는 얼른 내 손을 잡고 밖으로 나왔다. 고모가 뒤따라 나오며 미리 챙겨놓은 내 짐을 아버지 손에 건네주었다. 내가 자꾸 뒤를 돌아보자 아버지가 팔을 잡아당겼다. 오빠, 니 죽을래? 나는 혀를 내밀며 깔깔거리는 오빠를 향해 허공에 주먹을 날렸다.

집으로 돌아온 다음 날 아침, 나는 사인펜 안경을 쓴 미미인형과 장난감 총이 음식물쓰레기와 함께 버려져 있는 것을 보았다.


깜박 잠이 들었던지 눈을 뜨자 아줌마가 보이지 않았다. 나는 베란다 쪽으로 가 보았다. 아줌마가 널어놓은 검은색 브래지어에서 물방울이 똑똑 떨어졌다. 가면 간다고 말이나 하고 갈 것이지. 피아노 위에 걸린 벽시계가 6시 40분을 가리켰다. 시간은 다 채우고 간 걸까. 나는 오줌을 누러 욕실로 들어갔다. 욕실 바닥은 아줌마가 마른 걸레로 닦았는지 물기가 어느 정도 말라 있었다. 나는 양변기에 앉은 채로 가랑이 사이를 내려다보았다. 아직도 나는 여자가 될 준비가 안 된 것 같다. 생리하고부터는 엄마랑 목욕가기가 싫어. 넌 아직 안 해서 좋겠다. 유주는 생리가 처음 터진 날 축하파티를 못했다며 억울해했다. 그리고 재래식 화장실에 쪼그리고 앉아 생리대를 팬티에 붙이면서 엄마처럼은 절대로 살지 않을 거라고 말했다.

나는 욕실에서 나와 주방 쪽으로 걸어갔다. 아줌마가 끓여놓은 미역국을 데워 저녁을 먹었다. 빨래 건조대에 널어놓은 아줌마의 검은색 브래지어가 어둠 속에서 조금씩 말라가고 있었다.

그날 밤 꿈에 나는 엄마의 뱃속에 들어앉은 아기가 되었다. 태어나기만을 기다리던 내가 자꾸 엄마의 자궁 쪽으로 머리를 갖다 대자 엄마는 배를 움켜잡았다. 안 돼. 나오지 마. 여자로 사는 게 얼마나 힘든 줄 아니? 엄마와 나의 실랑이는 밤새도록 계속되었다.


"나 여기서 자고 가면 안 될까?"

아줌마가 청소기를 돌리다 말고 뜬금없이 말했다.

"안돼요. 아줌마 집 없어요?"

나는 아줌마의 말이 떨어지기가 무섭게 딱 잘라 말했다.

"그래, 나 집 없어. 이런 집 있는 넌 좋겠다야."

아줌마가 스위치를 제일 높게 맞췄던지 청소기 소리가 위이잉 시끄럽게 들렸다. 마치 집안의 공기를 모조리 끌어모으려는 듯 청소에 집착했다. 나는 가끔 안방에 들어갔다가 실처럼 가는 짧은 머리카락을 발견할 때도 있었다. 이거 남자 거시기 털 같은데. 좀 더 세련된 말로 하자면 체모? 유주는 로맨스 소설을 자주 봐서인지 부끄럽지도 않게 말했다. 혹시 너네 아줌마 남자 끌어들이는 거 아냐? 네 아빠 침대에서 히히.

"너 지금 읽고 있는 책 재미있어? 혹시 19금은 아니겠지?"

"무슨 소리에요. 나를 뭘로 보고."

나는 괜히 얼굴이 달아올랐다.

"유주라는 니 친구, 그 아이 해 다니는 걸 보니 보통은 아니겠더라."

아줌마가 냉장고에서 물병을 꺼내 컵에 따르며 말했다.

"아줌마가 유주에 대해서 뭘 안다고 그래요?"

나는 아줌마가 유주에게까지 관심을 갖자 또 짜증이 났다. 아줌마는 모르고 넘어갈 일도 꼭 말을 해서 내 속을 건드렸다. 오늘은 샤워 안 해요? 나는 빈정대듯 한마디 툭 던졌다. 아줌마가 내 눈치를 보았다. 나는 투덜대며 방으로 가다가 도로 돌아와서 읽던 책을 챙겼다. 소설 속 남자 주인공이 반항하는 여자의 가슴을 더듬는 장면을 아줌마에게 들키고 싶지는 않았다.

나는 지금 유주와 노래방 앞에 서 있다. 30분 정도 있으면 문을 연다고 알려준 건 맞은편 포장마차 아저씨였다. 이모가 여기서 일한다고? 근데 미리 전화라도 하지 그랬어? 구레나룻이 귀밑까지 내려온 아저씨가 어묵을 꼬챙이에 꽂으며 말했다. 이모가 휴대폰 좀 갖다달라고 했거든요. 유주는 능청스럽게 거짓말을 했다. 아저씨가 포장마차 안으로 들어오는 손님에게 인사하는 사이 유주와 나는 밖으로 나왔다. 어젯밤에 아줌마 비슷한 사람을 이 근처에서 보았다고 유주는 학교오자마자 내게 말했다. 술 취한 여자가 남자에게 반쯤 안겨 들어가더라고 했다. 내가 아줌마도 아니고 아줌마 비슷한 사람에게 관심 없다고 하자 유주는 궁금하잖아. 라고 말했다. 유주가 여긴 보통의 노래방이 아니라고 했다. 우리들이 생일 때마다 우르르 몰려와서 소파 위를 방방 뛰면서 노래 부르는 곳과는 차원이 다르다고 했다. 이곳에 오는 남자들은 자기 옆에 여자를 앉혀놓고 술을 마신다고 했다. 그중에 어떤 남자는 우리보다 여자를 더 잘 알기도 하고 그것을 자랑처럼 말한다는 것이다. 우리 엄마가 그러더라. 남자는 다 똑같다고. 하긴 여자도 마찬가지래. 자신의 비밀을 보여주면 돈도 벌 수 있대. 유주는 다 큰 어른처럼 말했다. 비밀? 내가 의아해하자 유주가 내 아랫도리를 툭 쳤다. 나는 우웩하고 토하는 시늉을 했다. 이런 곳에 아줌마와 비슷한 사람이 있다는 걸까. 아줌마는 이런 곳에서도 비밀을 보여주는 걸까.

이모 좀 찾고 갈게요. 급한 일이 있어서요. 방마다 찾아봐도 되죠? 유주는 자기가 먼저 말할 테니 나보고 따라 해 보라고 했다. 많이 해 본 솜씨처럼 유주의 거짓말은 능숙했다. 만약 정말로 아줌마를 여기서 만난다면 어떡하지. 이리저리 주변을 둘러보다 나는 포장마차 아저씨와 눈이 마주쳤다. 아저씨는 우리를 언제 봤다고 친한 척 손을 흔들었다. 남자들은 다 똑같다는 유주의 말이 생각나서 나는 어색하게 웃어만 주었다. '털보 포장마차'라고 적힌 입간판에 불이 켜졌다. 어느새 주위가 많이 어두워졌다.

그때 주인인 듯한 여자가 노래방 출입문 비밀번호를 누르고 있었다. 입구에서 기다리는 사람들이 하나둘 들어가기 시작했다. 어떤 여자는 양팔에 술에 취한 두 남자를 끼고 들어갔고, 또 어떤 남자들은 여섯 명이 한꺼번에 들어갔다. 대부분 남자들이었다.

"야, 들어가자."

유주가 내 등을 탁 차자 나는 순간적으로 깜짝 놀랐다.

"뭘 그렇게 놀래. 나만 따라 와."

유주가 내 팔을 잡아당겼다. 내가 자꾸 긴장을 하자 유주는 잠바 호주머니에서 껌을 하나 꺼냈다. 이거 씹어. 자일리톨 껌이었다.

"너희들 뭐니?"

우리가 건물 안으로 들어서자 카운터에 서 있던 주인 여자가 어리둥절한 표정을 지었다.

"이모 좀 찾고 갈게요. 급한 일이 있어서 데리고 가야 하거든요. 방마다 찾아봐도 되죠?"

밖에서 몇 번이나 연습을 했는데도 유주는 떨고 있었다. 나는 돌아가고 싶었다. 아줌마 비슷한 사람을 정면에서 마주칠까봐 두려웠다.

"찾아보고 없으면 빨리 돌아가라."

우리는 주인 여자의 말이 떨어지기가 무섭게 제일 구석진 방 쪽으로 갔다. 미로처럼 얽힌 실내에서 들리는 노래는 마치 괴성에 가까웠다. 방문 앞에는 우리가 아는 노래방처럼 번호가 붙어 있었다. 유주는 노크를 하고 바로 문을 열지는 않았다. 시끄러워서 노크소리가 잘 들리지 않는지 잠시 뒤에 문이 열렸다. 술에 취한 아저씨가 유주를 보고 젊은 아가씨네. 라며 덥석 안으려고 하자 유주는 재빨리 아저씨 품에서 빠져나왔다. 연습한 대로 말은 했지만 시끄러운 음악소리 때문인지 아저씨는 못 알아듣는 것 같았다. 아저씨가 열어놓은 문을 다른 아저씨가 닫으려고 할 때 슬쩍 안을 들여다보았다. 모두 남자들뿐이었다. 고개만 갸우뚱하던 아저씨가 안으로 다시 들어가자 우리는 남은 방을 몇 개 더 둘러보았다. 하지만 아줌마 비슷한 사람은 없었다. 그때였다. 화장실 쪽에서 혀 꼬부라진 여자의 말소리가 들렸다.

"왜 이러세요. 오늘은 그만해요."

"뭘 그만해. 가만있어봐."

통통 튀는 목소리로 보아 아줌마가 분명했다. 아줌마가 콧소리를 내며 호호거리자 남자가 자꾸 가만히 있으라고 말했다.

"애교 하나는 끝내준다니까. 좀 더 위로 올려봐. 아니 좀 더."

나는 갑자기 속이 메스꺼웠다. 뭔가 꿈틀거리는 벌레 한 마리가 내 가슴 위를 기어가는 것만 같았다. 나는 그때 아줌마와 통화하던 아버지 생각이 났다. 전화기 밖으로 불러낼 듯한 아줌마의 간드러진 목소리를 아버지도 좋아했을까. 나는 아버지가 중국에 있는 게 천만다행이란 생각이 들었다. 아니 어쩌면 곁에 없다뿐이지 아줌마를 생각하며 밤을 설쳤을지도 모르겠다. 유주 말대로 남자는 다 똑같고, 아버지도 여자가 그리운 사람이었다.

나는 유주의 팔을 잡아당기며 나가자고 했다. 유주가 조금만 더. 하는 눈짓을 보냈다. 아마도 조금 더 기다리면 소설의 클라이맥스 같은 짜릿한 일을 볼 수 있을지도 모른다고 생각하는 것 같았다. 그러나 우리들이 이불 속에서 침을 꼴깍 삼키며 읽었던 장면은 일어나지 않았다. 어떤 대화가 오갔는지 갑자기 두 사람의 대화가 사나워졌다.

"씨발. 그만 안 해. 어디서 지랄이야. 니 나랑 살 수 있어?"

"이년이 어디서 욕이야. 좋다좋다 했더니 이게."

남자가 아줌마의 뺨을 때리는지 아줌마의 비명소리가 들려왔다. 나는 유주와 함께 도망치듯 미로 같은 그곳을 빠져나왔다. 여전히 방에서는 술 취한 사람들의 광란의 밤이 계속되었다.

나는 집에 돌아오는 내내 유주를 괜히 따라갔다는 생각이 들었다. 아줌마는 내일 우리 집에 올 수는 있는 걸까.

그날 밤 내 꿈 아득한 저편에서 아줌마는 울고 있었다. 누군가 아줌마에게 자신이 죽었다는 사실을 말한 것 같다. 나는 미역국을 끓여 아줌마에게 내밀었다. 아줌마는 목이 메어서인지 한 숟가락 뜨다 말았다. 이번엔 내가 아줌마에게 소리를 질렀다. 아줌마, 그렇게 일찍 갈 것 같았으면 아이에게나 잘해주지 그랬어요? 아줌마는 브래지어를 풀어헤치고 자신의 가슴을 쓰다듬으며 울고 있었다.


학교 근처 떡볶이집 앞에서 유주와 헤어졌다. 지나가던 사람들이 자꾸만 내 뒤를 힐끔거렸다. 아무래도 엉덩이 쪽에 핏물을 본 것 같다. 빨리 화장실에 가야겠다는 생각에 서둘러 집으로 걸어왔다. 현관문을 열자 아줌마의 보라색 슬리퍼가 보였다. 오늘은 아줌마가 오는 날도 아닌데. 나는 인기척이 나는 쪽으로 조심스럽게 다가갔다. 안방이었다. 열린 문틈으로 벌거벗은 남자의 몸이 보였다. 구리빛 피부를 가진 남자가 아줌마의 가슴 쪽으로 파고들었다. 나는 한 손으로 입을 막은 채 남자와 아줌마의 사랑행위를 지켜보았다. 방안에서는 역겨운 술 냄새가 풍겨 나왔다. 남자의 몸이 아래위로 왔다갔다 할 때마다 아줌마는 작은 신음소리를 냈다. 그러는 동안에도 나는 가랑이 사이로 흘러내리는 핏물을 눈치채지 못했다.

순간 얼른 정신을 차리고 욕실에서 가지고 온 수건으로 바닥을 훔쳤다. 그리고 서랍에 넣어 둔 생리대부터 찾았다. 내가 첫 생리 하는 날 우리 엄마 뭘 했는지 아니? 애인이랑 둘이 술이 떡이 되어 들어왔더라. 딸이 여자가 되었는데 엄마라는 사람이 술 냄새나 풀풀 날리고. 생리대도 엄마 가방에서 내가 하나 꺼내 쓴 거야. 유주는 우리 집 냉장고에 든 캔 맥주를 꺼내며 말했다.

나는 욕실 양변기에 걸터앉았다. 바닥에도 핏물이 몇 방울 떨어져 있었다. 이렇게 나도 여자가 되어가는구나.

잠시 후 현관문 닫히는 소리가 나는 걸 보니 남자가 밖으로 나가는 것 같았다. 하지만 아줌마의 인기척은 들리지 않았다. 나는 조금 더 있다가 욕실에서 나왔다. 반쯤 열린 안방 문틈으로 아줌마의 모습이 보였다. 아줌마는 술이 꽤 되어 자고 있었다. 나는 왜 그런지 아줌마의 모습이 슬퍼보였다. 예전 같았으면 머리끄덩이를 잡고 아버지의 침대에서 끌어내렸을 것인데 오늘은 마치 한 마리 어린 양을 보는 것 같았다.

나는 슬그머니 침대 위로 올라갔다. 위로 말려 올라간 이불 속에서 아줌마의 엉덩이가 보였다. 나는 슬쩍 아줌마의 젖가슴을 더듬었다. 그리고 유주가 빌려준 소설 속 남자처럼 내 입을 아줌마의 가슴 쪽으로 밀착시켰다. 괜찮아괜찮아 잠꼬대를 하던 아줌마가 나를 끌어안았다. 나는 점점 더 아줌마 품으로 파고들었다. 마치 생명을 부여받은 한 톨의 씨앗이 어둠 속에서 꿈틀거리는 것처럼 아줌마를 끌어안았다. 아줌마의 따뜻한 배가 내 가슴에 와 닿았다. 우리 엄마도 이렇게 따뜻했을까.

아줌마가 깊은 숨을 몰아쉬며 잠이 들자 나는 안방 문을 닫고 나왔다. 안방 문 앞에 놓인 하얀 수건 위에 남자의 뻣뻣한 체모가 한 가닥 떨어져 있었다. 아버지는 다음 주 토요일에 집에 오신다고 했다. 그러면 아줌마는 하루 전까지만 일을 할 것이다. 그 전에 얼마나 오랫동안 안방 청소를 할까. 나는 이제 아줌마와 다툴 일도 없고, 아줌마가 제일 자신 있다던 미역국을 먹을 일도 없다. 젖망울이 조금씩 부풀고 베란다에 내 브래지어가 걸릴 때까지라도 아줌마의 비밀의 문을 닫아주면 된다.

베란다 유리창 너머로 해가 지고 있었다. 널어놓은 속옷에서는 더 이상 물방울이 떨어지지 않았다. 나는 입고 있는 티셔츠 안으로 손을 넣어 보았다. 아줌마만큼은 아니지만 내 가슴도 따뜻했다. 나도 이제 붉은 꽃이 터졌다고 유주에게 전화를 할까 하다가 그만두었다.

아줌마는 집에 갈 시간이 지났는데도 여전히 잠에 취해 있었다. 꿈속 어딘가에서 아줌마는 벌거벗은 채로 나와 목욕을 하고 있는지도 모르겠다. 이제는 몽우리가 피기 시작하는 내 젖가슴에도 우유마사지를 해 줄지도 모르겠다. 그러면 나는 부끄럽지도 않게 더 앞으로 내밀 수 있겠지.

밖에는 어둠이 내리기 시작했다. 나는 아줌마가 잠든 비밀의 문을 닫고 밖으로 나왔다. 첫 생리가 터졌으니 혼자 축하파티라도 할 겸 미니케이크라도 하나 사와야겠다.

# 그녀들의 봄

### 유정아(김문정)

  이야기의 소재는 오래전부터 가지고 있었습니다. 다만 이야기에 살이 붙으면서 주제와 결론이 달라졌을 뿐입니다. 이런저런 모양으로 저 혼자 굴러다니던 생각이 소설이라는 형식을 입게 된 건 순전히 창작 수업 덕분이었습니다. 물론 처음엔 시행착오의 연속이었습니다. 무언가를 쓰고 싶은데 정작 내가 뭘 쓰려고 하는지 알 수 없는 애매한 시간이 계속되었습니다. 나를 돌아보다 답답하면 남을 살펴보기도 했지만 정작 쓰는 시간보다 서사냐 묘사냐를 두고 고민하는 시간이 더 많았습니다. 소설이 되려던 이야기는 그렇게 조용히 사라지는 듯했습니다. 그러던 중 올해 초 연이어 터져 나온 미투(Me Too) 관련 사건을 접하면서 버려둔 이야기를 다시 떠올렸습니다. 무의미한 이야기를 하나의 의미로 살려보기 위해 소설의 형식을 빌려보기로 했습니다. 돌아보니, 소설을 완성하게 된 중요한 계기가 있었습니다. 하나는 앞서 말한 대로 사회적으로 큰 파장을 일으킨 피해자들의 고백이었으며 다른 하나는 나의 평생 스승이자 친구이자 지지자였던 어머니를 떠나보낸 개인적인 아픔이었습니다. 뜻하지 않앞던 고통과 슬픔을 극복하기 위해 소설 쓰기에 정진할 수 있었습니다.

소설이 소설다워지도록 도움 주신 분이 많습니다. 온라인이지만 조언을 아끼지 않으셨던 멘토링 게시판 전석순 소설가와 도전의 기회를 주신 삶의향기 동서문학상에 먼저 감사드립니다. 멀리 이국에서 아이들 키우느라 힘들 텐데도 늦은 밤 재미없는 소설에 빨간 줄 쳐서 답장해준 친구 혜령, 회사 일로 바쁜 와중에도 조각조각 날아온 해상도 낮은 글을 꼼꼼히 읽고 유용한 소재도 제공해 준 신디님, 글 쓰는 환경을 조성해 주신 이모, 멀리서 용기 주셨던 새언니, 소설은 한 번도 안 읽으면서 늘 응원 아끼지 않는 고 대표, 역시 읽어보겠다며 파일만 받아놓고 몇 개월째 침묵을 지키고 있는 대학 동기들에게도 감사를 전합니다. 소설을 읽어주는 사람 못지않게 읽지 않는 사람이 있어 더욱 분발하게 된다는 사실을 체감합니다. 무엇보다, 즐겁게 기타를 치며 꿈속에 나타나 기쁜 소식을 미리 알려주신 어머니, 하늘에 계신 어머니께 머리 숙여 감사드립니다. 엄마, 사랑해요.

# 그녀들의 봄

유정아(김문정)

창밖은 눈부신 4월이다. 가지마다 어린잎들이 초록빛 햇살을 튕겨내고 있는 동산은 눈부신 연두 천지다. 은서는 창밖에서 일어나고 있는 자연의 기적을 흐뭇한 눈으로 바라본다.

그런 은서를 바라보는 의사는 오히려 착잡하다. 한동안 손가락으로 책상만 타닥타닥 두드리고 있던 그가 조심스레 입을 연다.

"괜찮으신 거죠?"

은서는 천천히 고개를 돌려 의사와 눈을 맞추고 방긋 웃는다.

"그럼요."

"허전하지 않으세요?"

의사는 무슨 큰 잘못이라도 저지른 사람처럼 미안해하는 표정이다. 은서는 다시 시선을 돌려 창밖을 응시하며 말한다.

"고대인들이 황금가지를 꺾었던 이유는 겨우내 쇠락한 숲의 신을 부활시키기 위해서였어요. 희생 제물이 필요했던 거죠. 저에게도 그런 제의가 필요했어요. 말하자면 부활을 위한 저만의 의식이었고 저는 기쁘게 제물을 바친 거예요. 더구나 생명을 위협하는 가슴이었는걸요."

의사는 더욱 곤혹스러워하며 마른 이마를 쓴다.

"혹시라도 나중에 생각이 바뀌시면…."

"그런 일은 없을 거예요. 유방 재건 수술 같은 건 받지 않겠습니다."

어떤 결핍 때문에 불행할 거라고 걱정하는 이유는 그 결핍이 해결되면 행복해질 자신이 있거나 그것이 없어지기 전에는 적어도 행복했다는 기억이 남아있기 때문일 거라고 은서는 생각한다. 은서에게는 그런 특별한 기억이 없다. 텅 빈 브래지어를 채워 넣는다고 삶이 갑자기 풍만해질 것 같지도 않았다. 의사와 상담을 끝낸 은서는 밝은 얼굴로 진료실을 나온다.

거리로 나서니 봄바람이 상쾌하다. 그때 블라우스 밑을 파고든 훈풍이 이래도 허전하지 않냐고, 괜찮은 거냐고 몰아세우듯 가슴 부위를 한껏 부풀려 놓는다. 은서는 한 손으로 가슴을 푹 눌러 꺼뜨린다. 그러자 그 부위가 쟁반처럼 납작해진다. 은서는 손을 얹은 채 자신의 가슴을 신기한 듯 한참 동안 내려다본다. 지나가던 남자가 은서를 흘끗흘끗 보다가 발을 헛디뎌 넘어질 뻔한 모습이 보인다. 남자는 겨우 중심을 잡고는 멀쩡한 넥타이를 끌어 내리며 헛기침을 하면서 사라진다. 그 남자 때문에 은서는 수술 후 처음으로 큰 소리로 웃을 수 있었다.


수술하기 육 개월 전, 그날은 은서의 서른다섯 번째 생일이었다. 기획팀 사람들이 회의실로 모여들었다. 팀원의 생일마다 의례적으로 하는 조촐한 축하파티를 위해서였다. 탁자 위에 케이크와 다과가 신속하게 놓이고 은서가 그 앞에 섰다. 은서는 갑자기 타인의 주목을 받으려니 얼굴 근육이 땅겨왔다. 분위기 전환을 잘하는 몇몇 팀원들은 벌써 입을 모아 노래하기 시작했다.

"왜 태어났니. 왜 태어났니. 사랑하는 송 과장, 왜 태어났니…."

은서는 팀원들이 개사한 노래 가사를 새겨들으며 순백색의 케이크를 뚫어지게 바라보았다. 처음부터 생크림은 저렇게 늘 순백색이었을까. 양초는 저렇게 늘 3이고 5였을까. 마음에 들지 않았다. 나는 왜 태어났을까.

은서는 목 위까지 꽉 채운 단추가 갑갑했지만, 최대한 자연스럽게 케이크를 잘랐다. 플라스틱 칼이 투명하게 빛났다. 신입사원들이 폭죽을 터뜨리는 동안 순백색 케이크는 몸체에서 조각조각 분리되어 잘려나갔다. 은서는 조각난 케이크를 은박접시에 담아 팀원들의 품에 하나씩 안겼다.

"송 과장, 벌써 꺾어진 칠십이네? 이거 축하를 받을 일이야?"

오 팀장이 특유의 뼈있는 농담을 했다.

"그러니까요. 빨리 좋은 남자 만나서 결혼하세요, 송 과장님."

후배들도 하나같았다. 은서는 놀랍게도 거의 매일 듣다시피 하는 이런 말들에 아직도 상처를 받았다. 가슴 깊은 곳에서 자기연민을 넘어선 혐오감이 밀려오는 걸 부인할 수 없었다. 그걸 들키지 않으려면 아무렇지도 않게 웃어넘길 수밖에 없었다.

"제발 스마트 워킹 좀 해. 그래야 일찍 퇴근해서 연애도 하고 그러지. 근데, 출장보고서는 내일까지 줘야 한다?"

오 팀장은 케이크를 단 세 입에 먹어치우고는 제일 먼저 회의실을 빠져나갔다. 적당히 웃고 떠들던 팀원들이 일시에 사라진 시간은 회의실 사용시간인 30분에서 정확히 3분이 모자란 27분 만이었다. 초고속 모바일통신사답게 이곳의 근무 모토는 스마트 워킹이었다. 스마트하지 못하게 시간을 낭비하는 사람은 일종의 공공의 적이자 범죄자 취급을 받다가 한순간 낙오자로 전락할 수 있었다.

마지막까지 남아 과자 부스러기와 종이컵을 치우고 있는 은서의 어깨를 누군가 툭 쳤다. 태희였다.

"생일인데 좀 멋지게 입고 오지. 수녀처럼 그게 뭐니."

태희가 턱으로 은서의 꽉 막힌 복장을 가리켰다. 태희의 복장은 늘 그렇듯 화사했다.

"오늘 어디 좋은 데 가나 봐. 요즘 왜 그렇게 바빠?"

"너도 결혼해 봐. 하루하루가 바쁘지."

태희는 전혀 엉뚱한 동문서답을 하고는 한눈을 찡긋하며 두고 온 다이어리를 들고 회의실을 나갔다. 은서는 태희의 날씬한 뒤태를 물끄러미 바라보다가 다시 묵묵히 쓰레기를 모았다.

은서와 태희는 한때 꽤 친했던 입사 동기였다. 서른 중반이 되도록 아직도 싱글인 은서와 어느덧 결혼 십 년 차가 된 태희와는 데면데면한 사이로 멀어질 수밖에 없었다. 미혼과 기혼의 차이는 그만큼 컸다. 더구나 태희는 결혼 후에 더욱 일에 열성적인 워킹맘이 되었고 덕분에 승진도 빨랐다. 하지만 은서는 태희처럼 지독한 면이 없었다. 누구에게도 쉽게 뜨거워지지 못했고 대인관계는 늘 맨송맨송했는데 그건 은서가 오래도록 싱글인 가장 큰 이유였다.

"과장님. 오늘 생일인데 약속 없으시면 같이 놀아드려요?"

회의실에서 폭죽을 터뜨렸던 신입이 퇴근 준비를 하는 은서에게 장난스럽게 말을 건넸다. 폭죽은 가만히 있어도 활기에 전염될 것 같은 빛나는 이십 대였다. 그와 함께 맥주를 마신다면… 그러다가 그의 건강한 팔뚝에 손등이라도 스치게 된다면… 취기에 오른 그의 시선이 자신의 가슴에 와 닿기라도 한다면… 갑자기 온몸에 벌레가 기어가듯 소름이 쫙 끼쳤다.

"생각해줘서 고마운데 요즘 컨디션이 안 좋아서 일찍 집에 가려고."

"아이고, 그럼 빨리 들어가셔서 푹 쉬셔야겠네요. 몸조리 잘하세요."

폭죽이 예의상 한 말이라는 걸 뻔히 알면서도 너무 쉽게 포기해버리고 등을 돌리는 그에게서 은서는 다시 묘한 상처를 받았다. 오늘따라 자신이 구차했다. 언제 왔는지 오 팀장이 은서 뒤에서 의자 밑동을 발로 툭

툭 치고 있었다.

"어이, 송. 출장보고서는 언제 줄 거야?"

은서가 가방을 놓고 다시 컴퓨터 쪽으로 손을 뻗었다.

"그냥 오늘 끝내고 갈까요?"

팀장이 두 손을 흔들며 말렸다.

"난 퇴근할 거야. 내일 출근하자마자 줘. 그리고 제발 스마트 워킹 좀 해."

오 팀장은 제발 스마트 워킹이라는 말을 줄줄 흘리며 바람처럼 사라졌다. 일찍 퇴근하라는 말일까 하지 말라는 말일까. 위로가 필요했다. 은서는 퇴근길에 너무 하얗지 않은 케이크를 사 들고 가서 자축파티를 열리라 마음먹었다.

하지만 집으로 돌아온 은서의 손에는 매운 떡볶이와 생선 초밥, 그리고 1.5리터짜리 맥주가 들려 있었다. 언제나 이런 식이다. 은서에게 선택과 결심은 대부분 허망하게 자취도 없이 사라지고 만다.

의자 밑에 웅크리고 있던 고양이 메텔이 꼬리를 세우며 일어났다. 은서는 열 평짜리 바닥에 앉아 포장된 음식을 늘어놓았다. 초밥의 회를 몇 개 떼어냈는데 너무 하얘 보였다. 마음에 들지 않아 그걸 메텔 앞에 놓아주다가 하마터면 엎드려있는 청소기 앞에도 던져 줄뻔했다. 피식 웃음이 났다. 얼마나 외로우면 이제는 청소기와도 교감을 하는구나 싶었다. 은서는 시뻘건 떡볶이를 입 안에 넣고 씹었다. 양념이 매워서 눈물이 찔끔 났다. 그러다가 문득 2년마다 돌아오는 건강검진을 깜빡 잊었다는 걸 깨달았다.

다음 날 은서는 출근하자마자 반일 휴가를 신청했다. 건강검진을 받기 위해서였다. 결재 요청 버튼을 누르자 모니터 너머로 팀장의 따가운 시선이 느껴졌다. 은서는 등으로 팀장의 시선을 막아내며 출장보고서를 뽑기 위해 프린터를 작동시켰다. 팀장이 벌떡 일어났다. 은서는 홉, 하고 숨을 들이켜며 마음의 준비를 했지만, 다행히 오 팀장은 태희 쪽으로 가고 있었다.

"양 차장, 요즘 되게 일찍 나온다? 새벽에 잠이 안 오나?"

팀장의 아침 인사가 슬슬 시작되고 있었다.

"챙겨주신 업무가 워낙 많아서요."

순순히 물러날 태희도 아니었다.

"남편 아침 밥해주기 싫어서 일찍 나오는 건 아니고?"

"팀장님이야말로 또 아침 못 드셨나 봐요?"

양과 오는 눈만 마주치면 싸웠고 아침 회의에서도 같은 풍경이 이어졌다.

"전 업무 경험이 있는 대리급을 원했는데, 계약 기간 끝나면 그만둘 애들을 왜 자꾸 뽑는지 모르겠어요."

"회사 사정 잘 알면서 왜 그래?"

"이렇게 인력 지원이 안 되는데 어떻게 일을 해요."

"거참 오늘따라 왜 이렇게 까칠해. 어제 또 남편이랑 한바탕하셨어?"

그러자 태희가 그 예쁜 입을 조개처럼 꽉 다물었다. 오 팀장은 말문이 막히거나 논리가 부족할 때면 뜬금없이 남편 얘기를 꺼내 무기처럼 휘둘렀다. 그것은 비겁한 공격이었으며 일종의 저열한 취미였다. 두 사람의 설전은 언제 봐도 뒷맛이 썼다.

회의가 끝나고 은서는 꿉꿉한 기분으로 자판기 앞에 섰다. 서른다섯은 극적인 반전을 도모하기 좋은 나이다. 태희가 점점 더 당차게 팀장과 맞서며 세련된 모피스족*으로 반전 중이라면, 자신은 연이은 야근으로 몸만 축내면서 온몸의 세포들에게 반란을 부추기고 있는 것 같았다.

은서는 구멍에 동전을 밀어 넣고 힘겹게 버튼을 눌렀다. 그때였다. 왼쪽 빗장뼈 근처가 칼로 도려내는 것처럼 아팠다. 어마어마한 통증이었다. 당황한 은서는 오른손으로 가슴을 감싼 채 호흡을 자제하며 자리로 돌아왔다. 자리에 앉자마자 인터넷을 열고 유방암 증상을 검색했다. 분비물, 멍울, 통증, 피부 변화라는 단어들이 주르륵 눈에 들어왔지만 원하는 건 그게 아니었다. 통증의 위치는 겨드랑이나 팔 쪽이 아니라 빗장뼈 근처다. 유방암 증상 중에 빗장뼈 근처가 쑤시는 경우도 있는지 확인해야 했다.

역시 불길한 예감은 틀리지 않았다. 유방암 증상 중에 어깨와 목덜미의 림프샘뿐 아니라 겨드랑이와 쇄골 상부에도 심한 통증이 올 수 있다는 글귀가 또렷이 읽혔다. 2년 전 건강검진에서 석회질 소견을 받았던 기억이 떠올랐다. 다행히 석회질 정체가 물혹으로 판명돼 간단한 맘모톰 시술을 권유받았지만, 은서는 병원에 가지 않았다. 가족력이 있어 누구보다도 암에 대한 공포가 크면서도 의사가 자신의 가슴을 헤집고 더듬고 들여다볼 생각을 하면 구토가 날 지경이었다. 그러나 환자가 의사에게 그런 불온한 상상을 한다는 사실 자체가 스스로 불온하여 은서는 아무에게도 고민을 털어놓지 못했다. 그렇게 근 반년을 미련하게 버티다가 석회질이 등과 팔의 신경을 짓눌러 팔을 들지도 못할 정도 되어서야 겨우 병원을 찾아갔었다.

처음 시술실에 눕던 날, 은서는 저승사자 앞에 불려가는 기분이었다. 그날 의사는 단 몇 분 만에 물혹들을 레이저 바늘로 모두 태워버렸는데 그 몇 분 동안 은서는 활활 타는 지옥에 있었다. 급기야 가슴에 붕대를 감고 시술실을 나오면서 탈진해 의식을 잃고 쓰러졌고 그 때문에 이틀이나 더 휴가를 내야 했다.

한바탕 난리를 겪은 후 은서에게는 약간의 변화가 찾아왔다. 마치 우주에서 귀환한 우주비행사들이 겪는 신체적 증세처럼 이유 없이 가슴이 근질거리는 자각 증상과 함께 밤마다 기이한 환상에 시달렸다. 어떤 날은 지구만큼 커진 가슴을 달고 우주 공간을 유영했으며 어떤 날은 다이아몬드가 가득한 유방이 뻥 하고 터지면서 자잘한 보석들이 밤하늘로 날아가 반짝이는 별로 박히는 장관을 지켜보았다.

그보다 더 놀라운 변화는 남자친구가 생겼다는 것이다. 은서는 오랫동안 금기시했던 성에서 스스로 해방됐지만, 연애는 오래가지 못했다. 그녀의 문제는 외로움이 아니었다. 누구에게도 정착하지 못하고 편할 수 없는 고장 난 마음이었다.


"뭘 그렇게 생각해?"

맞은편에서 태희가 물었다. 태희와 은서가 진행하고 있는 연구원 육성 방안 프로젝트의 리더는 태희였다. 그들은 지금 소회의실에 모여 수북이 쌓인 장표들을 참조하던 중이었다.

"양 차장은 죽음에 대해 생각해 본 적 있어?"

은서의 갑작스러운 질문에 태희가 멈칫했다.

"난 아침마다 해. 눈뜰 때마다. 그냥 쭉 잠들고 싶으니까."

태희가 농담처럼 한 대답에 은서는 심각한 얼굴로 되물었다.

"정말이야? 요즘 무슨 힘든 일이라도 있니?"

그러자 태희는 짜증스럽다는 듯 볼펜을 탁탁 찍으며 재촉했다.

"쓸데없는 소리 말고 이거나 빨리 마무리하자. 응?"

태희는 프로젝트 리더로서 무게를 잡으려고 애쓰고 있었다. 은서는 이런 상황이 우스웠다. 연구원의 인생은 말도 못 하게 진지하게 연구하면서 정작 우리의 인생에 관해서는 입도 뻥긋하면 안 될 이유가 무엇인가.

"그럼 회사 말고 딴 데서 얘기할까?"

"갑자기 왜. 일하기 싫구나?"

"그게 아니라 네가 리더잖아. 아랫사람 고민도 들어주고 그래야 좋은 멘토지."

"아랫사람?"

태희는 그제야 피식 웃으며 어깨를 으쓱했다.

"그러고 보니 프로젝트를 시작하고 저녁도 한 번 같이 못 먹었네."


은서와 태희가 들어섰을 때 실내는 이미 사람들로 가득했다. 고소한 냄새와 시끌벅적한 소음에 온종일 잠자고 있던 감각 기관이 하나둘씩 깨어났다. 종업원이 다가와 구석진 자리로 안내했다. 음식을 주문하자 곧 술이 나왔고 그녀들은 건배했다. 금세 취기가 올랐다. 술기운으로 뜨거워진 몸이 냉랭한 마음과 분리되는 순간 은서는 또다시 죽음을 생각했다.

"아까 하려고 하던 얘기가 뭐였어?"

우울한 분위기를 잘 참지 못하는 태희가 불쑥 물었다. 은서는 하고 싶은 말보다 해야 할 말을 하기로 했다. 암으로 인한 부모님의 죽음과 유방 검진과 시술 경험, 그리고 최근 발작한 쇄골 근처의 통증까지. 은서는 태희가 몰랐던 많은 이야기를 털어놓았다. 결국 은서가 말하고 싶은 건 이런 거였다. 모든 불안엔 이유가 있는 것이고 자신은 직관이란 걸 믿는다고 말이다.

몸에는 매일 사용하는 여러 기관이 있다. 소화기관, 호흡기관, 배설기관. 잠시도 쉴 틈이 없는 손과 발. 오로지 은서만을 위해 평생을 바쁘게 움직이는 이들은 고된 노동의 대가로 은서의 관심과 돌봄을 통해 각자의 존재를 확인받는다. 그런 점에서 은서의 가슴은 하등 필요가 없는 기관이었다. 은서의 것이지만 은서를 위한 것이 아닌 몸이다. 은서 아닌 다른 누군가를 기쁘게 하거나 베풀기 위해 존재하는 유일한 기관. 은서는 그것을 철저히 외면해왔다. 가슴에도 영혼이란 게 있다면 은서는 벌을 받아 마땅했다.

어느 회식 날이었다. 평소와 다르게 오 팀장이 기어이 은서 옆자리로 비집고 앉았던 날이다. 은서는 자리를 옮기고 싶었지만 바로 은서 앞자리에 이과장이 앉는 것을 마지막으로 빈자리가 다 채워졌음을 알았다. 자리를 빠져나가기엔 이미 늦은 타이밍이었다. 팀장은 불콰해진 얼굴로 은서에게 계속 맥주를 권했다. 그러더니 뜬금없이 아들 낳는 비법을 아느냐고 물었다. 이과장은 은서가 보내는 도움의 눈빛을 외면한 채 눈을 내리깔고 고기만 뒤집고 있었다.

"별로 궁금하지 않은데요." 은서는 거절의 뜻을 분명히 밝혔지만, 팀장은 막무가내였다.

"왜 안 궁금해? 언젠가 써먹어야 할 거 아냐. 아들을 가지려면 언제 관계를 하느냐가 중요하거든. 새벽녘이 좋다는 게 통계적으로 증명이 됐어. 아, 답답해. 하긴 미혼이 뭘 알겠어? 내가 얘기해 줄게 잘 들어봐."

은서는 닥치는 대로 잔을 비웠고 얼마나 많이 마셨는지 회식이 끝나자 몸을 가누기조차 힘들었다. 여사원은 은서밖에 없었다. 갑자기 혐오감이 뒤섞인 후회와 자책감이 밀려왔다. 비틀거리며 신발을 꿰는데 누군가 어깨를 잡아주었다. 이과장이었다. 그가 미안한 웃음을 짓는 것 같았다. 뭐가 미안한 것일까. 왜 이제 와 나를 도와주는 걸까.

맘모톰 시술 후 이상한 후유증을 겪고 있었던 탓인지 아니면 그날 기분이 너무나 엉망이 되어서 그런지 은서는 태어나 한 번도 해보지 않은 부탁을 해버렸다. 이과장에게 집까지 데려다줄 수 있느냐고 물어본 것이다. 하지만 이과장은 마치 이런 일이 일어날 줄 알고 있었다는 듯 순순히 택시를 잡아주었고 너무나 자연스럽게 은서와 나란히 뒷좌석에 앉았다. 그리고 그날 새벽녘에야 이과장은 은서의 집을 나왔다.

입까지 벌리고 듣고 있는 태희는 도저히 믿을 수 없다는 표정이었다.

"혹시 결혼하고 사업부로 전배 간 그 이과장이니?"

"맞아."

"그럼 너랑 헤어지자 결혼했다는 말이야?"

"응."

"세상에! 왜 헤어진 거야? 그놈이 찼니?"

"내가 먼저 끝내자고 했어. 자신이 없었거든."

"무슨 자신?"

은서는 말문이 막혔다. 자신의 욕구와 불안을 해소하기 위해 누군가를 이용했다는 말은 차마 할 수 없었다. 이성에게 지속해서 살가운 정을 느낀다는 것, 속살을 비비며 관계를 맺는다는 게 자신에게는 얼마나 두렵고 불안한 일인지는 더더욱 설명하기 어려웠다. 개인적으로 암에 대해 가진 유별난 공포도 태희는 이해하지 못할 것이다.

은서는 그렇게 화를 내는 여자는 태어나 처음 본 것 같았다. 태희는 술집이 떠나갈 듯이 이과장의 비겁함을 비난했고 어리석은 은서의 태도를 나무랐다. 은서는 피학증 환자처럼 대꾸 없이 그저 묵묵히 듣기만 했다. 그러자 태희는 더 열이 오르는지 말이 안 통한다며 서둘러 자리를 끝냈다. 오랜만에 마주 앉았던 두 사람은 그렇게 맥없이 헤어졌다.

은서는 어떻게 집으로 돌아왔는지 기억나지 않았다. 그저 죽음을 향해 차근차근 나아가는 기분이었다. 슬픔과 고통은 언제나 예고 없이 들이닥쳐 사람을 무력하게 만들었다. 그러나 이번엔 느낌이 달랐다. 확실한 선전 포고를 받은 것 같았다. 처음으로 몸이 자신에게 말을 걸어왔는데 끝내 화해하지 못한 몸과 마음이 영원히 다른 길로 갈라설 것 같은 느낌. 그것은 죽음의 예감이었다.

다음 날 회의실에서 오 팀장과 태희는 또다시 언성을 높였다. 은서는 비스듬히 앉은 채 화를 내는 태희의 표정을 찬찬히 살폈다. 어제 태희의 분노는 묘한 느낌을 주었다. 은서가 일방적으로 꺼낸 고백이라고는 하지만 태희는 생각보다 큰 충격을 받은 듯했고 마치 자신이 당한 일처럼 분개했다. 어제 이후 태희와 더 멀어진 것 같기도 하고 부쩍 가까워진 것 같기도 했다. 태희는 아직 은서에게 화가 풀리지 않은 듯 아는 체도 하지 않았다. 그런데 이틀도 못 되어 태희가 먼저 저녁을 먹자고 해서 은서는 깜짝 놀랐다. 이런 경우는 좀처럼 없었던 일이다.

퇴근 후 두 여자는 마포의 소금구이 집으로 향했다. 가끔 팀원들이 회식하러 오는 집인데 좁은 방에 들어가 의무적으로 고기를 굽던 곳이었다. 하지만 오늘은 노천에 내놓은 양철 테이블에 앉아 보랏빛으로 물드는 도시의 서쪽 하늘을 바라보고 있었다. 은서는 소주병 뚜껑을 힘껏 비트는 태희를 물끄러미 바라보다 조용히 잔을 내밀었다.

첫 안주는 오 팀장이었다. 그동안 몰랐던 오 팀장의 온갖 저열한 기행이 태희의 입을 통해 드러났다. 두 시간에 걸친 식사를 끝내고 카페를 거쳐 다시 맥줏집으로 옮겼을 때도 태희는 팀장 험담에 열을 올렸다. 은서는 그런 태희의 속을 알 수 없어 웃어야 할지 울어야 할지 몰랐다. 태희의 목소리가 점점 어두워지고 있었다.

"그런데 은서야. 너는 아직도 사랑 같은 걸 믿니? 그래서 정말로 사랑하는 사람이 생기면 결혼할 생각이니? 그래서 이과장도 놓아준 거야?"

태희야, 나는 말이야… 나는 있지… 사실은 나… 은서는 해야 할 말보다는 하고 싶은 말을 하고 싶었지만 끝내 말이 나오지 않았다. 저절로 술잔이 입으로 향했다.

"며칠 전에 읽은 책에 이런 구절이 있었어. 사랑이란 이성이 허락하는 한 발휘할 수 있는 선천적인 광기라고. 나한테 사랑이 없다면 그건 아마도 이성이 너무 과하거나 광기가 부족하기 때문일 거야."

은서가 책을 읽듯이 중얼거리자 태희가 가소롭다는 듯 웃었다.

"광기? 말이 좋네. 나는 말이야, 사랑 안 믿어. 결혼할 때도 그랬고 지금도 그래. 너 새겨들으라고 하는 소리야. 가만 보면 너는 아직 순진한 데가 있어. 이과장한테 미안해하지 마. 여자가 헤어지자는 말을 하게 했다는 게 바로 나쁜 놈이란 증거야. 난 네가 당당하면 좋겠어. 뭐 어때? 즐기는 게 어때서? 남들이 이러쿵저러쿵 나쁘게 말하는 거, 그거 다 자기네들이 그렇게 못해서 질투가 나서 그런 거야."

분명 태희는 은서를 걱정해주고 있었다. 심지어 엉뚱한 격려까지 곁들이면서 말이다. 그런데 왠지 그것은 태희 자신에게 하는 말 같았다. 뭔가 단단히 응어리진 걸 토해내는 것 같기도 했다. 은서는 뭔가 이야기가 잘못 꼬여가고 있다는 생각에 가방을 챙기며 일어나려고 했다.

"그만 가자. 너무 늦었어. 집에서 기다리겠다."

그러자 태희가 은서의 팔을 끌어당기며 다시 앉혔다.

"괜찮아. 우리 딸 영어캠프 갔어."

"남편도 챙겨야지."

"남편? 나 이혼했다. 3년 전에."

은서는 자기 귀를 의심했다. 머릿속 회로가 복잡하게 꼬여왔다. 누구보다 완벽하게 맡은 일을 완수하던 태희가 워킹맘이 아니라 싱글맘이었다니.

그리고 보면 지난 3년간 태희의 이혼을 예고하는 일들이 꽤 있었다. 한번은 태희가 손목에 흰 붕대를 감고 오후 늦게 출근한 적이 있었다. 그녀는 마우스를 너무 많이 사용해 손목 인대가 늘어나 병원에 다녀왔다고 했지만 실은 전날 밤 남편이 손목을 잡아 꺾는 바람에 입은 부상이었다. 목 디스크를 하고 와서 거북목 증후군이 왔다고 둘러댄 적도 있었는데 그 역시 사실이 아니었다. 어느 날은 그 깔끔하던 태희가 회식에서 폭음하고 정신을 잃은 적도 있었다. 사람들은 태희가 일부러 망가지는 모습을 보였다며 그녀의 소탈함을 높이 평가했지만, 그날이 이혼 법정에서

도장을 찍고 온 다음 날이었다는 건 알지 못했다.

"승진이 코앞이라 숨겼어. 앞으로도 굳이 밝히지 않을 거야. 불리할 얘기를 뭐 하려 해."

태희 앞에는 어느새 콧물과 눈물로 범벅된 휴지가 수북이 쌓여있었다.

"남편한테 오랫동안 폭행을 당했어. 나는 억울해서라도 꼭 성공할 거야. 돈을 벌 거야. 하기야 성공이라고 해봐야 별거 있겠니? 젖은 낙엽처럼 착 달라붙어 끝까지 버티는 수밖에. 아직도 아침마다 도로 눈 감고 싶을 때가 한두 번이 아니야. 내가 왜 이렇게 살고 있나, 너무 지치고 힘들어서. 사는 게 너무 힘들고 엿 같아서."

몇 시간 후면 다시 출근할 시간이었다. 두 사람은 쉬기 위해서가 아니라 다시 일하기 위해서 헤어져야 했다. 은서는 태희에게 미안했다. 어쩌면 팀장과 맞싸우는 배짱, 맡은 일을 완벽하게 해내는 능력, 남성을 능가하는 여전사의 이미지 같은 것들은 모두 은서 자신이 바라는 바를 태희에게 투영해 만들어낸 가짜 이미지였을지도 모른다는 생각이 들었다.

몇 시간 눈도 못 붙이고 일찌감치 사무실로 나갔다. 태희 자리는 텅 비어 있었다. 불과 몇 시간 전의 일이 몇 달 전처럼 아득했다. 갑자기 머리가 지끈지끈 흔들리는 것 같아 돌아보니 오 팀장이 언제 왔는지 은서의 의자를 치고 있었다.

"일찍 나왔네. 아침 먹었나?"

팀장이 또 아침을 거른 모양이었다. 때마침 은서의 배에서 커다란 고동소리가 울렸다. 은서는 얼굴을 붉히며 부산스럽게 일어났다. 쓸데없는 상념에 빠지지 않으려면 일단 뭐라도 먹어야 했다.

"같이 가시죠."

아침 8시경의 지하식당은 라면 냄새로 진동하고 있었다. 각자의 사정으로 아침을 거른 직원들이 드문드문 앉아 양은냄비를 들이키고 있었다.

은서는 어제 태희를 통해 알게 된 오 팀장의 치졸한 면들이 떠올라 괴로웠지만, 그와 마주 앉을 수밖에 없었다.

"어제 양 차장이랑 한잔했지?"

라면을 휘저으며 오 팀장이 먼저 말을 꺼냈다.

"어떻게 아셨어요?"

"어제 두 사람 같이 퇴근했잖아. 그런데 오늘 양 차장은 휴가 내고 송 과장은 해장하고. 그걸 왜 몰라. 그런데 송 과장은 눈치가 없는 거야, 아니면 알면서 모르는 척하는 거야?"

"네?"

은서가 깜짝 놀라며 되묻자 오 팀장이 상체를 기울이며 목소리를 낮췄다.

"내가 비밀 하나 알려줄까? 사실 비밀도 아냐. 공공연히 다 아는 얘기니까."

은서의 심장이 갑자기 쿵쿵 뛰기 시작했다.

"양 차장 이혼했어. 벌써 3년째야. 그런데 본인이 시치미 떼고 있으니 모르는 척하는 수밖에."

결국 오 팀장 입에서 그 얘기가 흘러나오고 말았다.

"그럼 다 아시면서 왜 매번…"

"남편 얘기를 꺼내느냐고? 양 차장 고집이 보통 똥고집이야? 남편 얘기로라도 말문을 막아야지. 양 차장, 사람이 아주 꽉 막혔어. 자존심만 살아가지고. 제발 송 과장은 그런 거 배우지 마."

오 팀장이 안주머니에서 공연 표 두 장을 슬쩍 꺼내 흔들어 보였다.

"혹시 오페라 좋아해? 공짜로 생긴 건데 같이 갈 사람이 없네. 생각 있으면 말해."

오 팀장이 한눈을 찡긋하며 공연 표를 다시 품 안에 넣었다. 은서는 라면 가닥이 하나하나 줄을 서서 목구멍으로 올라올 것 같아 잠시 그대로 있었다. 가슴이 몹시 아팠다. 유방 전문의를 찾아가야 할 것 같았다.

"좀 차갑습니다."

간호사가 차가운 젤을 한 움큼 떠서 가슴에 발랐다. 의사가 끝이 뭉툭한 진단기로 끈적끈적한 반고체를 문지르기 시작했다. 은서는 그 촉감이 싫어 눈을 질끈 감았다. 세상에 미련이 있는 건 아니었다. 커다란 종양 덩어리가 발견된다고 해도 그리 놀라지 않을 자신이 있었다.

가슴이 탱탱하게 부풀어 오르는 것 같았다. 몸이 둥실 떠올라 발밑으로 의사와 간호사의 정수리가 동그랗게 멀어져갔다. 은서는 빵빵해진 가슴을 달고 지구 궤도를 벗어나는 중이었다. 의사가 저 아래에서 모니터를 보며 탄성을 내지르고 있었다. 새로운 행성이라도 발견할 걸까. 제발 아무거라도 찾아내 줬으면.

태희는 소셜미디어로 알게 된 외국인과 목하 연애 중이라고 했다. 주로 풍경 사진을 찍으며 아시아 지역을 돌아다니는 프리랜서인데 대화가 잘 통한다고 했다.

외국 남자들은 여자를 존중할 줄 알고 치사하지 않아서 좋아. 섹스도 잘하고. 송 과장도 원하면 소개해 줄게. 이제 곧 봄이잖아. 우리 즐겁게 살자.

음. 의사가 심각한 목소리로 뭔가를 중얼거렸다. 의사가 손짓하자 간호사가 다가와 커다란 수건으로 은서의 가슴을 덮어주었다. 가슴 구석구석에 남아있던 젤이 깨끗이 닦여나갔다. 은서는 온몸이 나른해져 손가락 하나 까딱할 수 없었다. 간신히 무중력 공간에 떠 있는데 어느 순간 은서는 지구를 향해 추락하기 시작했다. 무서운 속도로 시간이 되감기면서 기억 창고의 문이 느닷없이 열려버렸다.

열 살 무렵의 은서가 보였다. 은서는 친구를 기다리며 혼자 앉아있었다. 그 곁으로 낯선 청년이 다가왔다. 은서가 고개를 들자 청년이 빙긋 웃었다. 그 웃음의 뜻을 알 수 없어 멀뚱히 바라보는 은서에게 청년이 갑자기 손을 뻗어 양 가슴을 움켜쥐었다. 아이는 너무 놀라 입도 벙긋하지 못하는데 청년은 공포에 질린 아이의 눈을 들여다보며 킬킬대고 있었다. 정신을 차린 은서가 울음을 터뜨리자 청년은 재빨리 손을 떼고 세워둔 오토바이를 타고 순식간에 사라져버렸다. 아이의 가슴에는 이제 막 몽우리가 맺히고 있었다.

시간은 계속 추락해 어느 무더운 초여름이었다. 한낮의 평화로운 중학교 교정이 가까워지면서 지하실로 내려가고 있는 한 여학생이 보였다. 여학생은 두리번거리며 자신을 호출한 선생을 찾고 있었다. 한 남자가 구석에 놓인 긴 의자에 누워 아령 운동을 하고 있었다. 상의를 벗은 체육 선생의 구릿빛 몸이 땀에 젖어 번들거렸다. 여학생이 다가가자 선생이 일어났다. 선생은 의자에 앉은 채 은서에게 수건을 내밀었다. 땀 좀 닦아줄래. 은서가 망설이자 선생이 은서를 끌어당겼다. 선생은 제자의 등 뒤로 손을 돌려 브래지어 훅을 더듬으며 말했다. 그동안 많이 컸구나. 너는 정말 가슴이 예술이다.

소녀는 가슴과 함께 성숙해 어느덧 여대생이 되었다. 그 여대생은 어느 허름한 먹자골목에서 술 취한 동기에게 또다시 가슴을 잡혔고 순결을 잃었지만 별로 슬프지 않았다. 무더운 강의실에서는 가슴골로 집중되는 젊은 강사들의 끈적한 시선들을 받아냈고 수많은 버스와 지하철에서는 그보다 더한 희롱도 견뎌냈다. 워크숍 숙소에서, 교수 연구실에서, 동아리 방에서, 소개팅 자리에서, 자취방에서, 회식 자리에서, 그리고, 그리고…

간호사가 물러났다. 은서는 죽어가는 개구리처럼 멍하게 천장을 바라보고 있었다. 펼치지도 못한 시간이 다시 차르르 감겨왔다.

"그동안 물혹이 왼쪽에 3개, 오른쪽에 2개가 더 생겼네요. 확인해보시겠어요?"

의사가 손을 닦으며 모니터를 가리켰다. 종양이 아니라니. 은서는 믿을 수 없었다.

"이번에도 하셔야겠죠?"

의사는 벌써 시술 준비를 하려는 것 같았다. 은서는 가슴을 여미며 조용히 일어나 앉으며 말했다.

"아뇨. 안 하겠어요."

은서의 단호한 거절에 의사가 놀란 얼굴로 돌아보았다.

"이번엔 좀 큽니다. 시술을 안 하시면 종양이 될 수도…."

"그래서 안 해요. 어차피 제거해도 다시 생길 테니까요."

한 달 후 은서가 전화를 걸었을 때 간호사는 당황한 기색을 감추지 못했다.

"종양 판정을 받으셨나요?"

"아뇨."

"그럼 우리 병원에서 조직검사를 받으신 적이 있으세요?"

"아뇨."

놀란 여직원은 진료기록을 찾을 수가 없다면서 똑같은 질문을 재차 물어왔고, 은서는 조금도 흔들림 없이 종양은 없지만 유방을 절제할 생각이라고 또박또박 대답했다. 그 후 조금 귀찮은 절차가 이어졌다. 유방과 전문의는 자못 심각한 얼굴로 정신과 상담을 먼저 받아볼 것을 권했다. 은서는 자신의 결정이 어떤 정신적 결함이나 충동 때문이 아니라는 걸 보여주기 위해서라도 정신과 의사를 만나야 했다.

그리고 수술이 끝난 후 다시 의사를 만났다.

어떠십니까. 허전하지는 않으세요. 우울하지는 않으신가요. 결과에 만족하십니까.

은서는 앞으로도 유방 재건 수술은 받지 않을 생각이다. 어떤 결핍 때문에 불행할 거라고 걱정하는 이유는 그 결핍이 해결되면 행복해질 자신이 있거나 그것이 없어지기 전에는 적어도 행복했다는 기억이 남아있기 때문일 거라고 은서는 생각한다. 은서에게는 그런 특별한 기억이 없다. 텅 빈 브래지어를 채워 넣는다고 삶이 갑자기 풍만해질 것 같지도 않았다. 다만 마음속에 엉뚱한 생각 하나가 은밀히 커가고 있음은 부인할 수 없었는데, 이를테면 가슴이 없으니 이제는 마음으로 속 깊은 사랑을 하게 될지도 모른다는 대단히 막연하고 순진한 희망이 차오르고 있었다.

거리로 나서니 봄바람이 상쾌하다. 은서는 납작해진 가슴을 내려다보며 생각한다. 자신은 죽었다 깨도 태희의 발끝도 따라가지 못할 것이다. 그런데도, 봄은 오고 있었다.

---

* '모피스족 : 미시(MISSY)와 오피스(OFFICE))의 합성어로 세련되고 전문적인 직장 여성 혹은 워킹맘을 상징하는 신조어.

# 점자 익히기

원기자

가을은 향기롭고

겨울로 가는 길목은 더 향기롭습니다.

새로운 시어들을 끌어안고 그 길을 서성이고 있는 나는

달빛처럼 빈 뜰에 내려앉습니다.

만남은 조금 늦게 오는 설렘 같아

해묵은 기다림이 도착한 뜨락이 이렇게 아름답다니, 정말 기쁩니다.

나를 찾아보겠다고 접어든 길 즐거운 마음으로 걸어보겠습니다

늦은 나이에 시를 쓸 수 있게 이 길로 이끌어준 오늘 시인에게 고맙고,

묵묵히 지켜보는 남편, 언제나 내 시의 첫 번째 독자가 되어주는 큰딸,

경제적 지원을 아끼지 않는 둘째딸 그리고 건강한 몸과 부족하나마 글

쓰는 재주를 주신 어머니께 감사드립니다.

제 글이 빛을 보게 해 주신 동서식품 관계자분들과 심사위원님 감사

합니다.

# 점자 익히기

원기자


누가 어둠의 꽃씨를 뿌렸는지


선이 고운 슈트를 박음질 하던 아버지가
황반변성을 앓기 시작했다


한 쪽 구석에 놓여있는 재봉틀
호기심에 돌려보다 마음을 찔렸다
꽃잎처럼 떨어지는 핏방울을 타고
아버지가 피우지 못한 꽃말이 들린다


작은 텃밭에 모종을 심듯
노루발을 따라 돌던 꽃무늬 원단
시신경이 죽어 가는 어두운 꽃밭에
은빛 더듬이 팔랑이는 나비가 날아왔다


햇살 넘어가는 창가에 구부정하게 앉아
손으로 세상 보는 법을 익히며
올 풀린 눈동자에 한 자 한 자 새로운 씨앗을 심는다

지문의 결을 따라
천천히 조절 다이얼을 돌려보지만
황반에 박힌 어둠은 수선이 어려워
아버지는 작은 텃밭의 풍경을 다시 재단한다

오톨도톨 점자를 따라 꿈을 박는
아버지 손가락에 나비가 앉았다

# 해중설[海中雪]

임이슬

섣부르게 발을 들인 문장 속에는 끝이 없는 바다가 펼쳐져 있었습니다. 요령 없는 낚싯대는 가끔 잘생긴 단어를 낚기도 했지만, 대부분 빈 바늘에 두 다리만 흠뻑 적시게 했습니다. 여전히, 물 한가운데 두 다리를 박고 선 채, 저는 천방지축마냥 강태공 흉내를 냅니다.

얼마나 걸릴지, 무엇이 낚일지 모르는 이 줄다리기가 꽤 마음에 듭니다.

종착점을 알 수 없는 이 바닷길에 잠시 쉬어갈 육지가 되어주신 동서식품과 삶의향기 동서문학상 운영위원회, 갈 길이 먼 저의 작품을 뽑아주신 심사위원분들께 감사의 말씀을 전합니다. 열심히 하라는 당근과 채찍질로 여기겠습니다.

그리고 이 고독한 길을 외롭지 않게 등 뒤에 버티고 선 어머니, 가족들에게 감사드립니다. 응원해주신 모든 분들을 실망시키지 않도록 더 많이 쓰고, 오래 버티는 글쟁이가 되겠습니다.

# 해중설[海中雪]*

임이슬


할매요, 고래도 물고기라고—
죽으니 배부터 뒤집고 올라옵디다.

출렁이던 항해를 끝마친 구체球體
심해로 돌아가길 거부한 채 수평선에 정박중입니다
뭍으로 귀환하려던 고집은 수장을 지체하는 부력이 되고
55년, 물질하던 울할매 뱃속에도 주워 담지 못한 욕망들이
닻 내리듯 팽창했습니다
문병 왔던 이웃집 상군 할매는 울할매 배를 쓰다듬으며
고래같다고— 노래를 부릅니다
할매는 하다하다 뱃속에 바다를 품었다며
아가미 새로 숨비소리를 터트렸지요
햇빛 한줌 없는 찬 바다에서 유영하던 고래
산란하는 빛의 파편들은 명멸하고
전복과 뿔소라 떼던 지느러미는 근육을 포기한 채 물위를 떠다닙니다
이제 섭씨 1도의 종말이 덮쳐오는 밤
할매는 고래의 울음을 들었다며 제 부레를 전율했습니다
심해에서 산화하던 물속의 푸른 불꽃은

고래의 육신을 점점이 태워 바다 속으로 끌어당기고

마침내 도착한 고래들의 공동묘지

바다의 황혼을 뚫고 고래의 영혼은 눈발이 되어 날리고

타다만 뼈대는 집을 찾아 표류합니다

바닷가재, 먹장어, 새우, 게 같은

할매의 자식들은 흩어지는 할매의 육신을 뿌리며

연신 눈 같다고 중얼댔습니다

하얀 찔레꽃 같은 그녀의 뽀얀 살갗과 비늘, 가시

해거름 녘까지 파도에 뛰어들던 고래 한 마리는

진눈깨비였을까요 함박눈이었을까요

오늘밤, 넘실대는 조류에는 하얀 영혼 한 줌이 한참이나 나부낍니다.


* 해중설(marine snow): 표해수층에 사는 생물들의 죽은 사체나 배설물, 플랑크톤이 눈처럼 되어 심해
  에 내리는 현상. 심해동물들에게 중요한 양식이 되며 큰고래가 죽어서 내릴 경우 5년 이상 지속되기
  도 한다.

# 달콤한 풍장

심수빈

　최근 들어 생긴 습관이 있다면 시간이 날 때마다 걷는 일입니다. 정류장에서 집까지. 운동장에서 학교까지. 조용한 새벽의 공원. 생각이 많아질 때마다 한 발자국씩 걸어나가며 머릿속에 가득한 고민들을 지워낼 수 있었습니다. 그 시간들이 모여 '달콤한 풍장'과 같은 시를 창작해낼 수 있었습니다.

　고등학교를 졸업하고 한동안 시를 읽지 않았습니다. 최근 들어 다시 시집을 읽고 시를 쓰게 되었습니다. 자꾸만 가벼워지는 시를 고치고 싶고 원고지 앞에서 집중하지 못하는 제 자신이 싫었습니다. 자신 없고 소극적이었던 시기에 찾아온 동서문학상 수상 소식은 제게 많은 도움이 되었습니다. 조금은 자신감을 갖고 이전보다 더 열심히 시를 쓸 수 있을 것 같습니다.

　처음으로 문예창작을 공부하고 싶다고 말했을 때부터 아낌없이 지지

해준 가족들에게 감사합니다. 부모님 덕분에 제가 어른이 되어서도 좋아하는 글을 계속 쓸 수 있는 것 같습니다. 제가 성장할 수 있게 많은 도움과 조언을 건네주신 선생님들에게도 감사의 인사를 드리고 싶습니다. 그리고 늘 제게 자신감을 주고 자존감을 높여주는 친구들에게도 너무나 고맙습니다. 마지막으로 제게 좋은 문학의 기회를 주신 삶의향기 동서문학상에게도 감사드립니다. 앞으로 더 열심히 글을 쓰는 학생이 되기 위해 노력하겠습니다. 감사합니다.

# 달콤한 풍장

심수빈


사과나무가 만든 그늘이 흔들린다
매달리며 사는 것이 지친 사과가 떨어져나간다
나무 아래로 떨어진 사과는 주검처럼 변해간다
바람이 사과를 어두운 숲 속으로 굴려 옮기면
달콤한 영혼이 흩날리는 장례가 시작된다

향기가 사라진 주검에 염을 하듯이
바람은 힘없는 사과의 주위를 떠돈다
들개가 사과의 살점을 뜯어먹고
사과는 핏기를 잃은 채 풀 속을 굴러다닌다
살결 아래로 흐르던 누런 진물이 새어나온다

며칠 동안 계속되는 아름다운 축제
굶주린 것들에게 죽음은 슬프지 않다
이제는 씨방만 남긴 채 뒹구는 사과
짓무른 살을 부리로 쪼아대는 새들과
껍질을 갉아먹는 벌레들은 조문객처럼
이 숲을 맴돌며 곁을 지키고 있다

바람은 사과를 마지막으로 데려가려는 듯
달콤한 영혼이 떠나갈 때까지
사과의 곁을 지킬 예정이다
한 때 뜨겁게 온 몸을 달궈주던 굳은 심장이 드러나고
사과는 흙으로 바람으로 사라지기 시작한다


바람에 나무가 흔들리고
사과가 툭, 떨어져 나간다

# 자목련 수선집

윤경예

    빛이 셀수록 그림자는 짙다고 한다. 그래서 그런지 올해 단풍이 너무 아름답더라며 친구가 설악산 단풍 사진을 보내왔다. 그랬다. 우리 모두는 유난히 길고 길었던 무더위를 건너느라 밤을 낮처럼 밝혔고 더위보다 무서운 전기 요금에 매미 울음 같은 걱정으로 제 몸 벌겋게 달구었다. 그렇게 여름을 잘 견딘 나무들, 한층 더 짙은 그림자를 짜내느라 붉으락푸르락 달아오르고 있었다. 잘린 풍경에서는 잘 여문 가을 한 알 굴러떨어지는 소리를 듣고 청설모가 금방이라도 뛰어나올 것만 같았다. 가을은 폭풍우와 뙤약볕에 그을린 시간의 흉터를 끌고 들어가 나이테 하나를 완성시킨 이들에게 찾아오는 계절이다. 아니 뜻밖의 선물일지도 모른다. 이번 가을은 아주 특별한 선물 꾸러미를 들고 나를 찾아왔다.

    당선 소식에 가슴이 뛰었다. "뭐 동상 정도로"라고 말하는 사람도 있을 것 같다. 하지만 나에게 이 상은 '첫'이라는 어감에서 시작되는 핑크빛 떨림으로 다가오고 있었다. 마흔아홉의 나이에도 여전히 콩닥거리고 광대 승천하게 만드는 12살 첫사랑(?)의 기억처럼 말이다. 아마도 오늘의 떨림은 내 작은 언어의 씨앗이 되어 언제 어디로든 촉을 틔울 시간의 틈을 기다리고 있을 것이라고 믿어본다.

감사한 마음을 전하고 싶은 분들이 참으로 많다. 먼저 많이 부족한 작품을 뽑아주신 심사위원님들께 깊이 감사드린다. 땅으로 다시 돌아가기 위해 마지막 한 잎 언어도 다 떨구고 이 순간을 기다렸다는 듯 겨우 숨만 붙은 눈꺼풀만 껌뻑이고 계신 엄마에게 감사하다고 말하고 싶다. 또 묵묵히 지켜봐 주고 응원해 준 남편과 아들, 딸에게 사랑하고 고맙다고 꼭 안아주고 싶다.

나는 앞으로가 더 기대된다는 말을 듣는 사람이 되고 싶다. 시도 마찬가지다. 그러기 위해선 어떤 상황에서도 포기하지 않고 묵묵히 앞만 보고 걸어가겠다고, 자신에게 약속해 봅니다.

# 자목련 수선집

윤경예


자목련나무 골목 끝에는 수선집이 있네
달빛 꽃문을 달아걸고 있는 집,
하늘 문패만이 골목 그림자를 집어먹고 있네

자목련에서 늑대 짖는 소리
새어나오는 밤
나비무늬로 숨어든 달이 떠오르네

달은 꽃봉오리로 들어가 창문이 되고
한 생을 건너는 집의 수로를 열고
잎 없이 입술만 뾰쪽 내미는 지붕을 박음질하네

달의 어금니가 바늘이라는데,
수선하다 만 이불엔 불나비 꽃나비
희고 붉은 날개들이 바늘 끝에서 꽃을 부르네

누가 봄밤을 고르게 펴 홈질하는가
이불 위로 웃자란 자목련엔 노루발굽 모양이 찍혔네
탈탈탈 꽃으로 뛰어드는 노루들,
봄빛을 끌고 나오네

종일 재봉틀 돌아가는 집이
저 자목련 꽃에 숨어있다지
번데기로 태어난 것들이 제 속옷을 지었네
봄밤이 심지 가진 꽃등을 당기네

# 아파트에서 금맥 찾기

김순희

시는 어떻게 오는 걸까요.

시시한 제 인생에 어느 날 찾아와준 시가 어여뻐 어린아이가 애착하는 물건을 다루듯 매일 시를 감촉하며 마음을 줍니다.

이게 시가 될까, 여전히 제가 쓴 글이 미덥지 않아 보고 또 봅니다.

한 편을 쓰고 나면 다시는 쓰지 못할 것 같은 막막한 시간이 많았습니다.

바닥이 보이는 우물을 들여다보며 절망하기도 했지만 이제는 아직 제게 오지 않은 귀한 문장을 묵묵히 기다릴 줄도 알게 되었습니다.

늦은 걸음이지만 뚜벅뚜벅 앞으로 나아가겠습니다.

설익은 글을 귀한 자리에 불러주신 심사위원님과 자리를 마련해주신 동서식품에 깊은 감사를 드립니다.

낮고 작은 목소리에 귀를 열어 놓고 항상 공부하면서 평생 쓰는 것으로 보답하겠습니다.

매주 수요일 수업을 손꼽아 기다리게 해주시는 마경덕 선생님, 제게 처음 문학의 향기를 전해주신 책나무 임정일 선생님, 성함만으로도 꽉 찬 공광규 선생님 감사합니다. 조선형 선생님 이경숙 선생님 믿어주시고 응원해주셔서 감사합니다.

강남 문화원 문우님, 문학의 향기 문우님, 제 스토리를 찾아주시는 다정한 친구님 감사합니다. 그리고 우리집 세 남자와 이쁜 지인이, 차윤이 모두 고맙고 사랑합니다. 곁에 있었으면 가장 크게 기뻐해줬을 오빠에게도 이 기쁨이 전해지길 바랍니다.

# 아파트에서 금맥 찾기

김순희

붉다, 재수가 좋을 거라며 벼락 맞은 대추나무에 새긴 이름이다 벌써 여러 번째 계약서에 도장을 찍었지만 어찌된 일인지 매번 변두리에서 변두리다 우리는 아직 여물지 않은 이빨을 가진 어린 양들을 데리고 초원을 찾아 유목의 짐을 쌌을 뿐이다 시멘트에 금가루가 섞였는지 스물여섯 평에서 스물한 평으로 우리의 초원은 해마다 좁아지고 젖은 흙냄새 한 모금 맡을 수 없이 사막처럼 건조해졌다 이빨이 근질거리는 어린 양들은 여린 풀 대신 꽃무늬 벽지를 이따금 뜯어 먹으며 야금야금 자랐다 뒤꿈치를 들고 분침을 따라 종종거리는 하루, 동여맨 유선에 지릿한 자극이 오면 떼어놓고 온 어린 양들의 칭얼거림이 똑똑 떨어졌다 모두가 잠든 밤, 모종삽과 호미를 들고 이빨자국 선명한 마른 꽃밭 속을 뒤진다 어쩌면, 콘크리트 속에 꽁꽁 숨겨진 샛노란 금덩이를 발견할지도 모를 일이다

# 굴식돌방무덤

임진순

벼랑 끝에 있는 이슬처럼, 들쑥날쑥한 맘의 기복이 벼랑으로 내몰 때마다 시는 언제나 좋은 친구였습니다. 시를 읽기도 하고 쓰면서, 고민하고 고백함으로써 맘의 응어리가 꽃으로 피어나는 듯했습니다. 그 희열을 포기할 수 없었던 것 같습니다.

좋은 기회를 준 동서식품과 부족한 글을 좋게 봐주신 심사위원님께 감사드립니다. 시의 방향을 잃을 때마다 길을 비춰준 김혜경 선생님, 좋은 시가 될 수 있도록 힘이 되어준 신영순 선생님 감사합니다.

시에 대한 열정으로 궂은일 도맡아 하는 정미화 회장님, 윤경자 회장님을 비롯한 사창동주민자치센터 시창작반과 금천동 1인1책 팀에게 많이 배웁니다. 좋은 인연이 되어준 이덕희 선생님, 정미숙 선생님, 이정숙 선생님, 주영순 선생님 감사합니다. 나의 영원한 벗 정선, 현주, 수화야 고맙다. 지현 언니 그립습니다.

언제나 조용히 지지해주는 남편과 시부모님, 삼 남매 키우느라 평생 고생만 하신 엄마, 든든한 오빠, 멋진 남동생, 무엇보다 하늘에서 기뻐해

줄 아빠 사랑합니다.

삶의 이유 민정, 세현아 사랑해.

굴식돌방무덤을 알게 해준 현진아 정말 고맙다.

그만 쓰고 싶을 때마다 더 열심히 쓰라는 뜻으로 준 상이라고 생각합니다. 포기하지 않고 시 쓰도록 노력하겠습니다. 하나님 감사합니다.

# 굴식돌방무덤*

임진순

못 찾겠다 꾀꼬리, 꼬랑지 말린 누렁이와 자주 놀더니 누렁이 귀를 닮은 동생이에요 제일 먼저 엄마를 마중 나가던 동생이 골짜기까지 파고든 이름을 못 듣나 봐요 보폭이 짧은 동생이 어느 어둠으로 숨었는지 밤이 모른척해요

말이 짧은 동생은 무슨 말인지 모를 때가 많아요 말이 늦다는 엄마는 잘 알아들어요 그런 동생이 엄마를 잊었나 봐요 아랫목에 덮어둔 고봉밥이 달그락 울어요 물기 많은 동생은 걸을 때 세게 밟으면 안 된대요 땅이 아프다며 울어요 엄마 젖을 만져야 잠이 드는 동생이에요 무얼 만지며 자는지 궁금해요

숨바꼭질 장소였던 아궁이가 보여요 돌방 안으로 무른 어깨를 둥글게 말게 하곤 동생을 밀어넣었어요 그럴 때마다 캄캄한 울음에 갇힌 동생 눈이 팥죽 속 새알처럼 둥둥 떠요 나가고 싶어 내미는 손엔 타지 않는 나무의 사리도 있고 굴뚝 아래로 떨어진 별들의 씨앗도 있어요

쪼글쪼글한 탱자나무 목소리가 담장을 넘어와요 무덤에 구멍을 뚫어 조상 밥그릇까지 훔쳐 간다고 가시를 세워요 아랫말 아저씨는 앙상한 바람이 되어 늙은 산을 괴롭혀요 산이 아들을 삼켰다는 소문이에요 앞집 춘식이도 집밖을 나가지 않는 달팽이가 되었어요

엄마 젖가슴을 닮은 무덤을 봤어요 흰나비가 무덤 속으로 들어갔다 나왔다 해요 무덤 벽에 알을 낳았나 봐요 날개를 꿈꾸던 동생이 나비를 따라갔나 봐요

---

* 삼국시대 무덤양식으로 일제강점기 때 무덤에 구멍을 뚫어 어린아이를 이용해 부장품을 꺼낸 후 그 안에 생매장시켰다.

삶의 향기가—
문학이 됩니다

# 저기 자궁들이 있다

### 고옥란(로셀리나)

  햇살 고운 날 한 무리의 여인들이 고개를 쑥 내밀고 버스를 기다리며 서 있었습니다. 생김새는 제각각인데 모두가 같은 방향을 바라보는 모습을 보며 문득 자궁들이 서 있다는 생각을 했습니다. 삶을 짓는 성소, 자궁을 품은 여인들의 얼굴, 결국 그녀들의 이야기가 모여 세상을 만들어가는 것이 아닐까 하는 생각을 하며 자궁벽에 새겨진 이야기들을 쓰고 싶었습니다. 그 날 오후 '저기 자궁들이 있다.'로 시작되는 하나의 문장이 한 편의 글이 되었고, 한 편의 글은 저에게 과분한 영광을 안겨주었습니다.

  당선을 알리는 전화가 걸려온 것은 수업 중이었습니다. "자신이 원한 것이 곧 자신의 운명이에요. 우린 매 순간마다 자신의 운명을 선택하고 있는 셈이지요." 마침 프리츠 오르트만의 『곰스크로 가는 기차』에 나오는 '선택'에 대한 이야기를 하던 중이었습니다. 저마다 '곰스크'를 꿈꾸던 사람들은 대부분 '곰스크'에 가지 못합니다. 이상과 모험을 쫓기보다는 눈앞에 보이는 안정적인 삶을 선택하기 마련이며 그런 선택들이 모여 곧 인생이 되는 것이니까요.

저 또한 곰스크행 기차표를 오랫동안 만지작거렸습니다. 주머니 안에서 이미 귀퉁이가 닳아버린 곰스크행 기차표. 그래도 언젠가는 곰스크행 기차가 오리란 희망을 품으며 살았습니다. 예기치 않은 순간 마침내 기차가 꿈처럼 제 앞에 멈추었습니다. 기차표를 내밀 수 있는 시간이 찾아온 것입니다. 지난한 시간 속 끊임없이 무언가를 끄적거리다 덧없이 버려진 글자들, 종이 위에서 방향을 잃어버린 글자들을 모아 밥을 지어먹고 싶다는 생각도 해보았습니다. 곰스크행 기차는 저에게 새로운 기회가 되어줄 것입니다. 달리는 기차 안에서 더 많은 자궁들의 이야기, 그 자궁들이 잉태한 생명들의 이야기들을 열심히 수집해가겠습니다.

계절이 여러 번 바뀌는 동안 함께 책을 읽고 부단히 글을 써온 책마실, 씀의 미학(힐링글쓰기) 글벗님들께 감사의 마음을 전합니다. 또 '씀'의 끈을 놓치지만 않는다면 곰스크행 기차가 언젠가는 도착한다는 것을 어린 제자들에게 보여줄 수 있어서 행복합니다. 한 배를 타고 여전히 항해 중인 가족과 저를 기억하는 모든 분들에게도 고마움을 전합니다.

퇴고를 거듭하면 할수록 글자들의 민낯이 드러나 부끄럽던 저에게 큰 기쁨을 주신 삶의향기 동서문학상 심사위원님들과 관계자 여러분들께 진심으로 감사의 인사를 드립니다. 더 정진하여 부족한 부분을 채워가라는 격려의 의미로 받아들이겠습니다. 한 마리 제비가 왔다고 해서 봄이 온 것은 아니라고 하지만 오늘은 저에게 10월의 봄날입니다. 머리 위로 쏟아지는 햇살이 눈부신 정오. 이제 곰스크행 기차가 경적을 울리며 출발합니다.

# 저기 자궁들이 있다

고옥란(로셀리나)

저기 자궁들이 있다. 38억 년 전 원시생명체를 품었던 바다의 기억을 저마다의 이야기로 탄생시키는 구멍. 자궁들은 자궁을 낳고 그 자궁들은 이야기를 낳는다. 자궁들은 자신의 언어로 말하며 웃는다. 때론 자궁들은 울부짖으며 소멸한다.

"결국은 자궁 적출밖에는 없어요. 그게 최선이라는 거 아시죠? PET 나 MRI 추가 확인해서 전이 여부 알아보고 스케줄 잡죠. 혹시 조직 검사를 다시 한 번 해보고 싶으시면 그리하셔도 되고요." 산부인과 권위자 k교수의 말이다. 산부인과, 엄마가 되는 것을 증명해주는 장소이기도 하지만 엄마가 될 가능성을 박탈당하는 장소이기도 하다.

조직 검사를 위해 칸막이가 된 병실에 둥지를 튼다. 칸막이와 칸막이 사이 우화를 기다리는 애벌레처럼 누운 여인들. 그들도 나처럼 하늘을 향해 누워있을 것이다. 드리워진 커튼 사이 날숨과 들숨들이 오간다. 볼을 타고 두 줄기 눈물이 흘러내린다. 눈을 감는다. "두껍아, 두껍아, 헌 집 줄게. 새 집 다오." 바닷가 모래밭, 아이들의 노랫소리가 아스라이 들려오는 것만 같다. "두껍아, 두껍아, 헌 자궁 줄게. 새 자궁 다오." 무심한 파도는 모래집을 휩쓸어 가고, 아이들의 노래도 사라진다.

바로 옆 분만실에선 막바지 진통을 하는 산모의 거친 호흡과 의료진들의 절박한 목소리가 들려온다. 마침내 어린 생명의 탄생을 알리는 경쾌한 울음 소리. 꽃처럼 붉은 자궁을 활짝 열고 생명을 쏟아내는 여인들. 나는 이미 말라버린 자궁, 자궁 안에 교묘히 자리 잡은 정체불명의 것을 찾아내기 위해 자궁 문을 활짝 연다.

계속해서 울리는 휴대폰 벨 소리. 〈결과가 뭐래? 전화 안 받아서 메시지 남겨. 연락 바람〉 오늘 조직검사 결과가 나오는 날이다. 마음에 스산한 바람이 분다. 인디언식 용어로 '모든 것이 다 사라지지는 않은 달'이라는 11월. 무엇이 아직 다 사라지지 않았다는 말일까? 희망이, 삶이, 마주해야할 고통이. 스쳐 지나가는 모든 풍경들이 어제와는 너무도 달라 보인다. 횡단보도를 건너는 사람들을 바라본다. 다른 세계에 속한 사람들 같다. 웃으며 장난을 치며, 발랄하게 걷는 그들을 유심히 바라본다. 어제의 나는 그들 무리 중의 한 사람, 오늘의 나는 이방인이다.

〈암이래. 내막암. 이름도 생소하지.〉〈아닐 거야. 아니겠지. 아무것도 아닐 거야. 걱정마.〉남편의 메시지에는 나보다 더 강하게 부인하는 목소리가 숨어있다. 퇴근 후 식탁 앞에 마주앉은 우리는 차마 서로를 바라보지 못한다. 묵묵히 밥을 먹기 위해 고개를 숙인 그의 모습에 나도 모르게 눈물이 난다. 아무것도 아닌 일, 어제까지는 그가 어떤 자세로 밥을 먹었는지 기억조차 나지 않는데 오늘은 그의 뒷모습만으로 눈물이 핑 돈다. 함께 살아온 20년, 삶의 성적표가 빠르게 지나간다. 행복했을까? 그의 얼굴에도 내 얼굴에도 삶의 흔적이 가득하다. 희로애락이 그린 낙서다. 원했든 원하지 않았든 함께 그린 낙서.

모든 게 빠르게 진행되었다. 수술 스케줄이 잡혔다. 마음이 조급해진다. 혹시나 하는 마음으로 앞뒤 베란다의 묵은 짐들과 옷장 안의 옷들을 정리한다. "갑자기 왜 그래? 안 하던 행동을 다하고?" 20년 세월 동안 무슨 살림살이가 이리도 많을까? 아껴둔 것들이 이젠 부질없는 쓰레기로 보인다. 만일 내가 소멸해버린다면 쓸모를 잃어버릴 물건들이다. 냉동실의 오래된 것들도 끄집어낸다. 언제 샀는지 기억도 나지 않는 냉동식품들. 냉장고의 정리되지 않은 반찬통들. 어쩌면 일상의 삶이란 이런 것. 냉동실 안의 얼어버린 존재감 같은 것들. 어떤 계기가 있을 때에야 비로소 의미를 찾게 되는 것들.

살기 위한 수술이다. 그럼에도 머릿속에는 살지 못할 가능성이 함께 떠오른다. 결과는 아무도 알 수 없으니까. 결여의 틈이 걱정되었다. 혹시 오래 걸릴지 모르는 병원 생활을 염두에 두고 장조림을 만든다. 부글거리는 거품을 걷어내고 꽈리고추와 메추리알을 투하한다. 꽤나 많은 양을 만들어 락앤락 통에 담는다. 먹다가 다시 한 번 끓이라는 메모를 쓰려 볼펜을 찾는다. 메모를 붙일 수 있는 것도 설마 오늘이 마지막은 아니겠지…… 또박또박 정자로 쓴다. 여기저기 밀린 일을 마무리하고 병원에 가져갈 최소한의 물건들을 챙기는 일. 마음이 먼저 줄달음질 친다.

병원 로비까지 태워다주고 남편은 마무리하지 못한 일을 하러 다시 직장으로 향한다. 차가 떠나는 모습을 한참 동안 바라보다가 여행용 캐리어를 끌고 회전문 안으로 들어선다. 캐리어를 끄는 모습들이 낯설지 않다. 여행을 위해 호텔 로비에 모인 사람들처럼 보인다. 나도 그중 하나다. 다만 표정에 설렘이 없다는 것, 여행 안내 대신 입원 생활 안내를 들어야 한다는 것이 다를 뿐이다.

수술 전야, 장을 완전히 비우기 위해 비릿한 약물을 쉴 새 없이 들이킨다. 먹는 것도 힘들지만 비우는 것도 힘들다. 잠이 오지 않는다. 늦은 밤 수시로 들락거리는 간호사의 발소리. 커다란 유리창에 잘 익은 홍시감이 떠있다. 어지간해서는 보기 드문 불그레한 달이다. 아기집처럼 보인다. 오래전 내 자궁에도 두 생명이 살았었다. 임부복을 고르고 튀어나온 배를 자랑스레 앞으로 쑥 내밀고 뒤뚱거리며 걸었던 나도 한 때는 만개한 봄의 자궁이었다.

간절함과 절박함의 뉘앙스에 대해 생각하다 잠이 들었다. 꿈에서 나는 자궁을 찾으러 돌아다녔다. 맘에 드는 옷을 고르듯 새 자궁을 고르는 꿈, 꿈에서도 피처럼 붉은 달이 떠있었다. 얼마나 깊이 잠들었을까. 눈을 뜨니 병실이다. 수술은 예정대로 끝났다. 마음에 드는 자궁을 찾아 헤매었지만 끝내 새 자궁을 고르지 못했다. 홍시처럼 붉은 달이 오늘 밤엔 뜨지 않았다. 나른한 봄날 뜰에 누운 고양이처럼 자꾸만 눈이 감긴다. 잠들지 못하게 해야 한다고 간호사가 남편에게 지시 사항을 전달하고 있다. 남편의 눈에 어린 물기가 오늘은 말라 있다.

"보호자님, 이게 적출된 자궁이에요. 보다시피 꽤나 큰 근종도 여럿 있지요. 정확한 진단을 위해 다시 조직 검사 의뢰할 거고, 그 결과에 따라 향후 치료 방향도 결정될 겁니다." 생명이 둘이나 자랐던 성소는 서양 배 모양, 성인 남자 주먹 정도, 무게는 60g에 불과하다고 한다. 자궁이 적출되고 비어버린 공간에는 이제 무엇이 자리할까? "두껍아, 두껍아, 헌 자궁 줄게. 새 자궁 다오." 아무에게도 들리지 않을 노랫말을 중얼거린다. 마취에서 깨어난 장기들이 제자리를 찾기 위해 맹렬히 꿈틀거리고 있다. 비어있는 자리를 먼저 점유하려는 것인가. 덩달아 묵직한 아랫배가 꿀렁거린다. 수술 후 회복은 온전히 환자의 몫이다. 많이 걸어야만 수술 전 상태로 빠르게 돌아갈 수 있다는 말에 병실 복도를 걷는다. 머리 위로 출렁거리는 링거병, 소변이 든 비닐을 차고 복대를 두른 모습, 핏기 없는 얼굴, 영락없는 중환자다.

"자궁 적출 후 여성으로서 심리적 측면에서 어떤 변화가 있나요?" 핑크빛 볼터치를 한 앳된 얼굴의 수습 간호사가 묻는다. "성적 정체성 말씀이신가요? 특별히 달라진 게 있을까요. 가임기도 아니고, 자궁의 유무가 꼭 성적 정체성의 상징이라고 볼 순 없잖아요." 애써 태연한 목소리로 대답한다. 갑자기 430년 만에 발견된 파평 윤씨 모자 미라 생각이 났다. 난산으로 인해 출산하지 못한 아기를 자궁에 품은 채 연구실 실험대 위에 누웠던 조선 명문가 그 여인 생각을 한다. 어리고 연약한 싹을 지키기 위해 얼마나 오랜 시간 몸부림쳤을까? 여인의 몸에서 한 땀 한 땀 조각보를 맞추듯 열 달의 이야기가 완성되고 세상 밖으로 던져졌어야 할 어린 생명은 이야기와 함께 박제된 어미의 자궁 안에 남았다. 자궁은 생명을 잉태하는 성소이면서 때로는 어미와 아기의 생명을 묻는 무덤이기도 하다.

저기 자궁들이 있다. 환자복 위로 복대를 두르고 조심조심 복도를 걷는 나이 지긋한 여인들. 빈궁이 된 지 오래지만 자궁이 있었던 곳의 세포들은 여전히 그 흔적을 기억할 것이다. 만삭의 임산부처럼 거동이 조신하다. 적출된 자궁들의 무덤도 세상 어딘가에는 있을 것이다. 삶의 기억은 태고의 퇴적층처럼 아무도 들을 수 없는 이야기가 되어 적출된 자궁 안에 기록되어 있을 것이다.

한 자궁을 잉태한 원시 자궁. 자궁의 어머니의 어머니의 어머니. 세대를 거슬러 끝없이 이어지는 자궁의 계보. 자궁은 수많은 이야기들을 지어내고 역사를 만들어 온 성소다. 아무런 저항이나 거부도 없이 시원의 바다를 품었던 여인의 자궁은 개화, 만개, 낙화하는 꽃과 닮아있다.

병원 산책로를 걷는다. 낙엽이 바람에 따라 이리저리 뒹군다. 벗은 나무 가지 사이로 해쓱한 11월의 해가 비친다. 한 무리의 젊은 여인들이 꽃다발을 들고 지나간다. 병문안을 가는 모양이다. 20대의 발랄한 웃음이 스산한 늦가을을 뒤흔든다. 자궁들이 간다. 한 달에 한 번 꽃처럼 붉은 피울음을 토하는 건강한 자궁들이, 역사를 만드는 소리 없는 외침들을, 가능성을 지닌 생명들을, 미완의 이야기들을 품은 자궁들이 간다. 자궁들이 가슴을 앞으로 쑤욱 내밀며 나아간다.

퇴원하여 돌아온 집. 환기도 제대로 되지 않아 눅눅하다. 제대로 걸음을 옮기는 것도 힘들지만 몸 안엔 삶의 의욕이 꿈틀거린다. 숨을 들이킨다. 반복되는 일상의 소중함을 실감한다. 내 삶에서 11월은 모든 것이 다 사라지지는 않은 달이 분명했다. 잉여의 시간이 주어졌다. 함께할 식탁과 처리해야 할 일들과 마주보아야 할 얼굴들이 아직 내게 남아있다. 자궁이 사라진 자리에 삶의 이야기들을 소독 소독 채워 넣어야겠다. 물리적 자궁은 적출되었지만 심리적 자궁은 여전히 내 삶의 이야기들을 기록해갈 것이다. 나에겐 아직 자궁이 남아있는 것이다.

# 돌꽃

홍성순

**마음속에 품고 있던 새 멀리 날려 보내고파**

가게 안으로 새 한 마리가 들어 왔습니다. 새는 창가에서 살포시 안쪽
을 살피더니 진열된 상품 위에, 의자에 잠시 앉았다가 창밖으로 날아갔
습니다. 새가 사라진 하늘 한켠이 환하게 밝아졌습니다.

남편은 홀연히 저세상으로 떠나가 버렸습니다. 오랜 시간 그를 보내지
못해 마음속에 품고 있었습니다. 돌아누우면 옆에 있을 것 같고, 손 뻗
으면 잡아줄 것 같은데 그는 어디에도 없었습니다. 그리울 때마다 주상
절리를 찾게 된 것도 그런 이유에서였습니다.

억새 위로 가을볕이 눈부시던 날, 수상 통보를 받고 잠시 아득해졌습니
다. 어쩌면 이제 그를 떠나보낼 수 있을 것도 같았습니다. 어느 날 찾아온
새처럼. 오랫동안 내 슬픔 안에 묻어두었던 시간들에게 손을 흔들며.

미흡한 글 뽑아 주신 심사위원님과 삶의향기 동서문학상에 깊이 감사
드립니다. 이 상은 글쓰기에 더욱 열심히 정진하라는 뜻으로 받아들이
겠습니다. 마음이 느슨해질 때마다 용기를 주신 김영식 선생님, 〈시거리

문학회〉 회원들과 이 기쁨 함께 나누고 싶습니다. 늘 옆에서 엄마를 응원해준 사랑하는 딸 민경, 규은 그리고 자매들, 후배영의, 지수샘에게도 고마움 전합니다. 모두 사랑합니다!

# 돌꽃

홍성순

금강석 꽃잎 위로 포말이 부서진다. 파도가 절리를 덮을 때마다 검은 잎을 한 장씩 펼친다. 마침내 육각기둥이 부채꼴로 둥그렇게 퍼지며 커다란 꽃 한 송이가 피어난다. 만다라 같다. 절벽 아래서 피어난 바다의 야생화에서 훅 향기가 끼쳐 나온다. 벌과 나비가 찾는 꽃도 아니며 화려한 색으로 시선을 사로잡는 교태도 없다. 그런데도 사람들은 꽃 앞에서 탄성을 지른다. 수없는 시간의 풍랑이 빚어낸 검은 꽃 한 송이, 오늘도 주상절리 앞에 선다.

남편이 생각나면 '파도소리길' 이라는 이름이 붙여진 이곳을 시간이 날 때마다 찾아온다. 소나무 사이로 채색되는 바다는 청람빛이었다가 푸른빛으로, 다시 초록으로 시시각각 제 모습을 바꾼다. 길 끝에 서면 벼랑이 시작되고 주름 깊은 물결은 먼 수평선에서 밀려와 해안가에 파도소리를 부려놓는다. 바다도 번뇌가 있는 걸까. 어떤 상처들이 한적한 해안에 저토록 검은 자수정 같은 꽃을 피워 올린 것일까.

처녀적 삶의 바다는 심심하리만치 평온했다. 풍랑 한 번 일지 않는 바다에 한 남자가 배를 띄워 왔다. 혼기를 꽉 채운 처녀총각이 만났으니 고요할 리 없었다. 봄바람은 둘 사이에 사랑의 파문을 일으켰다. 만난

지 스무 이틀 만에 나는 그가 타고 온 배 위로 올랐다. 그때 잠시 배가 기우뚱했던가. 벚꽃이 화르르 피어나 꽃 멀미를 하던 봄날이었다.

　결혼생활은 그러나 시집살이로 시작을 했다. 막내인 남편이 시부모님을 모시자고 해서 엉겁결에 승낙을 하고 말았다. 깨가 쏟아질 틈이 없었다. 처녀 적 제대로 살림살이를 배운 적이 없어 시집살이가 만만찮았다. 더구나 시아버님의 성격이 급해서 비위를 맞추느라 애를 먹었다. 집안일 하랴, 눈치 보랴, 스트레스는 쌓여갔고 남편과 나 사이에 간격이 벌어졌다. 심신이 지칠 무렵, 아들과 며느리 사이의 틈이 더 벌어지면 메우기 어렵다는 걸 느꼈는지 부모님은 집을 얻어 살림을 내주었다.

　삼 년 만에 이룬 둘만의 보금자리는 행복했다. 가게가 딸린 셋방을 얻었다. 가구를 넣고 두 사람이 누우면 방은 돌아누울 자리도 없이 꽉 찼지만 그래도 마냥 좋았다. 여남은 평 가게에서 남편은 전기재료 도매상을 운영했다. 봉사정신이 강한 남편은 퇴근 후에는 방범대 일을 보았고 나는 둘 만의 시간을 빼앗기게 된 것을 투정했지만 말릴 수는 없었다.

　세상은 온통 따스한 햇살로 가득했다. 신혼 초에는 몰랐던 그의 자상함에 밤에도 낮이 붉어졌다. 품성이 따뜻한 남편 덕에 아이들도 잘 커갔다. 남편은 잠자는 아이를 깨울 때도 아이의 등을 쓰다듬거나 토닥거리며 깨웠다. 나와는 반대였다. 나는 아이를 깨울 때 일어나라며 고래고래 소릴 질렀다. 내가 군함을 몰듯 군기가 든 지휘관이었다면 남편은 유람선의 선장처럼 노련했다. 두 사람이 살아온 환경이 너무 다른 탓이었다. 그것 때문에 가끔 티격태격했지만, 살다 보니 내가 남편을 닮아가고 있었다. 어쩌면 내 투박한 면이 남편에 의해 섬세하게 길들여졌는지도 모른다. 집안에 웃음꽃이 피어났고 이 평안이 언제까지 이어지리라 믿었다.

　어느 날 거실 위에 검은 빗방울이 뚝뚝 떨어지는 꿈을 꾸었다. 꿈에서 깨었을 때 남편은 옆에서 곤히 잠들어 있었고 아이들 역시 평온히 자고 있었다. 갈증 난 남편이 일어나 물 한 잔 마시고 다시 잠들었지만 나는 잠을 이룰 수 없었다. 느낌이 좋지 않았다. 잔잔한 수평선 너머로 커다란 태풍이 밀려올 것만 같은 예감이 들었다. 불안한 마음으로 뒤척이다 새벽에야 잠시 눈을 붙일 수 있었다.

출근 준비를 하는 남편의 얼굴이 백지장 같았다. 이상한 생각이 들어 동네병원을 찾았다. 검사를 마친 의사는 큰 병원으로 가라고 권했다. 대학병원에서 여러 가지 검사를 받았다. 검사 결과를 기다리는 내내 불안한 마음으로 긴장되었다. 의사가 잠시 따로 보자고 하더니 간암이라며 빨리 수술을 하는 것이 좋겠다고 말했다. 대학병원 창으로 쏟아지는 햇살에 현기증이 일어나서 거의 정신을 잃었다. 오히려 그런 나를 남편이 침착하게 위로해주었다. 평소 B형 간염이 있었던 남편이 자신의 몸을 돌보지 않고 방범대 봉사며 가게일로 너무 과로한 탓이었다. TV 드라마에나 나오는 일이 나에게 일어난 것이다. 남편의 치료를 위해 지푸라기라도 잡고 싶은 심정이었다.

서울에 있는 병원에서 치료를 시작했다. 6개월 정도 치료를 하던 중 담당의사는 나를 불렀다. 잠시 뜸을 들이더니 모니터 화면을 보여주었다. 남편의 간을 찍은 사진이었다. 흑백의 명암이 가득한 화면 가운데 검은 꽃 한 송이가 피어 있었다. 몸속에서 피운 꽃은 새까맣게 타들어가고 있었다. 화면을 보고 있는 내 가슴도 타들어갔다. 건조한 설명을 마친 의사를 붙잡고 살려달라고 매달렸다. 그러나 돌아오는 대답은 현대의학으로 손을 쓰기엔 이미 그 선을 넘었다는 것이었다.

장대비가 하염없이 내리는 밤이었다. 만개했던 벚꽃들이 바람에 떨어져 창밖으로 흩날리고 있었다. 그토록 삶에 열정적이던 남편의 심장박동은 떨어지는 꽃잎처럼 곡선을 그리며 잠시 요동치더니 일직선을 그었다. 그의 영혼은 수평선 너머 세계로 날아가 버렸다.

그가 떠난 삶의 바다엔 무수한 격랑이 일었다. 내 안에 몰아치는 파도는 쉬이 가라앉지 않았다. 살랑바람이 불어도 그리움에 몸부림쳤다. 무슨 일을 결정할 때마다 남편을 의지하고 살아온 탓에 한동안 아무것도 결정할 수 없는 공백상태가 되었다. 모든 일상은 엉망이 되었다. 아이의 진로를 고민할 때나 가게 운영과 집안의 대소사가 있을 때마다 남편의 빈자리는 무엇으로도 매울 수 없었다. 갑자기 변한 환경을 혼자 지탱하기엔 너무 힘들었다. 밤이면 그를 따라가고 싶다 생각하다가도 아침이 되면 아이들 때문에 접기를 반복했다.

그 후, 남편이 생각나면 자주 '파도소리길'을 찾게 되었다. 함께 거닐던 바닷길과 산야는 그대로인데 남편만 내 곁에 없다. 육각기둥이 누워 피운 돌꽃은 남편이었다. 바다 밑 깊은 땅속에서 끓는 마그마처럼 남편의 삶은 열정적이었다. 그 온기는 가족을 따뜻하게 했고 주변 사람들을 편안하게 했다. 남편은 바깥일이 아무리 힘들어도 내색하지 않았다. 그러다 보니 몸속에서 자라고 있었던 암을 전혀 눈치채지 못했다. 어떤 예후라도 있었으면 미리 치료를 했을 텐데. 어쩌면 남편은 알고 있었을지도 모르겠다. 가족에게 내색하지 않고 참고 견디느라 얼마나 힘들었을까. 차가운 바닷물에 급격히 식은 주상절리처럼 암꽃들은 어느 한순간 몸속으로 분출하고 말았을 것이다.

언젠가 읽었던 '원이엄마 편지'처럼 주상절리에 갈 때마다 남편에게 독백의 편지를 쓴다. '당신은 나에게 어떻게 마음을 가져왔고 나는 당신에게 어떻게 마음을 가져왔나요.'

비록 하늘이 인연을 거두어 이 세상에 없지만 남편은 내 마음속에서 영원히 지지 않는 한 송이 꽃으로 피어있다. 잔잔히 일렁이던 파도가 꽃가루처럼 돌꽃 위로 부서진다. 검은 만다라 위로 남편의 얼굴이 대답처럼 하얗게 웃는다.

# 파를 다듬으며

### 신안호

  시월 햇살이 축복처럼 내리던 날 한라산에 올랐다. 오랜 바람으로 백록담을 보러 가는 길이다. 세 번째 도전 한다는 동생이 생각보다 힘드니까 '언니 못 갈 것 같으면 여기서 여행 코스를 바꾸자'고 한다. 튼튼한 체력을 갖지 못한 나를 염려해서 하는 소리다. 더구나 한라산 입구까지 가는 버스에서 멀미가 나서 내가 어지럼증을 호소했기 때문이다. 그러나 흥분된 마음은 이미 정상을 향해 오르고 있었다.

  일단은 오르기로 했다. 오르다 정말 힘들어 아니다 싶으면 내려오기로 하고. 동생에게 말은 그렇게 했지만 끝까지 올라 꼭 정상에서 사진을 찍고 오리라 마음을 다졌다. 초입의 완만한 길이 자신감을 주었다.

  글쓰기가 그랬다. 그냥 쓰면 될 것 같았다. 가끔 듣는 칭찬에 우쭐했다. 생각만큼 안 써지는 것이 글이라는 것을 깨닫기까지 얼마 안 걸렸다.

  백록담에 오르는 길은 돌길과 나무 계단의 연속이었다. 가파른 계단을 오를 때 포기하고 싶은 마음을 배낭에 넣었다 꺼냈다 주저하며 앉아 있었다. 정상에 올랐다 내려오시는 분들께서 힘을 주었다.

"힘내세요. 오늘 날씨가 좋아서 올라가시면 정말 좋습니다."

다시 마음을 다잡고 오르다가 주저앉기를 여러 번. 동생 부부 보기기 민망하여 먼저 올라가라 해 놓고 숨을 고르며 차근차근 올랐다.

온 마음을 다해 써도 미흡한 글에 마음이 상하여 게으름을 피웠다. 백록담을 보러 가듯 포기하지 않고 꾸준히 쓰려고 한다. 산 정상에 오르는 것 삶에서 힘듦을 극복하며 사는 것, 글을 쓰는 것 모두가 포기하지 않을 때 희망도 동행하는 것이리라. 부족한 글은 보완하며 쓰면 된다. 이 것이 내 글쓰기 방법이다.

심사위원 선생님들의 격려에 용기 내어 수필 쓰기에 더욱 정진하겠습니다. 머리 숙여 감사드립니다. 아울러 수필과 창작 회원 여러분과 지도 선생님께도 감사드립니다.

# 파를 다듬으며

신안호

트럭에 쪽파가 산을 이루듯 쌓여있다. 골판지에 큼지막하게 써놓은 가격은 주부들의 시선을 끌기에 좋으리만큼 착하다. 김장김치에 멀미가 날 때쯤이면 봄기운을 안고 찾아오는 쪽파다. 가을 쪽파가 알싸하게 매운맛이 있는데 비해 봄 쪽파는 매운맛이 덜하다. 매운맛을 싫어하는 나는 봄 쪽파로 삼삼하게 파김치 담아 먹는 걸 좋아한다. 갓 뽑아 온 듯 싱싱한 쪽파와 튼실한 대파 한 단을 사들고 오는 내 걸음에 봄볕이 따라붙는다.

베란다에 앉아 파를 다듬는데 햇살이 등에 와 앉는다. 같이 다듬어 주는 건 아니지만 놀러 와 준 햇살이 고맙다. 때깔 좋은 고춧가루에 액젓으로 살짝 간을 하고 통깨를 솔솔 뿌려 한 접시 나누어 줄까. 살짝 데쳐서 돌돌 말아 새콤한 초고추장에 찍어 먹게 파강회를 해줄까. 조갯살과 오징어를 듬뿍 넣고 파전을 지져 막걸리 한 대접 따라 대접할까. 따스한 햇살이 고마워 실없는 생각을 한다.

가만히 생각해 보니 파로 만드는 음식이 꽤 되는 것 같다. 요즘에는 닭튀김에도 파를 곁들여 양념에 버무려 먹는 일명 '파닭'이라 불리는 음식도 있다. 일반 튀김 닭보다 맛이 좋은 걸 보니 파와 닭이 꽤 조화를 잘 이루는 음식인가보다. 파와 조화를 잘 이루는 음식이라면 삼겹살과 파 채의 만남이 으뜸 아닌가. 숨이 죽지 않게 고춧가루나 초고추장에 살살 버무린 파 채를 삼겹살 위에 얹어 먹어본 사람은 다 알 터이다.

파가 고기와 버섯 가래떡 등과 나란히 어깨를 걸고 색 조화, 맛 조화를 이루어 만든 꼬치는 우리 명절에서 빠질 수 없는 음식이다. 대파 듬뿍 넣고 푹 끓인 육개장은 파가 고기의 누린내를 잡아주기도 하지만 달착지근하게 혀를 감아오는 파 맛이 진수이다.

또한 파가 민간요법으로 많이 쓰이고 있다. 파 뿌리가 감기 예방이나 치유에 많이 쓰이고 있음은 이미 널리 알려진 사실이다. 엄마는 우리 형제자매가 어릴 적에 감기에 걸리면 배 안에 파뿌리와 꿀을 넣고 폭 달인 물을 먹였다. 꿀이 없으면 갱엿을 넣은 적도 있다. 신기하게도 기침이 잦아들었다. 내 아이들이 가벼운 감기증세를 보일 때 나도 이 민간요법을 썼다. 그때는 그냥 어른들께 배운 대로 활용했다. 여러 정보를 접하다보니 파에 들어 있는 성분 중에 '아리신'이라는 성분이 비타민B1을 활성화하여 특정 병균에 대해 강한 살균력을 나타낸다(Naver, 지식백과)는 걸 알았다. 이 살균력은 이뇨, 거담, 구충, 정장 살균 등의 효과가 있다고 한다.

빳빳한 허리를 곧추 세우고 독설처럼 강한 향을 내뿜는 파. 파의 성격이 만만찮게 강한듯한데 여기저기 끼어들어 다른 재료나 성분들과 어울리는 걸 보면 꼭 그런 거 같지도 않다. 파는 어쩌면 스스로 성질을 죽여 그들과 어울리는지도 모르겠다. 그러고 보니 파가 여기저기 끼어들어 다른 재료들이 서로 잘 어우러지도록 돕는 것 같다. 간장이나 고추장에 들어가 그들의 강한 성격을 누그러지게 만드는 것도 파 아닌가. 각종 나물들이 제 맛을 내도록 도와주는데도 파가 한 몫 한다. 그뿐인가. 모든 국거리들이 파를 초대하는 건, 그들의 존재를 알리는데 파의 역할이 크기 때문 아닐까.

파김치처럼 존재감을 갖고 있으면서 국거리나 나물들을 돕는 역할도 마다하지 않는 파의 처신이 지혜롭다. 우리 사람들은 대체로 자신이 주인공이 되고 싶어 한다. 자신의 말에 다른 사람들이 귀 기울여 주기를 바란다. 자신의 의견에 동조하길 원하고 그렇게 되도록 수단과 방법을 이용하기도 한다. '경청'이라는 단어가 강연자들에게 주된 주제로 자주 오르는 것도 우리들의 주인공심리 성향에 대한 경고성 메시지가 아니겠는가. 간장이나 고추장이 주인공인 양념 역할은 흥미 없어 하는 우리들에게.

파 수확작업을 하는 밭에서 모닥불을 피우고 툭툭 파를 던져 넣었다가 껍질을 벗겨 먹는다. 언젠가 텔레비전에서 본 신기한 장면이다. 대파 생산지로 유명한 진도에서는 파를 불에 구워 먹는다고 한다. 파가 불에 구워지면서 단맛을 낸다고 한다. 파는 주어지는 환경에 순응하며 자신이 가지고 있는 역량을 드러내는 것일 게다. 참으로 슬기로운 처세술이라 하겠다.

파김치가 파 혼자만으로 존재감을 갖는 건 아니지 않는가. 파김치를 있게 한 고춧가루나 젓갈 통깨 등 다른 양념들이 없었다면 파의 부존량(賦存量)을 드러내기는 역부족일 게다. 고춧가루가 고추로서의 존재감이 있었다면 통깨는 깨강정의 주인공이기도 하다. 젓갈은 자신이 작으나마 생선이었음을 알고 있을 것이다. 그러나 그들은 자신의 존재를 드러내기에 앞서 남을 돕는 역할을 하고 있다. 파가 다른 재료를 배려하여 그들을 돋보이게 하고, 서로 어울리도록 도와주듯이.

파김치처럼 자신이 주인공인 삶이다가도 때로는 간장에 빠져야만 하는 삶을 살아야 되는 경우도 있을 터. 가끔은 양념처럼 살아야만 하는 삶이라도, 분명한 역할은 있지 않은가. 연극에서 조연의 역할도 중요하듯이 삶에서도 꼭 필요한 역할이 아니겠는가. 모노드라마에서도 주인공 혼자서 극을 이끄는 건 아닐 게다. 무대나 조명 관객들이 조연 역할을 해주기 때문에 주인공이 극을 진행할 수 있는 것이리라. 관객이 없는 곳에서 배우 혼자 극을 진행한다면 무슨 의미가 있겠는가. 배우는 관객과의 소통을 위해 무대에서 열연을 하는 것이리라. 그러면 가만히 앉아 있는 관객도 분명한 역할이 있는 셈이다. 양념 같은 조연으로서.

우리는 내 삶만이 빛나는 삶이어야 하는 것처럼 안간힘을 쓰다 보니 주변 사람을 누르기도 하고 아프게도 하면서 소통의 어려움을 겪는 것은 아닐까. 남을 배려하고 이해하기보다는 이해받고 싶어 하는 이기심이 우리를 섬으로 가두는 것은 아닌지.

누구의 아내로서 아이들의 엄마로서 부모님의 딸로서 어찌 보면 내 삶은 양념 같은 존재이다. 그러나 분명한 것은 내가 있다는 것. 그들 속에 내가 존재하고 있는 것이다. 그렇다면 부모님이 남편이 아이들이 나의 양념 역할을 할 때도 있지 않겠는가. 나를 위해 내 가족과 친구 동료들이 조용히 조연 역할을 맡고 있는지도.

파강회에서 초고추장이 없다면 파강회라는 요리라기보다는 그냥 파를 데쳐 놓은 것에 불과할 것이다. 초고추장은 초고추장대로 데친 파가 없다면 최소한 그 상황에서는 쓸모없는 것이리라. 데친 파와 초고추장이 함께 상에 오를 때 우리는 그 둘을 하나의 음식으로 먹는다.

이처럼 우리네 삶도 서로 보조역할을 하면서 한 생을 엮는 것이리라. 이미 우리는 각자의 삶에서 개개인이 주인공이지 않는가. 파가 양념으로 기꺼이 간장종지에 뛰어들 듯이 주변 사람들과 양념 같은 존재로 소통하면서 사는 것도 삶의 지혜가 아닐까.

따스한 햇살은 어느새 등에서 내려와 내 발치에 앉아 있다. 햇살의 미소가 따사롭게 번지는 봄날 오후다.

# 잉아

## 이상수

  넘어져 여기저기 멍든 어머니를 모시고 병원에 다녀오며 그만 짜증을 내고 말았습니다. 돌아보면 애틋하고 마주하면 속상한 감정의 롤러코스트를 타는 일이 매번 반복됩니다. 후에 오늘을 돌아보면 몰아쳐 올 후회의 감정을 어떻게 견딜지 자신 없습니다. 늘 큰 산 같던 당신, 무너지는 모습이 서러울 뿐입니다.

  여리고 작은 싹 하나가 세상 밖으로 머리를 내밀었습니다. 환한 바깥을 두리번거려보지만 도무지 믿기지 않는 표정입니다. 문학의 밭에 발을 들여놓은 지 어느새 수년, 제대로 된 발아는커녕 그 근처만 배회하는 절망의 나날들이었습니다. 이대로 물러서고 말 것인가 고민하던 중에 한 통의 낯선 전화를 받았습니다.

  바람막이 세워준 동서식품, 심사위원 선생님들께 감사드립니다. 진심으로 기뻐해준 사람들의 응원을 거름처럼 땅에 묻어 막 틔운 새싹 튼튼히 키우도록 애쓰겠습니다. 고마운 사람들 하나하나 이름 부르며 애정을 보냅니다.

# 잉아

이상수

날실을 걸자 베틀 위로 흰 강물이 흐른다. 수백 겹 가닥이 물결이 되어 잔잔한 파문을 만든다. 잉앗대가 위로 들려지고 그 사이로 씨실을 넣고 바디를 조여 베를 짜기 시작한다. 덜그럭 탁, 덜그럭 탁, 어머니는 한 척의 돛단배처럼 밤늦도록 강물 위를 덜컹거리며 떠다닌다.

잉아는 베틀의 부품이다. 날실을 한 칸씩 걸러서 끌어올리도록 고정해 놓은 굵은 줄을 말한다. 실이 헝클어지지 않도록 잡아주는 중요한 역할을 한다. 날실을 촘촘하게 매어놓은 모양이 마치 국숫발을 장대에 널어놓은 것 같다.

스물하나에 어머니는 동갑내기 남편을 만났다. 아버지는 결혼하자마자 학생이던 시동생 둘을 맡기고 입대해버렸다. 오롯이 가장이 된 당신은 병환으로 앓아누워 있던 시모를 비롯한 세 식구를 혼자서 감당하게 되었다. 남편을 대신해 집 안팎을 챙기게 되었지만 막내로 자라 집안일이라곤 전혀 몰랐다. 한 번도 해보지 않았던 농사는 물론 밤엔 늦도록 베를 짜기까지 했다. 꾸벅꾸벅 졸다 베틀에 이마를 찍는 일도 있었다. 너무 벅찬 현실 앞에 혼자 눈물을 찍어내기도 다반사였다. 무엇보다 고된 일을 끝내고 자리에 누우면 곁에 아무도 없다는 게 더 힘이 들었다.

모시를 짜는 일은 손이 많이 가는 거친 작업이다. 어머니는 팔월 땡볕 아래서 혼자 모싯대를 베어 날랐다. 깻잎같이 생긴 이파리를 뜯어내고 바깥 줄기를 벗겨내면 하얀 속껍질이 나왔다. 물에 적셨다 햇볕에 널기를 네다섯 차례 거치면 모시타래가 태어났다. 어머니는 태모시를 이로 가늘게 쪼개어 머리카락처럼 굵기를 일정하게 만들었다. 그런 후 두 올의 양 끝을 무릎 위에 올려놓고 침을 발라가며 손바닥으로 비벼 길게 이었다. 실을 잣느라 입은 헐고 무릎은 헐고 벌겋게 부어올랐다.

아버지가 제대를 하고 나자 어머니의 새벽은 더 일찍 시작되었다. 아버지가 도시에 옷가게를 차렸기 때문이었다. 기차시간에 맞추기 위해 날마다 새벽밥을 지었다. 가장이 또 다시 자리를 비운 집에서 당신은 여전히 할 일이 많았다. 도시에선 끊임없이 이상한 소문이 들려왔다. 새로 생긴 옷가게에서 말만 잘하면 옷을 아주 싸게 판다는 것이었다. 장사수완이 없는 아버지는 이익을 남기지 못했다. 그럴 때마다 가지고 있던 전답을 처분하여 그 손실을 메워나갔다. 남은 토지마저 내놓았을 때 어머니는 그만 땅에 드러눕고 말았다. 차라리 나를 팔라며 목숨을 걸고 반대하자 그제야 가게를 처분했다. 괜히 미안함을 감추려고 아버지는 큰돈을 벌 수 있는 기회를 놓쳤다며 어머니에게 원망을 쏟았다.

잉아가 날줄을 잘 지탱해주어야 제대로 베가 짜지듯 어머니는 흔들림 없이 집안을 잘 챙겼다. 그러나 농사에 마음이 뜬 아버지는 좀체 마음을 잡지 못했다. 어느 해, 블록을 생산하는 가내수공업을 시작하게 되었다. 시멘트와 모래를 섞어 틀로 찍어내는 벽돌공장일은 건장한 남자들도 힘에 부친 일이었지만 직원은 어머니와 아버지 둘뿐이었다. 그나마 아버지는 주문받고 납품하러 다니느라 늘 밖으로만 나다녔고 생산하는 일은 어머니가 도맡았다. 초등학교에 다니던 나는 어스름이 깔리면 저녁밥을 지어놓고 휘청휘청 돌아오는 어머니를 기다렸다.

가닥이 많은 날실은 자칫 잘못하면 꼬여 일을 그르친다. 잉아가 실이 뭉쳐지지 않게 잡아주듯 어머니는 우리 가족이 헝클어지지 않도록 자리를 잡아주었다. 아버지며 삼촌, 어린 우리들까지. 하지만 실이 끊임없이 통과하는 잉아도 오래 사용하면 닳는 것처럼 고된 일로 채워지던 어머니 손가락도 어느새 지문이 다 닳아 없어졌다. 언제까지나 굳건하리라 믿었던 잉아도 속으로 삭아가고 있다는 것을 몰랐다.

어느 날, 아버지는 외상을 받으러 갔다가 자동차 사고로 허리를 심하게 다쳐 돌아왔다. 당장 병원에 가야 한다며 아버지를 채근했지만 별것 아니라며 약으로 견뎠다. 그 이후로 비 오는 날엔 유독 신음이 커졌는데 어머니는 치료를 제대로 받지 못해 그렇다며 마음 아파했다. 몸도 다치고 돈도 떼이고 나자 블록공장은 문을 닫고 말았다. 얼마 남지 않은 농사는 소출이 적었고 갚아야 할 빚은 더 늘어났다.

불행은 설상가상으로 찾아왔다. 초등학교 다니던 막냇동생이 뇌염으로 갑자기 우리 곁을 떠났다. 자식을 가슴에 묻은 어머니는 수개월 동안 깊은 시름에 빠졌다. 식음을 전폐하면서 혼자 멍하게 맞은편 산을 바라보는 일도 있었다. 그럴수록 베틀에 앉는 시간이 더 많아졌고 종일 말도 없었다. 어린 내가 보기에도 저러다 잘못되면 어쩔까 싶어 걱정을 하곤 했다.

베 짜는 방은 실이 끊어지지 않도록 눅눅해야 해서 무더운 여름에도 문을 꼭꼭 닫아두었다. 한밤중에 잠에서 깨어나 보면 골방은 땀으로 흠뻑 젖어 있었다. 어머니는 낡은 러닝셔츠를 입은 채 베를 짜고 있었다. 어둠으로 둘러싸인 사위는 조용하고 베틀소리는 커억커억 속울음을 삼키는 듯 덜컹거렸다. 그런 날엔 뒷산에서 밤새 부엉이 울음소리가 들려오기도 했다. 밤에 우는 새소리엔 뭐라 말할 수 없는 먹먹함 같은 것이 묻어있었다.

어머니의 시련은 거기서 끝나지 않았다. 어느 해 여름, 심한 태풍이 몰아쳤다. 장대처럼 쏟아지는 비가 밤새 계속되었다. 집 앞 도랑으로 뿌리 뽑힌 나무가 마구 떠내려왔다. 우장을 갖출 새도 없이 비를 뚫고 논으로 달려갔다. 도착했을 때 둑은 이미 흘러내리는 토사에 떠내려 가버렸고 논 가득 자갈과 모래가 밀고 들어와 똑바로 선 벼가 없었다. 모든 걸 잃었다는 절망감으로 무연히 서 있기만 할 뿐이었다.

삼 남매의 대학 등록금, 농기계 할부금, 논 살 때의 잔금은 오롯이 어머니가 해결해야 할 몫이었다. 집에서 키우는 짐승의 끼니를 챙기느라 마음 편히 외출도 못했고 부부동반 여행은 늘 아버지 혼자 다녀왔다. 오일장에 강아지를 팔러 나가면 돈이 아까워 국수 한 그릇도 사 먹지 못하고 집에 와 찬물에 밥 말아 허겁지겁 주린 배를 채웠다. 소중한 자식을 가슴에 묻어야 했던 어머니는 그래도 걱정 중에 돈 걱정이 제일 작은 거라며 입버릇처럼 말했다.

장롱에 잘 개켜놓은 모시를 들여다본다. 어떤 부분은 올이 가늘고 섬세하지만 어떤 부분은 울퉁불퉁하다. 부드러우면 부드러운 대로 거칠면 또 거친 대로 거기엔 어머니의 한숨과 눈물과 기쁨이 빼곡하게 무늬져 있다. 날실은 때로 끊어지고 가늘어지기도 했지만 그때마다 다시 이어지고 힘을 얻어 옷감을 짰다. 많은 우여곡절과 견디기 어려운 상황들이 있었지만 당신은 잉아처럼 튼튼하게 그것들을 갈무리해서 세상에 둘도 없는 옷감을 만들었다. 여든을 넘긴 동갑내기 부부는 이제 여행도 함께 다닌다. '세상에 니 엄마만한 사람이 없다'며 젊어서는 손에 봉지를 들고 다닌 적이 없던 아버지가 생선이며 과일을 수시로 사 들고 온다. 휴대폰에서는 어머니가 좋아하는 노래가 연결음으로 흘러나온다.

어머니가 양지쪽에 나와 앉아 해바라기를 하고 있다. 유난히 추웠던 겨울도 이제 꼬리를 감추고 북쪽으로 물러났다. 거풍하기 위해 들고 있는 치마가 바람에 흔들린다. 순간, 베틀이 덜컹거리는 소리가 들려온다. 당신은 지금, 그 옛날 잉아에 시간의 날실을 걸고 한 필의 베를 짜고 있는지도 모르겠다. 덜그럭 탁, 덜그럭 탁, 햇살 비치는 마당 한켠이 모시처럼 고운 봄날이다.

# 고팽이

박소언(박민례)

 

태풍이 몰고 온 바람과 장대비 속에서 핑크빛 잔잔한 꽃잎이 목 백일홍 등걸에 착 붙어 걷잡을 수 없이 흔들리고 있습니다. 위태로운 그 모습을 마냥 바라보고만 있을 수는 없습니다. 겨우 우산 하나 급히 들고 밖으로 나갑니다.

"흔들리지 마, 조금만 더 힘을 내, 곧 잦아들 거야"

우산을 받쳐주고 바람에 맞서 목 백일홍 곁에 얼마쯤 서 있습니다. 태풍이 지나간 하늘 자리엔 시커먼 구름이 쏜살같이 달아나며 환한 햇살을 뒤로 밀어내고는 감쪽같이 사라져갑니다.

글은 내게 우산이고 햇살 한 줌이며 살아있는 나 자신입니다. 깊게 베인 상처를 글 속에 담아 서두르지 않고 살살 달래줍니다. 절박한 순간마다 인색한 현실 속에서 글과 함께라면 숨통이 트입니다. 마음을 보듬으며 잘 들어주는 치유의 특약입니다. 오롯한 삶이 드러나는 게 싫어 오랜 시간 소리 내지 않고 시를 썼습니다. 그러나 이번엔 엄마의 모습이 너무 아름다워 환하도록 드러내고 싶었습니다. 미흡한 필력으로 있는 그대로 엄마를 수필 위에 그렸습니다. 잊혀 질까 두려워 흔적으로 남기고 싶었습니다. 감사하게도 엄마의 흔적이 근사한 동서문학상을 통해 세상 밖으로 더군다나 문학작품으로 읽히게 된다니 큰 행운이고 기쁨입니다. 91세 엄마가 내게 준 특별한 선물입니다.

　과분한 상 앞에 문학의 기운이 삶의 고팽이까지 구석구석 감돕니다. 기회를 토대로 고졸한 작품을 쓰겠습니다. 심사해주신 작가님들과 삶의 향기 동서문학상 운영위원회에 고개 숙여 깊은 감사를 드립니다. 사랑하는 내 가족에게 고맙고 사랑한다는 말을 전합니다.

# 고팽이*

박소언(박민례)

너럭바위에 앉아 젖을 물린다. 헝클어진 아가의 머리를 간종그린다. 쭉 쭉 거리는 젖 먹는 소리에 산새 밥이 주변을 서성인다. 능선 따라 산봉우리가 보이고 그 사잇길로 산초 열매가 가시를 달고 서 있다. 멀찌감치 무너진 못둑이 친근하다. 저 너머 산기슭을 내려다본다. 몰고 온 가쁜 숨이 잦아든다. 코고무신 묻어온 흙을 털어낸다. 온종일 돌아다닌 길을 잠시 쉬어 가던 곳, 그 고팽이에서 엄마의 보따리가 가지런하다.

미역 줄기, 마른오징어, 젓갈 등이 들어있는 보따리가 무게를 내려놓는다. 엄마가 한 손으로 보따리를 풀더니 마른오징어를 꺼낸다. 오징어 눈알 하나를 떼어 입에 넣는다. 이 동네 저 동네 집집마다 돌아다니다 보면 끼니를 놓칠 때가 태반이다. 물건 파느라 배고픈 줄 몰랐다. 오징어 눈알 하나, 짭조름한 엄마의 한 끼가 입속에서 달큼하게 씹힌다. 그제야 고개 들어 서쪽 하늘 바라보나 싶더니 엄마는 갈 길 바쁘게 금세 벌떡 일어선다. 마냥 앉아 있을 수가 없다. 어두워지기 전에 가야 집에 있는 식솔들에게 밥을 줄 수 있다. 숨 돌릴 시간도 없이 엄마는 고팽이를 오르고 내린다.

어둑어둑 꼬부랑 자갈길을 코고무신이 미끄러진다. 날 선 바람만큼 성긴 햇살도 사라져간다. 개 고개 넘어오면 녹두 봉, 부엉산 내려오면 바탕골, 소골들을 걸어 뒷골로, 종종 골로, 상엿집을 돌아 동구 밖까지 빠른 걸음으로 내달려서 사립문 안으로 들어선다. 머릿수건으로 치맛자락에 엉겨 붙은 도깨비바늘을 털어낸다. 코고무신 따라온 반달도 지붕 위에 걸려 마당을 비춘다. 아버지는 겸연쩍게 큰기침 뱉어내며 말없이 보따리를 받아 내리며 널브러진 빈 탁주 사발을 문설주 뒤로 감춘다. 댓돌 위에 놓인 엄마의 코고무신을 오래 바라보던 아버지, 그 눈빛이 애처롭다.

엄마가 우리 집에 온 지 7년째다. 새벽 미사를 가던 중 교통사고가 났다. 혼수상태였다. 한쪽 눈에 출혈이 심했고 머리를 많이 다쳤다. 응급수술을 했다. 85세 고령이라 마취에서 깨어나지 못할 수도 있다며 의사가 겁을 줬다. 무서웠다. 나는 아무것도 할 수가 없었다. 기도만 했다. 엄마와 함께할 수 있는 시간을 조금만 더 달라고 간절히 원했다. 보름 동안 엄마 곁을 지켰다. 이리 오래 엄마의 얼굴을 쳐다 본적은 처음이다. 엄마는 훌쩍 늙어있었다. 엄마의 오줌통을 만지면 그 온기가 따스했다. 엄마의 똥을 닦아내며 엄마도 나를 이렇게 키웠을 생각에 칸막이 커튼을 가렸는데도 숨죽인 가슴이 꺽꺽거렸다. 슬픈 마음을 억제할 수가 없었다. 매 순간 쉬지 않고 엄마를 부르며 계속 말을 걸었다. 엄마의 시간, 그 마지막 끝에서 엄마가 깨어났다.

"아가 아가 우리 아가 아가야"

엄마는 침대에 누워 손을 허공에 휘저으며 아가를 불렀다. 오직 아가만 찾았다. 천장을 향해 연거푸 헛손질만 했다. 곁을 지키는 나도 언니들도 그 누구도 알아보지 못했지만, 엄마가 눈을 뜬 그 자체만으로 와락 눈물이 쏟아졌다. 마음 놓고 울었다. 엄마는 몇 개월 더 치료받고 재활도 하면서 한 걸음 두 걸음 걷기 시작했다. 엄마가 퇴원하게 되면서 나는 오래 다니던 직장을 고민 끝에 그만뒀다. 가난 속에서 고생만 하고 살아온 울 엄마, 조만간에 엄마가 멀리 떠날 것 같아 두려웠다. 아무 생각도 들어오지 않았고 오로지 엄마 생각만 했다. 엄마가 계속 나를 찾고 있는 것 같아 엄마를 남의 손에 맡기는 게 싫었다. 내가 엄마 곁에 있고 싶었다.

늦은 아침이면 햇살 드리운 베란다 납작한 의자에 앉기를 엄마는 고집 부린다. 양달이라 안 춥다며 엄마는 매일 고팽이를 오르내리며 장사 다니는 이야기를 되풀이한다. 한결같다. 키 크고 굵직한 화초들은 거들떠 보지도 않고 조랑조랑 작은 꽃들만 유독 자세히 살핀다. 하늘 향해 하품하는 연보라 애기나팔꽃을 세세하게 들여다본다. 보들보들 한 것이 갓난아기 얼굴 같다며 말을 걸기도 하고 옆에 낮게 핀 진분홍 채송화의 콧등을 살살 어루만져 주기도 한다. 한두 시간이 지나고 나팔꽃도 채송화도 꽃잎이 오므라지면 엄마가 창문 쪽을 맥없이 바라보며 지그시 눈을 감는다. 한참 동안 말이 없다. 애잔하다. 말아 올린 숨을 뱉어내고 입을 닫아버린 꽃잎들이 차오른 엄마의 숨 같다. 엄마는 베란다 납작한 의자가 고팽이에 있는 너럭바위 같은가보다. 그런 엄마의 말을 따라 나도 함께 엄마의 고팽이를 오르고 내린다.

"울지 마라 우리 아가 춥지? 저기 저 고팽이만 넘으면 집 인디 빨리 가자."

엄마는 등허리에서 칭얼대는 아가를 들썩거리며 몸을 한번 추켜든다. 엄마의 정수리를 짓누르고 있던 보따리가 중심을 잃는다. 등에 업힌 아가는 발버둥 치며 얼마나 울어댔는지 그때 그 울음소리가 들리는 듯 엄마가 고개를 돌려 자꾸 뒤를 본다. 나한테 바탕 골을 아느냐고 묻고는 대답을 기다리듯 나를 빤히 바라본다. 엄마의 그 눈빛이 선하다. 속절없이 비라도 내리면 한 손엔 살 부러진 비닐우산을 받쳐 들고 남은 한 손으로는 등에 업은 아가를 부여잡은 엄마. 그 와중에 오줌이라도 마려우면 옴짝달싹 몸을 움직일 수 있는 손이 없었다.

"엄마 지금 쉬 할려?"

엄마는 오줌이 마려웠는지 기다렸다는 듯이 내 손을 움켜잡는다. 엄마를 일으킨다. 두 팔 벌려 엄마를 끌어안으며 부축한다. 엄마에게선 언제나 젖 냄새가 난다. 단내가 묻어있다. 엄마의 작은 몸을 품에 안으며 나는 일곱 살배기처럼 나불거리며 조잘댄다. 화장실에서 헐렁헐렁한 엄마의 바지를 내리고 변기에 조심스럽게 앉힌다. 엄마의 무릎 앞에 나는 무릎을 꿇는다. 엄마가 나를 바라보며 웃는다. 쉬이이 쉬이이 쉬 쉬, 우리는 서로 번갈아 가며 입소리를 낸다. 엄마는 오줌이 안 나온다며 힘을 준다. 한참을 기다리자, 똠방똠방 몇 방울 떨어지다가 조르륵 들릴 듯 말 듯한 소리가 가늘게 들린다. 기껏 쥐 오줌만큼을 누고는 오줌을 다 쌌냐고 확인하듯 묻는다. 엄마는 개운한 듯 양손을 문지르며 머리를 얌전히 쓸어내린다. 아직 곱다. 엄마에게 착 붙어 함께하는 지금 이 시간이 나에게는 아주 특별하다.

나는 엄마의 그림자다. 조바심에 가까스로 끌어당기는 아련한 그림자, 느릿한 엄마의 그림자가 언제나 길었으면 좋겠다. 엄마는 기억 속에 꽉 붙잡은 고팽이의 사계절을 수시로 넘나든다. 고개고개를 넘고 그 고팽이에 올라 너럭바위에 앉아 숨을 돌린다. 엄마는 계속 혼잣말하듯 중얼거린다. 나는 어린 시절 아가로 돌아간다. 슬그머니 엄마 젖을 만진다. 좋다. 젖 한 통 먹일 요량으로 엄마가 피식 웃는다. 홀쭉하게 쪼그라든 젖이 박제된 꽃잎처럼 꼭지만 남았다. 그러나 엄마의 표정은 아직도 붉기만 하다.

오늘도 엄마는 어김없이 고팽이를 향한다. 거실에서 몇 걸음을 걷고는 그 자리에 픽 쓰러지듯 눕는다. 두렵다. 나도 따라 옆에 눕는다. 엄마가 가쁘게 숨을 모은다. 티끌만 한 엄마의 숨소리는 가늘게 떨리는데 내 심장은 마구 뛴다. 코끝에 매달린 엄마의 숨에 내 숨을 얹어둔다. 간절하다. 엄마의 숨소리가 반지르르 길을 낸다. 마음이 놓인다.

사실 그 옛날, 산기슭 바라보던 불룩한 보따리도 없다. 집에서 기다리는 자식 생각에 허둥지둥 내달리던 바탕 골 고갯길도 없다. 점점 사라져가는 엄마의 기억은 치매의 숲으로 변해간다. 젖빛 도는 하늘에 숨 쉬는 기운이 아스라하다. 긴 여운이 닿는다.

　고팽이를 등 삼아 산허리 내려오며 일평생 숨 가쁘게 살아온 울 엄마. 엄마가 거실에 놓인 덧신에 발을 넣는다. 엄마는 코고무신인 줄 안다. 흙하나 묻지 않은 코고무신을 몇 번이고 신고 벗을 때마다 엄마가 산모롱이를 돌아 조금씩 사라져간다. 섧다. 머지않은 건가.

---

* 비탈진 길의 가장 높은 곳이라는 뜻. (작품 속 고팽이는 충남 금산군 복수면 학평 마을을 잇는 부엉산과 장대울산의 꼭대기를 말한다.)

# 오월의 끝자락, 그 언저리

김선자

억새 숲 속에서 제 키를 가늠해봅니다. 언제부턴가 억새보다 저가 더 커버린 날들이 이어지면서 갈증이 올라왔습니다. 어떻게 나머지 시간을 살아내어야 하는가에 대하여. 버거워서도 아니고 힘이 들어서도 꼭히 아닌데.

자꾸만 사막, 이별, 몽마르트, 물속, 안개, 새벽 바다, 에스키모전설…… 이런 단어들이 불면의 시간과 마주 앉아 있었습니다. 해외로 어딘가로 여행을 다녀와도 풀리지 않는 그 단어들이 함유한 공간감을 끝내 찾아내지 못하고.

어느 날 문득 문학이라는 공간의 속으로 쓱 들어서 버렸습니다. 내 안에 그렇게 깊고 많은 미로들이 존재하고 있다는 사실을 알게 되었습니다. 아, 아무리 오지라 해도 마음 그 길만큼 깊지 않으리라는 마음이 들었습니다. 앞으로 많은 시간 내 안에 잠겨 있는 그 깊은 우물을 들여다볼 참입니다.

참가상이 아닌, 동상 수여라는 말에 제 심장소리가 밖으로 튀어나왔습니다. 큰 상에 견주어 저의 그릇이 너무 작습니다. 수상의 기쁨과 상의 부피가 주는 두려움을 누그러뜨리고 다시 당선작을 읽어 나가기 시작했습니다. 나를 마음으로 끌어안아 주고, 다독이려고 한 자, 한 자 써내려 간 글이 이렇게 공감을 받아서 기쁩니다. '나'라는 산을 넘어갈 수 있도록 심지를 심어 주신 심사위원 여러분께 감사드립니다.

뒤늦은 꿈을 향해 연필을 깎는 제게 늦지 않는 출발이라며, 할 수 있다고 내 편이 되어 힘을 실어준 남편과 아들, 딸 그리고 문장을 물고 나를 찾아가는 시간의 기억을 더듬어 갈 수 있도록 이끌어준 용산도서관 생활·창작문학반 이수정 교수님과 수정샘물 동학님들께 감사드립니다.

문학의 길은 멀고 더디지만, 내 안에 있는 또 다른 나의 가능성과 자신감을 가지고 언어가 익어가는 소리를 쓰겠습니다. 2018년 너무나 아린 가을에.

# 오월의 끝자락, 그 언저리

김선자


　수술실 앞 전광판은 여전히 수술 중 메시지만 떠 다녔다. 최소의 시간, 세 시간이 넘도록 소식이 없었다. 아들 앞에 몰아친 풍랑이 자꾸 내 온몸을 덮쳐왔다. 전광판 위 아들 이름처럼 불빛이 들어왔다 나갔다 깜박거렸다.

　에메랄드빛 바다는 평온했다. 십육 년 만의 재회였다. 해양 레일바이크에 앉았다. 저만치 터널이 보였다. 어둡고 습한 그림자 짙은. 햇살에 기대어 천천히 페달을 밟아나갔다. 소나무 사이사이로 바다 내를 품은 바람이 스쳐지나갔다. 눈을 감았다. 바다는 늘 내가 살아내기 위한 깊은 숨결이었고 가슴 밑바닥에 웅크린 침묵을 토해놓는 곳이었다. 그날, 사 년 전 오월의 끝자락 바다가 그랬다.

　언제부터 울리고 있었는지 인터폰 숨이 넘어가고 있었다. 퇴근하는 지하철 터널 안이었다. 어둠 속에 갇힌 탓만은 아닌, 이유 없는 불안감이 밀려왔다. 전화기를 드는 손이 허둥거렸다.
　"혁이 학생 집이죠."

경비 아저씨의 목소리가 다급했다. 순간 온 몸에 소름이 돋았다. 손끝마다 찌릿 전율이 일었다. 월미도 낙하. 응급수술. 보호자 동의서. 세 구절을 안고 인천 응급실로 뛰었다. 붉은 피가 흥건한 하얀 시트가 먼저 눈에 들어왔다. 머릿속이 아득히, 하얗게 비워졌다. 시트 위에 널브러진 흔적들이 의식 없는 아들의 존재를 붙들고 있었다.

두부외상으로 인한 두개골 골절. 그 안 열린 상처가 있는 급성 경막위출혈…

주치의는 모니터를 보며 설명했다. 머리뚜껑을 열고 안에서 흐르는 피는 잡았으나, 상황에 따라 다시 열 수도 있다. 스스로 호흡을 못해 인공호흡기에 의존하고 있다. 후유증으로 신경마비, 그에 따른 심한 합병증이 장애로 남을 수 있다. 앞으로 어떤 돌출이 일어날지는 경과를 지켜봐야 한다는 날이 선 칼로 내 마음의 깊은 속을 사정없이 베어 놓았다. 길이 보이지 않는 처방전이었다. 중환자실 한 편에 요란한 기계들을 매달고 빨강. 노란. 흰 혈액을 꽃고 여기저기 미라가 된 형체 하나가 눈에 들어왔다. 내가 이십 년 동안 애지중지 닦아 놓은 아들이 나와 세상을 단절하고 생과 사의 갈림길에서 싸우고 있었다.

십육 년 전. 아홉 살인 아들과 배낭 하나씩 메고 삼척행 버스에 올라탔다. 아들과 둘이서 떠나는 외박이었다. 답답하고 메마른 도심을 넘나들면서 풀리지 않는 숙제, 답이 없는 팍팍한 침묵들이 찾아오면 담아 두고 쌓아둔다. 더 이상 여백이 없을 때는 길을 나섰다.

친정어미와 마음을 나누는 친구에게는 엉겅퀴 같은 언어, 멍들게 할 언어, 상처내고 질기고 딱딱한 삶의 시린 소리를 풀어 놓지 못했다. 그곳에 푸념을 털어내고 가슴을 쓸어내리며 침묵의 소리를 냈다. 고요했던 바다가 울음 섞인 서러움을 토해냈다. 코끝을 찌르는 짠내음을 폐부까지 밀어넣었다. 도심 속에 갇힌 오장육부가 꿈틀댔다. 동해 추암 해변, 우리들의 일탈이 시작되었다. 바다가 품고 있는 조용한마을, 그림 같은 풍광이 펼쳐졌다. 바다 속, 생명의 빛이 잉태하여 달아올랐다. 촛대바위에 걸쳐 하늘을 열었다. 짜릿한 해맞이. 녀석의 눈 안에서도 출렁거렸다. 물아의 일체감에 흠뻑 빠져들었다. 제 어미처럼. 아들은 그렇게 바다를 챙겨 넣었다.

학교와 정반대인 월미도. 무슨 생각에 짓눌려 아들의 발걸음이 바다에 세워놓고 피로 물들여 놓았을까. 수술 후 삼일째. 아무런 반응이 없는 아이. 응급실에서 건네받은 그날의 흔적을 하나하나 꺼내들었다. 주인의 머리처럼 산산조각이 난 시계. 비밀스런 상황을 다 알고 있는 듯 굳게 닫은 핸드폰. 책가방 안 몇 권의 전공서적. 학습계획표……

'엄마, 엄마' 아들이 부르는 소리가 들렸다. 환청이었다. 몸에 달린 거추장스럽고 이상한 기계들을 다 떼어 내고 성큼성큼 중환자실 문을 열고 내게 다가왔다. 환시였다. 나를 숨 쉬게 했던 나의 숨구멍이 열흘이 지나도록 스스로 숨도 못 쉬고 있었다. '깨어나야 해. 다시 일어서야 해. 치열한 너의 시간으로 걸어 나와야 해.' 정신이 날 때마다 아들의 부재를 써 내려갔다. 전공과목 교수들에게 아들의 상황과 진단서를 첨부해 방학이 끝나면 캠퍼스에 아이의 함성이 퍼질 거라며 큰 소리로 묶어 발송했다. 꺼져 있던 아이의 핸드폰을 충전해 숨 쉬게 했다. 굳게 잠겨 있는 문을 열 수가 없어 그냥 곁에 두고 느끼고 싶었다. 아들의 에너지들이 팔딱거리며 뛰쳐나올 것 같았다.

아들의 숨구멍이 인공호흡기에 묶여 가파른 곡선을 긋고 있었다. 오르락내리락 점점 여리게 줄을 그었다. 낭떠러지 위에서 아슬아슬 외줄에 매달려있는 아들에게 어미의 희망과 간절함을 묶어갔다. 내 유년, 어미의 통곡이 새어들었다. 헛간에서 엄마가 머리에 쓰던 수건을 입에 물고 울음을 삼키고 있었다. 겁에 질린 나는 영문도 모른 채 엄마 품에서 울고 또 울었다. 남동생이 가파른 빙판에서 넘어져 앞으로 일어서지도 걷지도 못한다고, 평생 누워 살아야 한다고. 집으로 데려가라는 병원의 최종통보에 어쩌지도 못하고 엄마는 혼자 피를 토하듯 울고 있었다.

"엄마 걱정 마. 내가 업고 학교도 다니고 아프다고 놀리면 우리 넷이 달려들어 패줄게."

그날 이후 엄마는 더 이상 입에 수건을 물지 않았다. 엄마는 집 안 전체를 끈으로 묶었다. 동생이 잡고 일어설 수 있도록 단단한 매듭으로 희망을 이었다. 벽지를 뜯고 구멍 내는 것은 동생 몫이었다. 이번에는 엄마가 벽에 구멍을 뚫었다. 거기에 고리를 걸어 장난감을 묶었다. 다행히 장난감은 동생의 호기심을 자극했다. 봄이 오고, 다시 겨울이 가고, 엄마의 등에서 사계절이 두 번이나 흘러갔다. 다시 봄이 왔다. 우린 동생과 나란히 등하교를 했다. 엄마의 정성과 결코 놓지 않은 희망이 남동생 본래의 개구쟁이로 되돌려 놓았다.

아들과 생이별의 시간은 잔인하고 혹독한 칼날북풍이었다. 거의 죽어가다가 다시 살아난 녀석에게 지상에 가장 모진 어미로 아들을 묶어야 했다. 그 옛날 엄마처럼. 아들의 무너져 내린 전신의 감각들을 찾아 새로운 하루하루를 써려갔다. 뇌 외상 신경학적 이상 후유증인지. 작업. 언어. 물리. 운동치료로 하루해를 끌고 다녔다. 아들이 가까스로 자전거

페달을 한 바퀴 돌려 나가는 미간의 고통들처럼, 다독이고 다독인 시간들은 아들의 감각을 찾아가고 있었다.

그 날, 오월의 끝자락 그 언저리의 기억도 하나둘씩 꺼내들었다.

터널 안은 오싹할 정도로 한기가 느껴졌다. 드디어 저만치 빛이 보였다. 눈이 부셨다. 삶의 아린 흉터 속으로 솔향기가 스며들었다. 평범한 것이 행복이라는 말이 생각났다. 그 평범한 행복 안으로 사회복무요원 제대 날짜를 헤아리고 있는 웃음 하나가 들어왔다. 평범한 일상을 찾아가고 있는 아들에게 에메랄드빛 바다의 추억 하나를 전송했다. 솔향기가 스민 환한 햇빛을 얹어.

# 외할머니 냉장고

오성순

어린 시절 저는 그저 책 읽는 것이 좋았습니다. 읽을거리가 변변치 않았던 때에 처음 받았던 책 선물을 또렷이 기억합니다. 저녁이었는데 오빠가 군대 휴가를 나오며 전래 동화책을 사다 준 것입니다. 몹시 좋고 재미있어서 밤새 읽었던 기억이 납니다.

오빠, 고마워요!

그다지 잘하는 게 없었던 저는 학창 시절에 문예상을 받고 막연하게 동화작가를 꿈꿨습니다. 다른 길을 갔지만 그 꿈은 늘 마음 한편에 개켜 두었습니다. 언젠가는 써야 하는데 마음뿐 꿈은 멀어져만 갔습니다. 다시 꿈을 펴고 싶어 조금씩 글쓰기를 시작했습니다. 다시금 글은 저를 행복하게 했고, 꿈꾸게 했습니다.

수상 소식을 들은 날 밤, 볼을 꼬집어보았습니다. 아팠습니다. 기적 같은 일이 이루어진 것입니다. 믿기지 않았습니다. 잘 가고 있는 건지 아득하고 지치는 시간들을 걷고 있을 때 큰 상을 주신 심사위원님들께 깊은 감사의 말씀드립니다.

다시 힘을 얻고 걸어갈 수 있는 용기를 북돋아주셨습니다.

늘 좋은 책을 소개해주시고 살아가는 이야기를 해주신 이해완 선생님, 함께 합평했던 아동문학가 되어보기 문우님들 감사합니다.

제 시의 모태가 되어준 어머니 아버지께 영광을 돌립니다. 사랑합니다.

마음을 꺼내놓지는 못했지만 언니와 겸이에게도 고마움을 전합니다.

마지막으로 멋진 범과 유니콘 남매에게 고맙습니다. 사랑한다.

저는 그 어떤 음식보다 엄마의 보물 냉장고에서 나온 묵은 김치와 된장찌개가 가장 맛있습니다.

# 외할머니 냉장고

오성순


우리 외할머니는 무엇이든 얼려버린다
엄마가 사다 준 사골도
주름 펴는 화장품도
나중에 아껴 쓴다고 냉장고에 넣는다

우리가 가면 외할머니 보물 냉장고 열린다
지난 봄에 뜯어말린 쑥이 나와 된장국이 되고
여름 바다에서 산 새우도 찜통에 들어간다
엄마 몰래 초콜릿, 아이스크림도 나오고
도둑이 들까 봐 숨겨놓은 금반지도 나온다

차 타고 집에 가는 길
외갓집이랑 멀어지는데
외할머니는 엄마도 얼려버렸는지
꼭 감은 눈, 꼭 닫은 입
문 열면 주르륵
녹을 것 같다

# 김치 vs 김치

### 신은영

　눈이 말똥말똥한 아이가 잠들기를 기다리며 즉흥적으로 이야기를 만들어 들려주던 때가 있었습니다. 아이는 뒷이야기가 궁금해 잠들 수 없다며 기어코 주인공의 행복을 확인하고 잠들곤 했습니다. 머릿속에 떠다니던 재미있는 이야기를 야무지게 낚아채어 아이를 위해 다듬고 또 다듬어 갔습니다. 그래서 제 이야기의 청자는 늘 딸아이였습니다.

　어느 날부터 아이에게 들려주던 이야기를 글로 담아내기 시작했습니다. 이야기 속에는 어린 시절 저와 제가 손 내밀고 싶었던 사람들이 빼곡히 들어찼습니다. 그들과 이야기하다보니 어느새 울고 웃으며 저 스스로를 위로하고 있었습니다. 앞으로는 세상의 아이들에게 위로를 건네고 싶습니다. 그래서 그 아이들이 행복한 어른으로 성장했으면 좋겠습니다.

　삶의향기 동서문학상을 계기로 저의 작은 바람이 한걸음 나아가기를 진심으로 바라봅니다.

# 김치 vs 김치

신은영

"야! 김치!"

난 뒤를 휙 돌아봤다. 내 별명이 '김치'이기 때문이다. 그런데 또 한 명 돌아본 사람이 있다. 김지민! 녀석의 별명도 김치다. 김지수라는 내 이름과 비슷할 건 뭐람. 하여튼 우리 반엔 김치가 두 명인 거다. 그런데 같은 김치라도 녀석은 모범생으로 통한다. 난 공부도, 운동도 못하는 못난인데 말이다. 사실 좀 억울하다. 녀석과는 유치원 때도 같은 반이었는데, 그때는 둘이 별반 다르지 않았기 때문이다. 어쩌다가 나는 잘하는 게 하나도 없게 된 걸까?

"김지수, 너 말고. 반장 말이야."

석준이가 얄밉게 말했다. 지민이 녀석이 미안하다는 듯 날 보고 웃었다. 웃음마저 꼴 보기 싫은 녀석이다.

"반장, 넌 무슨 김치야? 배추김치? 그럼 김지민은 깍두기겠네. 머리 모양이 꼭 깍두기 같잖아. 하하하."

석준이는 늘 이런 식이다. 지민이랑 내 이름만 나와도 김치 종류를 갖다 부치느라 정신이 없다. 어휴, 유치하긴.

"오늘은 4월 1일이라서 짝꿍을 바꿀 거에요. 특별하게 이번 달엔 각자 앉고 싶은 사람과 앉으세요. 그럼 기분이 좋아져서 수업시간에 더 열심히 공부하겠죠?"

선생님 말씀이 끝나자마자, 아이들은 짝꿍을 찾느라 바빠졌다. 분명 나랑 짝꿍이 되고 싶은 아이는 없을 거다. 그러니 마지막에 남는 아이랑 짝이 될 게 뻔하다. 1분단 지민이 녀석 주변에는 남자아이들이 한꺼번에 몰렸다. 여자아이들 몇 명도 슬금슬금 지민이 쪽으로 수줍게 다가가고 있었다. 치! 지민이 녀석은 좋겠다. 사방에서 아이들이 지민이 팔을 잡고 흔들었다. 제발 자기랑 짝꿍이 되어달라는거겠지. 풍선 인형처럼 이리저리 나부끼다가 지민이가 뒤를 돌아보았다. 순간, 나랑 눈이 딱 마주쳤다. 나는 얼른 시선을 피해버렸다.

그런데 녀석이 성큼성큼 나한테 걸어왔다.

"지수야, 나랑 짝꿍하자."

난 깜짝 놀라서 눈만 깜빡였다. 지민이 팔을 잡아끌던 아이들이 소란스러워졌다.

"뭐야, 김치랑 김치가 짝이 되는 거야? 아, 벌써부터 김치냄새 난다. 으하하하."

아이들은 웃느라 난리가 났다. 그러고 보니 지민이 녀석은 잘난척하려고 일부러 나랑 짝이 되려는 게 분명하다. 저렇게 많은 아이들을 제쳐두고 왕따 같은 나랑 짝이 되려고 하다니. 보나 마나 불쌍한 친구를 이용해서 영웅이 되려는 속셈일 거다. 재수 없는 녀석 같으니.

이렇게 해서 나는 지민이랑 짝꿍이 되었다.


사회시간, 모둠끼리 지도를 그리게 되었다. 지민이는 누가 시키지 않았는데도, 척척 역할을 분담했다. 아이들은 각자 맡은 부분을 색칠하기 시작했다. 나는 생글생글 웃는 지민이 녀석이 얄미워졌다. 자기 마음대로 대장 노릇을 하니 말이다. 그래서 나는 실수인 척하며 지민이가 색칠할 부분에 갈색을 잔뜩 칠해버렸다.

"야, 김치! 넌 여기까지만 칠해야지. 왜 옆에까지 칠 하냐? 너 때문에 다 망치게 생겼잖아."

소영이가 야단치듯 말했다.

"실수야! 넌 실수 안 하나?"

나도 질세라 눈을 흘기며 반격했다.

"어쩔 수 없지 뭐. 내가 화이트로 살짝 지워볼게."

지민이 녀석이 또 착한 척을 한다. 얄미워 죽겠다.

점심시간이 되자 나는 젤 먼저 급식을 먹고 축구공을 챙겼다. 아이들이 나오기 전에 공을 많이 차고 싶기 때문이다. 나는 축구 할 때가 세상에서 가장 행복하다. 문제는 발이 느려서 늘 골키퍼만 해야 한다는 거다. 열심히 뛸 테니 바꿔달라고 몇 번이나 말했는데, 아무도 골키퍼를 하려고 하지 않았다. 그러니 혼자 마음껏 공을 차려면 서둘러야 한다. 텅 빈 운동장에서 요리조리 공을 몰고 달리면 기분이 날아갈 것 같다.

"야, 김치. 넌 골대로 가! 골키퍼가 왜 거기 서 있냐?"

석준이가 골대 쪽으로 손짓을 했다. 에이, 즐거운 시간은 왜 이렇게 짧은 걸까?

오늘은 2반 아이들과 대결이다. 2반은 우리 학년 중에서도 가장 못하는 반이다. 그래서 아무리 기다려도 우리 골대 쪽으로 공이 오지 않았다. 점심시간이 끝나가니 나는 애가 타기 시작했다. 그 사이 우리반 공격수 지민이 녀석이 또 골을 넣었다. 다들 기뻐서 방방 튀어 오르는데, 나는 하나도 기쁘지 않았다. 시계를 보니 점심시간은 겨우 2분밖에 남지 않았다. 그때 2반 공격수가 공을 몰고 달려오는 모습이 보였다. 내 심장이 콩닥콩닥 금방이라도 뛰어나올 것 같았다. 나는 정신을 가다듬고 1대 1로 용감하게 맞섰다. 그런데 2반 공격수가 헛발질을 하며 바닥에 미끄러지고 말았다. 석준이가 얼른 반대쪽으로 공을 차라고 나에게 소리를 질렀다. 하지만 나는 축구공을 차버리기가 너무 아까웠다. 다음 순간, 나는 공을 몰고 반대쪽으로 달리기 시작했다. 몸이 새털처럼 가볍고 기분은 하늘을 둥둥 떠다니는 것 같았다. 여기저기 고함소리가 들렸지만 아랑곳하지 않았다. 나도 골을 넣을 수 있다는 자신감이 마음속에서 샘솟고 있었으니까. 누구에게도 패스하고 싶지 않았다. 그래서 2반 아이들을 밀치고 계속 나아갔다. 그때, 퍽! 누군가 내 등을 세게 밀쳐버렸다. 나는 그대로 바닥에 고꾸라지고 말았다.

"김치! 골키퍼가 패스도 안 하고 공격하면 어떡해!"

석준이가 나를 밀친 게 분명했다. 우리 반은 물론 2반 아이들까지 동그랗게 나를 에워싸고 있었다. 띠리리링~점심시간이 끝나는 음악이 나오자 모두 교실 쪽으로 우르르 달리기 시작했다. 나만 덩그러니 운동장 한가운데 벌렁 누워있었다. 눈물이 찔끔 났다. 세게 넘어져서 그런지 몸을 일으키기도 쉽지 않았다.


"괜찮아?"

가던 길을 되돌아온 지민이가 숨을 헐떡이며 손을 내밀었다. 난 어쩔 수 없이 지민이 손을 잡고 겨우 일어났다.

"내가 보건실에 데려다줄게."

나는 절뚝거리며 지민이와 함께 보건실로 갔다. 보건실 앞에서 지민이가 멈춰 섰다.

"이거 먹어. 아플 때 먹으면 기분이 좀 나아져. 선생님께는 내가 말씀드

릴게. 넌 쉬었다가 좀 괜찮아지면 교실로 와. 알았지?"

내 손에 사탕 하나를 올려놓고, 지민이는 교실로 뛰어갔다. 나는 물끄러미 사탕을 내려다봤다. 아플 때 먹으면 기분이 좋아진다고? 사탕 껍질을 까서 입에 톡 던져 넣었다. 자두 맛이 시큼한듯하다 어느새 달콤하게 휙 바뀌었다. 그러고 보니 방금 전까지 아팠던 다리랑 팔이 덜 아픈 것도 같았다. 물론 그냥 기분 탓이겠지만.


"엄마, 아빠한테 전화하고 싶어."

회사에서 돌아온 엄마를 보자마자 내가 말했다. 엄마는 미간에 주름을 잡으며 한숨을 쉬었다.

대꾸 없는 엄마가 답답해 난 한참을 서 있었다. 마치 시위라도 하듯이 엄마의 대답을 기다리는 것이었다. 하지만 엄마는 대답도 귀찮다는 듯 욕실로 쏙 들어가 버렸다.

엄마가 씻는 소리가 들리자 나는 내 휴대폰으로 아빠한테 전화를 했다.

"아빠, 나 안 보고 싶어?"

"어, 우리 지수구나. 보고 싶지. 잘 지내고 있어? 아픈 데는 없고?"

울 아빠 목소리는 여전히 따뜻했다.

"어. 안 아파. 근데 아빠, 이혼말야… 다시 돌릴 수는 없는 거야? 예전처럼 우리 같이 살면 안 되는 거냐고."

전화기 너머 아빠는 말이 없었다.

물건도 사서 마음에 안 들면 환불할 수 있는데, 왜 이혼은 안 되는 걸까? 난 매일밤 아빠가 보고 싶어 울면서 자는데, 그까짓 이혼 돌릴 수는 없는 걸까?

욕실에서 물소리가 뚝 멈췄다. 나는 또 전화하겠다고 말하고 얼른 전화를 끊었다.

엄마가 수건으로 머리를 감싸고 욕실에서 나왔다. 나는 엄마, 아빠가 이혼하기 전에 주말마다 갔었던 목욕탕을 떠올렸다. 아빠랑 둘이서 등을 밀어주고 음료수를 사먹었을 때 정말 행복했었는데… 남자끼리만 통하는 비밀이라며 둘이서 이불을 뒤집어쓰고 속삭였던 이야기들도 많았는데, 이제 그럴 사람이 없어져서 가슴이 뻥 뚫린 것만 같다.

며칠 후, 하교시간. 지민이가 후다닥 교실을 빠져나가는 게 보였다. 뭐가 저리 급하담? 나는 운동장 철봉에 매달려 놀다가 느릿느릿 교문을 나섰다. 그런데 한참 전에 출발했던 지민이가 교문 옆에 쪼그리고 앉아있었다.

"야, 김치! 너 왜 여기있어?"

고개를 드는 지민이 얼굴이 일그러져있었다. 무릎을 부여잡은 모습이 심상치 않아 보였다.

"아, 그게… 빨리 달리다가 미끄러져서 무릎을 다쳤거든."

지민이 바지에 피가 번지고 있었다.

"피나는데? 야, 보건실 가야겠다. 얼른 일어나봐."

나는 조심스레 지민이 팔을 당겨 일으켜 세웠다. 그러고 보니 내가 축구하다 넘어진 날이랑 비슷했다. 다만 역할이 바뀌었을 뿐.

보건 선생님이 소독약을 바르자, 지민이는 아야! 하고 소리를 질렀다. 나는 그 소리에 깔깔깔 웃었다. 우린 다시 운동장으로 나왔다. 상처가 여전히 쓰라린지 지민이는 절뚝절뚝 걸었다.

"많이 아파? 걷기 힘들면 아빠한테 전화하면 좋은데… 업어달라고 하면 되니까…."

나는 아빠 생각이 나서 말끝을 흐리고 말았다.

"우리 아빠 돌아가셨어."

지민이 말에 나는 말문이 턱 막혔다. 괜히 아빠 얘기를 꺼냈나보다. 이럴 땐 뭐라고 해야 하지?

"자, 사탕 먹어."

지민이가 그때처럼 자두맛 사탕을 건넸다. 나는 어색한 분위기가 싫어 얼른 사탕을 입에 넣었다.

"난 아빠가 보고 싶을 때는 그냥 사탕 먹어. 그럼 나오려던 눈물도 쏙 들어가고, 슬픈 마음도 사라져."

지민이는 금방이라도 울 것 같은 표정으로 말했다.

아빠가 돌아가시면 어떤 기분일까? 내가 아빠를 자주 보지 못하는 기분이랑 비슷할까?

지민이도 나도 아무 말 없이 입안 사탕만 굴려댔다. 잠시 후 자두맛 사탕이 시큼한 맛에서 달콤한 맛으로 변했다. 달콤함이 입 안 가득 퍼지니 텅 빈 가슴이 채워지는 것 같았다.


다음 날은 공개수업이 있는 날이었다. 엄마는 회사에 월차를 내고 아침부터 학교에 왔다. 선생님은 공개수업 때 발표를 열심히 하라고 우리들에게 여러 번 당부하셨다. 그런데 하필이면 수업 주제가 '우리 가족'이었다. 심장이 쿵 내려앉는 소리가 크게 들렸다.

잠시 후, 엄마, 아빠들이 교실 뒤편을 가득 채웠다. 우리 엄마도 오늘은 밝고 환하게 웃고 있었다.

"자, 여러분, 우리가족을 소개하는 시간이에요. 누가 먼저 발표해볼까요?"

석준이가 번쩍 손을 들었다.

"우리 가족은 엄마, 아빠, 누나 그리고 저입니다. 엄마는 선생님이고, 아빠는 회사에 다니고 계십니다. 누나는 우리 학교 6학년입니다. 우리 가족은 주말마다 캠핑을 다니고, 함께 영화 보러 가는 것도 좋아합니다."

박수가 터져 나왔다. 마치 화목한 석준이 가족을 칭찬하는 박수소리 같았다.

이어서 아이들이 너도나도 손을 들어 발표를 했다. 나는 흘긋 지민이를 보았다. 꼭 다문 입술에 힘이 들어가 있었다.

"이제 더 발표할 친구 없나요? 부모님도 오셨으니 용기내서 발표할 친구?"

선생님이 우리를 둘러보며 말씀하셨다.

그때 지민이 손이 번쩍 올라갔다. 나는 깜짝 놀라 입이 쩍 벌어졌다. 지민이가 비밀을 말할 것처럼 괜스레 내 가슴이 콩닥콩닥했다.

"우리 가족은 원래 아빠, 엄마, 그리고 저였는데요. 아빠가 몇 년 전에 사고로 돌아가셔서 이제 엄마랑 저뿐이에요. 엄마가 그러는데요. 우리 아빠는 하늘나라에서 계속 우리를 지켜보신대요. 그러니까 너무 슬퍼하지 말고 용감하게 살아야 한대요. 저는 우리 엄마 말씀이 맞는 것 같아요. 그래서 씩씩한 사람이 될 거예요."

지민이 발표가 끝나자 교실은 쥐죽은 듯 조용했다. 뒤에 선 엄마, 아빠들은 모두 박수치는 걸 까먹은 듯 멍하니 서 있었다. 그런데 한 아줌마만 눈물을 닦고 있었다. 지민이 엄마인 것 같았다. 몇 초가 더 흐르자 힘찬 박수가 터져 나왔다. 그때 나는 우리 엄마 얼굴을 보았다. 당황한 듯, 슬픈 듯, 불편한 듯, 알 수 없는 표정이었다. 내 마음이 무겁게 내려앉았다.

"우리 지민이 말이 맞아요. 그죠? 지민이 아빠가 지금도 하늘나라에서 지켜보고 계세요. 씩씩한 지민이를 아주 자랑스러워하시면서 말이죠. 지민이 발표 참 잘했어요. 자, 이제 다음으로 넘어가 볼까요?"

선생님 말씀이 끝나기 무섭게, 나는 얼떨결에 손을 들었다. 정신을 차려보니 다들 나를 보고 있었다.

"그러니까… 우리 가족은 원래 아빠, 엄마, 그리고 저였는데요…"

내 목소리가 기어들어가고 있었다. 좀 전에 지민이가 했던 말과 똑같아서 당황스러웠다.

"야, 김치! 그거 반장이 발표한 거잖아. 넌 너희 가족 소개를 해야지."

석준이가 툭 내뱉었다. 아이들이 여기저기서 키득거렸다.

"그러니까… 우리 가족도 지민이네랑 똑같았다고… 원래 아빠, 엄마, 나 이렇게 세 명이었는데, 엄마 아빠가… 그러니까… 이혼하는 바람에 이제 엄마랑 나, 이렇게 둘만 살아. 아빠가 늘 보고 싶은데, 이혼은 되돌릴 수 없는 거라고 우리 아빠가 그랬어. 그래도 우리 아빠는 가끔씩 날 데리고 놀이공원도 가니까… 영영 볼 수 없는 건 아니야."

나는 더듬더듬 말을 마치고 자리에 앉았다. 큰소리로 발표하지는 못했지만, 왠지 모르게 속이 시원해졌다.

집으로 돌아가는 길, 뒤에서 지민이가 날 불렀다. 다친 무릎 때문에 뛰어올 수 없어서였다. 나는 되돌아가 지민이랑 함께 천천히 걸었다.

"너 발표 잘하더라?"

지민이가 씩 웃으며 말했다.

"목소리도 엄청 작았는데 뭘. 나, 사실은 우리 엄마 아빠 이혼했다고 이야기하는 게 부끄러워서 한 번도 말한 적 없었어. 다들 아빠랑 함께 사는데, 나만 떨어져 사는 것 같으니까. 근데 넌 아빠를 볼 수 없는데도 엄청 씩씩하잖아. 나도 너처럼 씩씩해지고 싶어."

내 목소리에 힘이 들어가 있었다.

"그리고 보니 우린 닮은 데가 많네? 아빠랑 같이 안 산다. 별명이 둘 다 김치다. 하하하."

지민이가 큰소리로 웃었다.

"그러네. 야! 김치! 나도 김치야! 으하하하!"

우린 마주보고 웃었다.

지민이의 환한 얼굴을 보며 나는 생각했다.

'앞으로 우리 둘 다 자두맛 사탕을 자주 먹지 않아도 될 것 같다고.'

# 움직이는 탑

김태숙

## 작지만 빛나는 5촉 불빛들

집 뒷산 만연산을 오르다 수상 소식을 들었습니다. 산은 완만하고 다정한 길, 도토리 줍는 다람쥐, 나무 쪼는 딱따구리 오래 본 친구처럼 따뜻한 눈빛입니다.

어릴 적 5촉 전구다마 아래 〈샘이 깊은 물〉, 〈보물섬〉, 〈용소야〉를 읽었던 기억이 납니다. 해 뜰 때부터 해질 때까지 밖에서 놀던 아이. 얼굴은 연탄처럼 까맸고 팔다리는 개구처럼 팔딱거렸지요. 다방구, 딱지치기, 작자구리(공기놀이), 목가 맞추기(비석치기)를 했고 팔다리가 더 길어지면서 오징어, 삼팔선 같은 과격한 놀이도 섭렵했습니다. 4학년 여름, 장마는 길었고 밖에서 뛰어놀 수 없는 아이는 지루하고 심심한 하루를 아버지가 가져온 잡지와 만화로 때웠습니다.

잡지와 만화 속에서 다방구보다 재밌고 딱지 백 개 딴 것보다 더 오달진 재미를 맛보게 됐고 움츠린 채 글 속으로 빠져들었습니다. 샘이 깊은 물에서는 뭔지 모를 단맛이 났고 외상없이 내상만으로 치명타를 입히는 권법을 수련했습니다. 밤에도 만화를 읽어 부모님의 걱정을 샀고 부엌에서 몰래 5촉 전구다마를 켰습니다.

부엌에서 읽은 만화와 잡지가 글로 이끌었습니다. 5촉 전구다마가 햇살이 되어 환하게 밝혀주던 유년의 기억처럼 〈용소야〉처럼 외상 없이 내상만으로 울림을 주고 〈샘이 깊은 물〉에서 융숭한 글을 퍼올리고 싶습니다.

〈샘이 깊은 물〉, 〈보물섬〉, 〈용소야〉 꺼지지 않는 불빛 모다주신 아버지, 더 환한 불빛 되신 어머니께 감사의 마음 전합니다. 언어의 샘물 퐁퐁 솟아나는 아이들 혜린, 은찬, 그리고 리스펙 짝꿍 전성재씨, 삼십 년 지기 이미 글의 정원에 있는 연희, 글벗님들과 기쁨 나누고 싶습니다.

지금은 북극성 옆을 지키시는 조태일 선생님, 영란언니 맑은 향 올리겠습니다.

글쓰기의 가파른 길 시원한 샘물 주신 심사위원님께서 더 정진하는 발걸음으로 보답하겠습니다. '움직이는 탑' 쌓아서 학원 보내시는 할머니, 아카데미 학원 아이들, 꺼지지 않는 5촉 불빛입니다.

세상에 작지만 빛나는 5촉 불빛 비추겠습니다.

# 움직이는 탑

김태숙


라면상자를 접어요.
택배박스를 눌러요.
콜라 캔을 밟아요.

리어카에
하나하나
차곡차곡
가지런히
쌓아 올려요.

키 작고 등 굽은
할머니가
리어카를 끌어요.

할머니의
소원 담은
거대한 탑이
움직여요.

저녁 별들이
두 손 모아
탑돌이해요.

# 라오라오행성의 공주

김민옥

　초등학교 때 선행상을 받은 적이 있습니다. 단지 말이 없고 조용하다는 이유로요. 그때 내게 필요한 건 하얀 종이로 된 상장이 아닌 내 마음을 진심으로 알아주는 누구였습니다. 그 누군가를 찾지 못했을 때, 나는 이곳이 아닌 다른 곳의 중요한 인물이 아닐까 하는 상상을 해보곤 했습니다. 그 상상은 나를 행복하게 만들었고 나를 설레게 만들었습니다.

　성인이 되면서 나를 설레게 만든 것이 바로 동화였습니다. 전혀 말이 안 되는 이야기를 말이 되게 만드는 것이 재미있고 신이 났습니다. 그리고 지금 이 소감을 쓰는 순간순간이 말도 안 되는 것처럼 설레고 신이 나 있습니다.

　한없이 부족해 보이는 제 동화를 알아준 누군가가 바로 '삶의향기 동서문학상'이라는 사실을 지나가는 사람마다 붙잡고 자랑하고 싶을 만큼 말이죠.

　큰 상을 주서서 정말 감사합니다. 남들처럼 멋들어지게 소감을 쓸 수 없지만 제 진심이 전해지리라 생각합니다.

나를 아직까지는 최고라 여겨주는 우리 두 딸, 가족들과 아직 이루지 못한 내 미래와 함께 이 행복을 같이하고 싶습니다.

# 라오라오행성의 공주

김민옥

이럴 수가! 내 머리카락의 색이 변했다. 내가 늘 올려보았던 하늘의 파란색으로 말이다. 그 언니 오빠의 말이 맞았다. 내가, 내가 라오라오행성의 공주였다.

일주일 전이었다.

"공주님, 이제 때가 되었습니다."

난, 살면서 절대로 공주라는 말을 들어본 적이 없다. 공주처럼 예쁘게 생기지 않았을 뿐더러 행동도 공주처럼 얌전하거나 우아하지 않았다. 하지만 그 언니 오빠는 나를 처음부터 공주라고 불렀다.

내가 막 놀이터 그네에 누워 파란 하늘에 떠있는 구름을 하염없이 바라보고 있을 때였다. 그건 내가 가장 좋아하는 일이지만 또 엄마가 가장 싫어하는 일이기도 했다.

"공주님!"

내 귀를 의심했다. 대부분 학원에 갔거나 집에서 학습지를 하고 있을 시간이었기 때문에 그 시간에 놀이터에 누가 있다는 것은 낯설었다. 그네에 반쯤 누워 있던 나는 하는 수 없이 몸을 일으켜야 했다. 평범한 교복을 입은 언니 오빠였다. 내가 아무 말도 안 하고 바라보고 있자 그 언니 오빠는 금세 모습을 바꾸었다. 신기한 모습에 넋을 놓았지만 변한 모습에선 더욱 할 말을 잃었다. 어른들이 보았다면 혀를 끌끌 찰 그런 모습이었다. 언니는 분홍색, 오빠는 초록색의 머리 색깔을 하고 있었다. 둘 다 선글라스를 끼고 형형색색의 청바지와 이상한 글씨가 잔뜩 쓰여 있는 티셔츠를 입고 있었다. 그 모습을 멍하니 보고 있자니 왠지 모르게 마음이 편안해졌다. 하지만 난 여전히 아무 말도 하지 않았다. 사람들 앞에서 입을 함부로 열지 않기로 엄마와 약속을 했기 때문이다. 엄마는 늘 내 입에서 이상한 말이 튀어나올까 가슴이 조마조마하다고 했다.

"이런, 역시 우리를 못 알아보시는군요."

오빠가 깊은 한숨을 내쉬며 말했다.

"그야, 당연하지. 오랫동안 이곳에 계셨으니 못 알아볼 만해."

언니가 오빠의 어깨에 손을 올렸다. 언니오빠의 모습이 다 큰 어른들이 하는 행동 같아서 웃음이 나왔다. 그러자 심각하던 오빠의 표정이 밝아졌다.

"공주님을 찾기가 참 어려웠어요. 하지만 이제 찾았으니 다행입니다."

둘은 나를 위아래로 훑어보며 계속 말을 이어갔다.

"원래의 모습으로 돌아오려면 한참 걸리겠는데?"

"아니야, 공주님은 금방 돌아오실 수 있어."

그때 벤치에 던져놓은 가방 속에서 진동소리가 들렸다. 분명 엄마의 전화일 것이다.

재빨리 피아노 학원 가방을 들고 자리를 피했다. 생각할수록 이상한 언니 오빠였지만 싫지는 않았다.


"오늘 피아노 학원에서 배운 것을 한번 쳐봐."

내가 학원 가방을 내려놓기도 전에 엄마가 말했다. 배가 고팠지만 하는 수 없이 피아노 책을 꺼내 피아노 의자에 앉았다.

엄마가 30번도 넘게 말한 힘들게 일해서 비싸게 산 피아노를 쉽게 할 수 없기 때문이었다.

"띵 똥 똥 땡 똥 똥"

"또, 또! 엄마가 말했지. 연주를 할 땐 진지해야 한다고. 선생님이 이렇게 가르쳐 주셨어?"

엄마의 목소리가 피아노소리보다 더 올라갔다.

"난 잘 치고 있는데요. 피아노는 이렇게 치는 것을 더 좋아해요."

나의 말에 엄마의 눈썹이 올라갔다.

"또 이상한 소리한다. 피아노가 뭘 좋아해?"

입을 꾹 닫았다. 우리 집 피아노는 내가 신나게 건반을 튕겨가며 연주하는 걸 좋아한다는 것을 엄마가 안다면 피아노를 당장 수리 센터에 보낼지도 모른다.

"그만하고 방에 들어가 학습지 해. 오늘 학습지 선생님 오시는 날인 거 알지? 영어발표회도 얼마 안 남았는데, 언제 연습을 다하니? 아휴."

엄마의 한숨이 내 가슴을 쓸어내렸다. 밖으로 나가고 싶었다. 그네에 누워 파란 하늘 사이에 떠있는 구름을 마음껏 보고 싶었다.

엄마의 핸드폰 알람이 울렸다. 동생의 어린이집 차가 도착할 시간이다.

"동생 데리고 올 테니까 방에서 공부하고 있어. 알았지?"

내가 고개를 끄덕이자 엄마가 밖으로 나갔다.

베란다 밖으로 고개를 내밀자 놀이터가 보였다. 그 언니오빠의 모습은 보이지 않고 막 어린이집 차량에서 내린 아이들이 놀이터에서 놀고 있었다. 동생과 엄마의 모습도 보였다. 동생은 하늘색 원피스를 입고 있었다. 엄마의 자랑인, 장점만 가지고 태어난 동생의 예쁜 얼굴에 아주 잘 어울리는 옷이었다. 언젠가 내가 파란색 원피스가 입고 싶다고 했을 때 엄마는 이런 소리를 했다.

"너는 원색계열이 안 어울려. 얼굴이 더 못나 보인다고. 베이지나 무채색의 옷이 너한테 잘 어울려. 훨씬 세련되어 보이고."

동네 엄마들과 수다를 떨고 있는 엄마의 표정이 밝아 보였다. 동생이 엄마를 부르자 웃으며 다가가 그네를 밀어주기도 했다. 얼굴을 찡그리거나 잔소리를 쏟아내지도 않았다.

나는 조용히 하늘을 바라보았다. 아까까지만 해도 파랗던 하늘이 회색의 구름으로 가득 뒤덮였다. 곧 비가 올 것 같았다. 문을 닫고 방으로 들어왔다. 학습지를 폈지만 하나도 눈에 들어오지 않았다.

분홍색 머리와 초록색 머리의 언니 오빠가 떠올랐다.

'나를 가지고 장난친 거겠지? 내가 공주일 리가 없어. 그래도 또 만났으면 좋겠다.'


그 언니 오빠를 두 번째로 만난 건 그다음 날이었다. 일부러 난 놀이터를 찾았다. 비가 하루 종일 내리는 날이라 그네에 누워 하늘을 볼 수는 없었지만 미끄럼틀로 떨어지는 빗방울 소리를 들을 수 있기 때문이었다. 엄마가 억지로 들려주는 클래식보다 훨씬 재미있고 리듬감이 살아있다. 다 같은 빗방울 같지만 서로 크기도 모양도 다른 빗방울들이 내는 소리에 고개가 절로 흔들어 지고 발이 신나게 움직여졌다.

막 두 번째 악장의 빗소리를 듣고 있는데 그 언니 오빠가 나타났다. 우산도 쓰지 않고 이상한 우비를 걸치고 있었는데 전혀 비를 맞지 않는 듯 편안한 표정이었다.

"공주님, 이상한 우산을 쓰고 계시군요."

내 우산이 이상하다니, 엄마가 알면 정색을 하며 목소리를 높였을 것이다.

"남들 보기에 이상하게 보이면 안 되니까 우산도 좋은걸 써."

엄마가 고심하고 고른 백화점표 우산이다. 우산을 30,000원이나 주고 샀다. 그 돈이면 내가 좋아하는 캐릭터 딱지를 30개나 살 수 있을 텐데. 하지만 그 말은 차마 못했다. 캐릭터 딱지를 더군다나 여자아이인 내가 그 놀이를 한다면 엄마는 또 나에게 마음을 가라앉히는 여러 가지 방법을 동원할지도 모른다.

"공주님도 역시나 비의 노래를 좋아하시는군요. 라오라오행성의 사람들도 비의 노래를 무척이나 좋아한답니다."

언니가 나에게 말을 걸었다.

비의 노래라고? 이렇게 얘기해준 사람은 처음이었다. 대부분 사람들은 비오는 날을 반가워하지 않았다. 아빠는 출근길이 막힐까 걱정을 했고 엄마는 집이 습해진다며 싫어했다.

"언니도 비 오는 날을 좋아해요?"

내가 그 언니오빠를 향해 처음으로 입을 연 순간이었다. 둘은 눈을 동그랗게 뜨고 나를 바라보았다.

"언니라니요. 그냥 편하게 호! 라고 부르십시오."

"호?"

나의 표정을 보던 오빠가 언니의 오른쪽 어깨를 살짝 잡았다.

"공주님이 편하신 데로 부르게 두자고."

난 호언니와 야오빠에게 라오라오행성의 이야기를 본격적으로 듣기 시작했다. 비의 노래를 뚫고 들은 그 이야기는 나의 가슴을 뛰게 만들었다. 그곳은 나와 딱 어울리는 곳이었다.

학교는 있지만 어려운 공부는 없었다. 학원도 없고 학습지는 물론 숙제도 없었다. 밖으로 나가 뛰어놀며 하늘의 구름도 마음껏 보고 비가 오는 날이면 빗소리를 마음껏 들을 수 있었다. 그렇다고 뭐라고 할 어른은

단 한 명도 없었다.

그리고 그곳은 나이도 천천히 먹는데 호와 야가 30살이라는 놀라운 이야기도 들었다. 나는 궁금했다.

"그렇게 놀기만 하는데도 어른이 될 수 있어요? 엄마는 내 마음대로 놀기만 하면 훌륭한 어른이 되지 못한다고 했거든요."

그들은 미소를 지었다.

"당연하지요. 훌륭한 어른이 될 필요는 없습니다. 파란하늘의 구름처럼 푸른 숲의 나무처럼 넓은 바다의 조약돌같이 되기만 한 다면요."


호와 야의 이야기가 계속 귓가에 맴돌았다. 집에 들어가니 엄마가 동생의 젖은 머리를 말려주고 있었다. 내가 온 줄도 모르고 엄마는 오른손은 드라이기를 왼손은 동생의 찰랑거리는 머리카락을 흔들며 말했다.

"아유, 우리 공주님. 머리카락도 참 예쁘네."

엄마는 동생에게는 공주님이라는 말을 종종 쓴다. 내가 진짜 공주라는 사실을 알면 엄마는 어떤 표정을 지을까?

조용히 방으로 들어가려고 했는데 엄마의 드라이기 소리가 끝나버렸다.

"왔니? 이제 이틀 후면 영어 발표회인 거 알지?"

내가 고개를 끄덕이자 말을 이었다.

"완벽하진 않지만 열심히 한 티는 내야지. 옷 갈아입고 책상에 있어 봐. 엄마가 가서 봐줄게."

엄마는 최대한 다정히 말했다. 하지만 나는 알고 있다. 엄마가 나한테 다정히 말하려고 애쓴 다는걸. 그렇게 된 건 불과 얼마 되지 않는다.

동생이 거실에서 애니메이션을 보는 소리가 들렸다. 엄마는 방으로 들어오자마자 나를 수많은 책이 꽂혀 있는 책꽂이 앞에 세웠다. 엄마가 직접 골라 벽에 빼곡히 채워놓은 책들.

다 나에게 도움이 될 거라고 했지만 난 그 책들 때문에 숨이 막힐 지경이었다. 그 책들은 조만간 내가 좋아하는 창문도 막아 버릴 것 같았다.

"자, 엄마가 관객들이라 생각하고 한번 발표해봐, 실전처럼 말이야."

엄마는 의자에 기대어 팔짱을 낀 채 나를 바라보았다. 나는 멍하니 엄마의 팔짱을 바라보았다. 엄마의 심장 쪽이 보이지 않게 팔짱은 꼭 닫혀 있었다.

"무슨 생각해? 엄마가 멍하니 생각하지 말랬지! 이번 발표회 때 얼마나 많은 사람들이 오는데, 너 또 이상한 애처럼 보이고 싶어?"

다정하던 엄마의 목소리가 점점 날카로워졌다. 엄마는 이번 발표회를 정말 중요하게 생각했다. 많은 사람들 앞에 나를 멋지게 보여주고 싶어 했다. 그동안 뒤에서 나를 보며 수군거렸던 사람들의 코를 납작하게 눌러주고 싶다고도 했었다.

"사실, 넌 그런 애가 아니잖아. 또 그렇게 보이고 싶어? 엄마가 너를 위해 어떻게까지 했는데……."

엄마는 몇 달 전 다니던 회사를 그만두었다. 이름만 대면 누구나 아는 큰 회사에 다니는 것을 엄마는 자랑스럽게 생각했었다. 하지만 엄마는 바빴고 예민했다. 아침에 잠이 들깬 모습으로 엄마의 출근 모습을 지켜보고 다시 졸릴 때쯤 엄마를 볼 수 있었다. 아주 어릴 때부터 난 엄마보다 선생님, 선생님 또 선생님, 그리고 돌봄이 이모를 더 많이 보았다.

"엄마, 나 오늘 학교 안 가고 엄마랑 놀이공원 놀러 가면 안 돼?"

이런 말을 하면 엄마는 단호하게 이런 말을 했다.

"엄마가 회사에 나가고 네가 학교에 가야 우리가 잘 살 수 있는 거야!"

하지만 내가 어른들이 말하는 이상한 행동이 보이자 엄마는 회사를 그만두었다. 회사를 그만두고 나와 처음 간 곳은 놀이공원이 아닌 심리치료센터였다.

엄마가 내 손을 잡고 놀이공원에 가주길 바란 건 아니었지만 그렇다고 심리치료센터로 데리고 갈지는 몰랐다. 그냥 내가 하고 싶은 대로 했을 뿐이었는데 사람들은 수군거렸고 나를 걱정하는 눈빛으로 바라보았다. 하지만 엄마까지 이해를 못하니 화가 났다. 내가 화를 더 내고 나를 알아달라고 할수록 심리치료센터를 방문하는 횟수가 늘었다.

동생이 태어났을 때도 꾹 참았던 서러움이 몰려왔다. 그때 난 처음으로 생각했다. 어쩌면 내가 엄마의 친딸이 아닐 수도 있다는 생각을…….

그 뒤로 엄마는 나를 아주 완벽한 딸로 키우고 싶어 했다. 엄마가 회사 일을 늘 성공적으로 해낸 것처럼.


하는 수 없이 입으로 수천 번 읽고 수만 번 외웠던 첫 문장을 내뱉었다. 엄마의 입꼬리가 올라가고 눈썹이 내려왔다. 엄마가 아주 만족할 때 나오는 표정이었다. 그때 거실에서 동생의 울음소리가 들렸다.

"그래, 그렇게만 하면 돼. 엄만 널 믿는다."

엄마가 방문을 열고 재빨리 거실로 나갔다. 그리고 동생의 등을 토닥거리는 소리가 났다.

"어유, 우리 공주님이 왜 울었을까?"

동생의 울음소리가 그쳤다.


그다음 날도 난 놀이터에서 호와 야를 만났다. 호와 야는 라오라오행성의 이야기를 더 많이 들려주었다. 나를 적응시키듯 라오라오행성에서의 재미있는 이야기를 아주 많이 해주었다. 가장 흥미로운 건 거기도 발표회가 있는데 자신이 얼마나 개성이 있는지 얼마나 즐거운지를 보여주는 발표회라고 했다. 나의 집과 가족에 대해서도 이야기를 해줬다. 나한테는 형제가 없고 라오라오행성의 왕과 왕비님(내 부모님)만 있는데 나를 얼마나 사랑하고 있는지에 대해 이야기해주었다. 문득 궁금해졌다. 내가 왜 여기에 살게 되었는지. 그러자 호와 야는 이런 말을 했다.

"그때 우리 행성은 아주 힘든 시기를 보내고 있었어요. 신속정확더높이 행성에서 우리를 위협하고 있었지요. 이제는 다 해결되었지만요. 하지만 우리가 정확히 이곳에 공주님을 보낸 건 다 이유가 있어서였어요. 아주 예전엔 이곳의 아이들도 우리 행성과 비슷한 환경에서 자랐어요. 하지만 언제부턴가 많이 변했더군요. 그래서 우리는 많이 후회하고 있습니다. 더 빨리 찾아오지 못한 것을 용서하십시오. 왕과 왕비님도 걱정이 많으십니다."

토요일 새벽이었다. 나는 일찍 눈이 떠졌다.

침대 옆 붙박이장 문고리에 베이지색 레이스 원피스가 걸려있었다. 오늘의 발표회를 위해 엄마가 고르고 고른 원피스였다. 저 옷을 입고 발표회를 잘하면 공주가 될 수 있을까? 문득 이런 생각이 들었다. 어제 헤어지기 전 호와 야가 했던 말이 떠올랐다.

"공주님, 우린 내일 라오라오행성으로 돌아가야 해요. 이곳에 있는 시간이 길어질수록 우리의 본 모습을 잃어가거든요. 공주님도 같이 가셔야 할 때가 되었습니다."

호와 야는 놀이터에서 나를 기다리겠다고 했다. 그들은 날 강제로 데려갈 수 없다고 했는데 라오라오행성의 규칙 때문이라고 했다.

'어린이가 원하지 않는다면 그곳이 아무리 좋은 곳일지라도 데려가지 않도록!'

하지만 아직도 내가 라오라오행성의 공주인지 의심이 들었다.

밖에서 엄마 아빠의 대화소리가 들렸다. 아빠는 오랜만에 토요일 오전 시간을 비워두었다.

"내가 말했지? 우리 연서도 한다면 하는 아이라고. 당신도 연서가 발표하는 걸 보면 깜짝 놀랄걸!"

"음, 그래."

아빠의 묵직한 소리가 들렸다. 아빠는 늘 이런 식으로 대답만 한다.

"연서 뒤에서 사람들이 수군거릴 때마다 내가 얼마나 속상했는지 알아? 흑흑."

내 귀를 의심했다. 여태껏 난 엄마가 우는 모습을 본 적이 없다. 단 한 번도!

엄마의 울음소리에 마음이 약해졌다. 엄마가 걸어둔 베이지색 레이스 원피스를 갈아입었다. 막 문을 열고 나가려는데 엄마의 목소리가 또 들렸다.

"남들이 나보고 부족한 엄마라고 했을 때 얼마나 기가 막혔는지 알아? 나 때문에 애가 이상해졌다는 말도 안 되는 소리를 하고 말이야. 이번에 보여줄 거야. 내가 얼마나 완벽한 엄마인지."

엄마가 말을 멈추고 물을 마시는 소리가 들려왔다.

"음, 그래야지. 그래서 복직이 언제랬지?"

"이번 영어발표회만 끝나면 다시 복직해야지. 내가 그 자리까지 올라가려고 얼마나 노력했는데!"

갑자기 가슴이 답답해졌다. 머리가 깨질듯이 아팠고 베이지색 레이스 원피스가 온 몸을 조여 왔다. 난 잠시 기절했던 것 같다.


"으악! 이게 뭐야?"

엄마의 비명소리에 정신이 들었다. 엄마는 나를 보고 무척 놀라고 있었다.

"너 머리며 옷이 왜 그래?"

난 재빨리 옷 방으로 달려가 긴 거울 앞에 섰다.

머리색이 변해있었다. 파란색으로 말이다. 그건 아주 맑은 하늘에서만 볼 수 있는 새파란 색이었다. 베이지색 레이스 원피스는 온데간데없이 밝은 무지개색 티셔츠와 바지가 몸에 꼭 맞게 입혀있었다. 예쁘진 않았지만 개성 있고 아름다워 보였다. 처음이었다. 나의 모습이 그렇게 보인 건.

"내가 공주가 맞았어!"

뒤쫓아 온 엄마의 얼굴이 울그락불그락 거렸다.

"도대체 무슨 짓을 한 거야! 오늘이 어떤 날인지 몰라?"

엄마가 내 어깨를 잡으려 했지만 난 엄마의 손길을 피했다.

"괜찮아, 이게 원래의 내 모습이니까!"

그리고 재빨리 현관문을 열었다.

난 있는 힘껏 놀이터를 향해 달려갔다. 뛰어가는 발걸음이 너무 가벼워 구름까지 날아갈 것 같았다. 멀리서 호와 야의 모습이 보였다. 분홍색과 초록색의 머리칼이 햇빛에 반사돼 빛이 났다. 나의 파란 머리칼과 무지개색 옷에도 빛이 나기 시작했다.

# 고양이신사의 동화책

김주은

신들의 전령사 헤르메스, 이상한 나라의 엘리스에서 조끼를 입은 하얀 토끼.

이 존재들은 누군가의 명령이나 상황, 그리고 사연을 전달해 주고 이끌어 주는 매개체 같은 역할을 합니다.

스무 해 넘게 아이들과 책을 통해 만나오면서 책 속의 다양한 이야기들을 전달해 주는 헤르메스였고, 새로운 세계로 이끌어 주는 조끼 입은 하얀 토끼였습니다. 아이들과 함께 동화의 세상을 바라보며 웃고 꿈꾸고 행복했습니다. 그러다 나만의 동화 세상을 만들고 싶다는 꿈을 꾸게 되었지요. 그게 시작입니다. 알게 모르게 레오 리오니 '프레드릭'처럼 햇살을 모았고 여러 성향의 아이들의 색깔을 모았습니다. 그렇게 아이들을 통해 이야기를 모았지요. 이제 그 이야기들을 하나하나 풀어 놓고 싶어 동화를 쓰고 동화로 수다를 떨고 싶습니다.

이번 수상은 내 어깨를 다독이는 칭찬 같아 마음 따뜻하고 기분 좋습니다. 처음 수상소식을 듣는 순간 마치 아무도 밟지 않은 눈 덮인 들판에서 있는 느낌에 두려움과 설렘이 한꺼번에 느껴졌습니다. 어딘가에서 조끼 입은 하얀 토끼가 툭! 튀어나와 더 깊은 동화의 세계로 첫 발을 떼어 앞으로 나가보라고 하는 것 같았습니다. 이제 저는 하얀 토끼가 아니라 모험을 하는 엘리스가 되어야겠습니다. 마음 따뜻한 이야기와 더 많은 모험과 상상의 세계 속으로 들어가 아이들과 신나게 놀아 보려 합니다.

부족한 글 뽑아주신 심사위원님들께 감사한 마음을 전합니다. 동화는 쓰는 것보다 많이 읽어야 한다며 다양한 책들을 권해주시고 이끌어 주신 동화의 첫 스승 강 선생님과 문우들. 더 탄탄해질 수 있게 채찍질하고 담금질하게 한 신촌의 선생님들, 57기 동화당 동기들 모두 감사드립니다.

내 동화의 첫 번째 독자이자 비평가이면서 독설가인 군에 있는 아들, 그리고 가족과 함께 이 기쁨을 나누겠습니다. 나의 하나님께 이 영광을 돌립니다. 감사합니다.

# 고양이신사의 동화책

김주은

호숫가 근처에 작은 마을은 낮은 지붕이 넓게 퍼져있어 마치 버섯모양 같았어요. 알록달록 일곱 색깔 무지개를 닮아서 마을 이름도 무지개 마을이라고 불러요. 집 울타리를 따라 피어 있는 온갖 꽃들의 향기가 호수에서 불어오는 바람을 타고 마을길을 따라 퍼져 갔어요. 그 향기에 나비도 날아오고 새들도 날아왔답니다.

마을 근처 호숫가에는 작은 섬이 하나 있지요. 무지개 마을이 생기기 전부터 있었던 섬이에요. 사람이 살지 않는 섬에, 파랑이가 낚시를 갔지요. 낚싯대를 던져놓고 파랑이는 두리번거리더니 아무도 보이지 않자 마음 놓고 옷도 벗어던지고 풍덩! 수영부터 했어요. 그때였어요. 무언가 검은 무리들이 밀물처럼 배 위로 몰려왔어요. 바로 작고 작은 생쥐들이였지요. 생쥐들은 배에 있는 옥수수 알갱이를 보고 얼씨구나 하고 맛있게 먹기 시작했어요. 한참 동안 수영도 하고 물통 가득 물고기를 잡은 덕에 파랑이는 기분 좋게 집으로 돌아왔어요. 하지만 생쥐들이 그 배에 타고 온 것은 알지 못했답니다.

하루 이틀 사흘 나흘……. 시간이 지나자 점점 생쥐들이 늘어났어요.

옹기종기 모여 사는 무지개 마을의 알록달록 빛깔은 조금씩, 조금씩 회색빛으로 변해 갔지요.

유난히 눈빛이 빛나는 생쥐 한 마리가 활짝 피어난 꽃밭으로 쪼르르 들어갔어요. 그러더니 팬지꽃 위에 털썩 주저앉으며 말했어요.

"난, 이 마을이 맘에 들어. 재미있는 게 너무 많거든."

생쥐들은 마을 곳곳을 뒤지며 마구잡이로 사고를 치고 다녔어요. 말려놓은 생선을 물어가고, 집마다 쌓아놓은 곡식창고 문짝을 갉아서 구멍을 뚫어 놓고, 맛있는 음식 냄새를 맡고 불쑥불쑥 나타나 사람들을 깜짝깜짝 놀라게 했어요.

사람들은 매일 새로운 방법으로 쥐떼를 몰아내려 궁리했어요. 하지만 이상하게도 미리 알고 있기나 한 것처럼 쥐들은 약삭빠르게 빠져나갔지요. 오히려 약 올리듯 사람들 근처에 나타났다 감쪽같이 도망쳤어요. 덫을 놓은 다음 날은 곡식을 담은 자루를 찢어놓거나, 새로 심을 씨앗을 다 가져가 버리는 거예요. 마을 사람들은 도무지 이해할 수 없어 울상을 지었어요.

이런 마을 사람들의 모습을 지붕 위에서 내려다보는 생쥐 한 마리가 있었어요. 이 생쥐의 귀는 매우 특별했지요. 세상의 모든 소리를 다 듣는 생쥐였어요.

"흥! 마음대로 해 보시지. 그 어떤 방법으로도 우릴 몰아낼 수는 없을걸."

"우린 너만 믿는다."

쥐들은 귀 밝은 생쥐를 존경의 눈빛으로 바라보며 말했어요.

고민에 빠진 마을 사람들은 고양이들을 마을에 모두 풀어놓기로 했어요. 하지만 고양이들은 쥐 잡을 생각이 없어 보였어요. 소파에 살포시 누워 잠만 잤지요. 또 다른 고양이들은 깨끗한 카펫 위에 앉아 우아한 몸짓으로 고양이 세수를 했어요. 어떤 고양이는 유리그릇에 담긴 우유를 핥아 대며 느긋하게 몸을 쭉 뻗었어요. 마을의 고양이들은 쥐를 잡는 더럽고 지저분한 일은 할 수 없다는 듯이 보였어요. 그나마 낮에 고양이들이 거리를 어슬렁거릴 때면 쥐들이 사라진 듯 조용했지만 밤이 되면 아무 소용이 없었어요.


그렇게 몇 달이 지나자 마을 사람들은 쥐들이 미리 알고 요리조리 덫을 피한다는 걸 알게 되었어요. 고민하던 마을 사람들은 파랑이네 집에 모두 모여 앉았어요. 혹시라도 생쥐들이 들을까 개미소리 만큼 작고 비밀스럽게 말했어요.

"쥐떼들을 잘 잡기로 유명한 사냥꾼고양이가 마침 이웃마을에 와 있다고 합니다."

"그럼 얼른 데려오면 되겠네요."

"그 고양이는 돈을 엄청 많이 주어야 한다는데 어떡하죠?"

"소문을 듣자니 금을 받아 가기도 했다지요?"

사람들은 걱정스런 표정으로 말했어요.

"얼마를 주더라도 마을에서 회색 쥐들을 몰아내기만 한다면 내 전 재산이라도 내놓겠소."

보라네가 말했어요.

"맞아요. 무지개 마을을 지켜야 해요."

초록이네도 거들었어요.

"하지만 회색 쥐들 때문에 남아 있는 게 없어요. 우리들에게는 금도 없는데."

빨강이네는 고양이에게 줄 돈 걱정을 했어요.

고양이에게 돈을 줘야 한다는 이유로 마을 사람들의 의견이 나눠지고 말았어요. 목소리가 점점 커진 것도 몰랐어요. 마을 사람들은 말싸움을 하느라 정작 지붕 위에서 이 소리를 다 듣고 있는 귀 밝은 생쥐가 있는 줄은 까맣게 모르고 있었지요. 귀 밝은 생쥐도 사냥꾼이 오지 않길 바랐겠지요. 하지만 한편으로는 그 고양이가 궁금한 듯 고개를 갸웃거렸어요.

결국 각자 돈이 될 만한 물건들을 모아서 고양이를 데려오기로 결정했어요. 귀 밝은 생쥐는 어떤 고양이가 와도 무섭지 않았어요. 자신에게는 특별한 귀가 있기 때문이지요.

다음 날 고양이가 마을에 도착했어요.

마을사람들은 생쥐들을 몰아낼 뭔가 특별한 것이 있는지 온 몸을 찬찬히 훑어보았어요.

"뭐야? 쥐 사냥꾼이 아니라 고양이신사 아냐? 멋진 양복에 책 한 권 뿐이잖아!"

황당한 표정으로 말하는 노랑이네 옆에서 보라네가 말했어요.

"허리를 좀 보세요, 주전자와 컵도 매달려 있어요."

사람들은 실망한 눈으로 고양이신사를 지켜보았어요.

마을에 도착한 쥐 사냥꾼 소식을 듣고 귀 밝은 생쥐는 숨을 죽이고 지켜봤어요. 어떤 무기를 가지고 왔는지 확인하고 싶었거든요. 하지만 귀 밝은 생쥐도 뜻밖이라는 표정이었어요.

마을 사람들은 못마땅했지만 어쨌든 4일 안에 쥐떼들을 몰아내 달라고 말했어요.

고양이신사가 도착한 첫 번째 날, 사람들은 어떤 방법을 연구하고 있을지 너무 궁금했어요. 몰래 창문으로 안을 들여다보니 고양이신사는 그저 차를 홀짝홀짝 마시며 책만 읽고 있을 뿐 아무것도 하지 않는 거예요.

"도대체 왜 저러고만 있는 거야?"

"쥐들은 언제 잡겠다는 거지?"

"진짜 유명한 쥐 사냥꾼 맞아?"

사람들은 저마다 한마디씩 수군거렸어요.

고양이신사의 책 읽는 소리는 빵 굽는 냄새처럼 솔솔 퍼져갔어요. 노랑이네 담장을 지나 주황이네 지붕을 넘고, 보라네, 마당을 스멀스멀 넘어가 남색이네 굴뚝을 타고 귀 밝은 생쥐의 귀 속으로 들어갔어요.


동네 곡식 창고 바닥에서 낮잠을 자던 귀 밝은 생쥐는 오히려 아무것도 하지 않고 책만 읽는 고양이신사 때문에 점점 머리가 아프기 시작했어요. 귀가 너무 밝은 탓에 원하지 않아도 하루 종일 책 읽는 소리가 다 들려왔기 때문입니다. 그런데 더 괴롭게 하는 것은 이야기의 끝부분을 다 읽지 않고 딱 끊는다는 거예요.

귀 밝은 생쥐는 이야기에 관심을 갖지 않으려고 파랑이네 밭을 파헤쳤어요.

초록이네 창고 문짝을 갉아 댔어요.

빨강이네 부엌의 음식들을 이것저것 엎어놓기도 했어요.

하지만 자꾸 고양이신사의 책 읽는 소리가 들려 왔어요.

고양이신사는 도착한 첫날부터 '멍청한 고양이의 실수' 이야기를 읽더니 딱! 멈추고, '쥐를 사랑한 고양이' 이야기를 읽더니 딱! 멈추고, '엄마 잃은 고양이' 이야기를 읽더니 딱! 멈추기를 반복했어요.

귀 밝은 생쥐는 혹시 다음날은 뒷이야기를 읽지 않을까 무심한척 기다렸어요. 하지만 아무리 기다려도 새로운 이야기만 들려왔어요. 귀 밝은 생쥐는 안달이 났는지 가만히 있지 못하고 서성거렸어요. 고양이신사에게 따지고 싶었지만 그럴 수도 없는 노릇이었어요.

그렇게 이틀이 지나가자 귀 밝은 생쥐는 아무것도 하고 싶지 않은 듯 누워만 있었어요. 다른 쥐들이 찾아와 마을 창고에 곡식을 먹으러 가자고 말해도 흥이 생기지 않았어요. 갑자기 변한 귀 밝은 생쥐가 걱정되자 쥐들은 이유가 알고 싶었어요. 만약 귀 밝은 생쥐가 계속 아무것도 하지 않으면 언제 어디서 사람들에게 당할지도 모르니까요.

귀 밝은 생쥐는 모여든 쥐들에게 고민을 털어놓았어요.

"책 읽는 소리가 잠결에도 들리는 것 같아. 귀에서 윙윙 맴돌아 잠도 잘 수가 없어. 그리고 뒷이야기가 너무도 궁금해서 답답해 미칠 것 같아!"

"얼마나 재미있는 이야기인데 그러는 거야?"

"너희들도 아마 금세 빠져들고 말거야. 어찌나 재미있게 읽는지 이야기 속으로 빨려 들어가는 기분이라니까?"

"그러면 함께 가서 우리도 한 번 들어보자. 얼마나 재미있어 그러는지 말이야."

"그래, 오늘 밤 책 읽는 고양이에게 가보자."

쥐들은 귀 밝은 생쥐를 달래며 함께 가자고 말했어요.

밤이 되자 고양이신사의 집 지붕 위에 쥐들이 모두 모여 책 읽는 소리를 듣고 있어요. 이 상황을 아는지 모르는지 고양이신사는 차를 홀짝홀짝 마시며 천천히 책을 읽어 나갔어요. 그렇게 쥐들은 이야기에 푹 빠져 시간 가는 줄 모르고 있었어요. 순간 고양이신사는 책을 탁 덮어버리고는 침대 안으로 들어가 버렸어요. 그곳에 모인 쥐들은 무엇을 빼앗기기라도 한 듯 너무도 억울한 표정으로 서로를 보았었어요. 귀 밝은 생쥐는 힘이 쭉 빠진 채 터덜터덜 집으로 돌아갔어요. 다른 쥐들도 어깨를 축 늘어뜨리고 귀 밝은 생쥐 뒤를 따라갔어요.

삼 일째 되는 날도 고양이신사 목소리가 들려왔지요. 아무리 듣지 않으려 해도 자꾸만 들려오는 소리에 또 이야기에 빠져들 수밖에요. 이야기가 절정에 이르렀을 때 탁! 책을 덮는 소리가 들렸어요. 지금까지 참아왔던 인내심은 어디로 갔는지 화가 머리끝까지 난 귀 밝은 생쥐는 고양이신사 집으로 바람처럼 달려 안으로 뛰어들어갔어요.

고양이신사는 조금도 놀라지 않고 차를 홀짝홀짝 마시며 귀 밝은 생쥐를 바라보았어요.

"무슨 일이니?"

너무도 아무렇지 않게 물어보니 귀 밝은 생쥐는 오히려 당황했어요.

"왜……. 왜! 매일 이야기를 끝까지 읽지 않는 거냐고!"

"그게 왜 궁금한데?"

"그럼 안 궁금하겠냐? 시작이 있으면 끝이 있어야지!"

귀 밝은 생쥐가 씩씩대며 말했어요.

"내가 새로운 이야기에만 흥미가 있어서 그래."

고양이신사가 느긋하게 대답했어요.

"그 책에는 도대체 이야기가 몇 개나 있냐?"

"지금 그것보다 내가 왜 여기 있는지가 더 궁금하지 않아?"

"난 이미 알고 있는 걸."

"그럼 날 무서워해야 하는 거 아닌가?"

"꼭 무서워해야 하나? 난 네 방법을 미리 알 수도 있는데?"

"그래? 내가 어떤 방법으로 널 잡을 것 같니?"

"넌 다른 고양이와는 분명 달라. 하지만 잘 지켜보면 알 수 있어. 그래서 지켜보고 있는 중이거든."

"잘 지켜보면……. 그렇군, 너도 다른 쥐들과는 좀 다르네. 이렇게 겁 없이 내 앞에 나타나는 걸 보면 말이야."

"흥! 칭찬 필요 없고. 우릴 잡기 위해 열심히 해봐. 쉽게 잡기는 어려울 거야."

귀 밝은 생쥐는 씩씩대며 나갔어요. 고양이신사는 말없이 차만 홀짝홀짝 마실 뿐이었어요.

약속한 4일째 되는 날. 마을 사람들이 고양이신사에게 몰려와 따졌어요.

"그렇게 계속 책만 읽고 있으니 달라진 게 없잖소."

"맞아요. 다른 방법으로 했어야지요."

고양이신사도 약속한 날짜를 확인하더니 말했어요.

"삼 일만 더 있게 해주세요. 만약 쥐들을 남은 삼일 안에 몰아내지 못하면 이대로 마을을 떠나겠습니다."

마을 사람들은 또 웅성웅성 의견이 엇갈렸지만 삼 일만 더 시간을 주기로 결정했어요.

이번엔 분명 특별한 비법이 나올 것이라 기대하면서요.

하지만 고양이신사의 행동에는 아무런 변화가 없었어요. 그저 책만 읽으며 차를 홀짝거렸어요. 지난번과 다른 것이 하나 있기는 했지요. 지금까지 읽지 않았던 뒷이야기를 읽기 시작했다는 거예요.

떠날 거라고 생각했던 고양이신사의 책 읽는 소리가 솔솔 퍼져갔어요. 이야기에 취해 있던 쥐들은 뒷이야기가 들려오자 무언가에 이끌리듯 고양이신사의 집으로 몰려들었어요. 그렇게 마을 쥐들이 책 읽는 소리를 들으며 고양이신사와 똑같이 차를 홀짝홀짝 마시고 있는 모습이 마을 사람들에게 발견되었어요. 이 광경을 마을사람들은 믿을 수가 없었어요.

"쫓아내라는 쥐들하고 지금 뭐하는 거지?"

"특별한 방법이 있다고 했는데 어쩌자는 걸까요?"

"자자, 집에 가서 삼일만 더 기다려 봅시다."

사람들은 의심이 가득한 얼굴로 돌아갔어요.

쥐들이 고양이신사의 이야기를 듣고 있는 동안 약속한 삼일의 마지막 날이 되었어요. 고양이신사는 쥐들에게 작별 인사를 했어요. 그러자 귀 밝은 생쥐는 더 이상 이야기를 들을 수 없다는 것을 깨달았는지 안절부절못했어요. 하지만 표정을 감추며 말했어요.

"우릴 몰아내지 못했으니 넌 어뜩하냐?"

"그건 내 일이니까, 넌 신경 쓰지 않아도 돼."

"그럼, 이건 어때? 우리가 맛있는 생선을 많이 먹을 수 있게 해 줄게. 그 책을 나에게 줄래?"

귀 밝은 생쥐가 머뭇거리며 물었어요.

"이 책을?"

고양이신사는 눈을 동그랗게 뜨고 생쥐를 보았어요.

"넌 이미 이 책을 다 읽었잖아!"

"음, 이 책은 단순한 책이 아니야. 매우 특별한 책이지."

"특별해? 뭐가?"

"수많은 비밀이 들어 있지. 그깟 생선으로 바꿀 수 있는 책이 아니야."

"그럼 어떻게 하면 그 책을 주고 갈 건데?"

"난 신사의 품격을 지키길 원해. 사람들과 처음 약속한 것은 너희들을 이 마을에서 떠나게 하는 거야. 그러니 너희들의 고향으로 돌아가."

"우리들의 고향이 어디 있다는 거야?"

"호수 가운데 섬이잖아. 왔던 곳으로 돌아가."

"섬은 너무 심심해."

생쥐의 말에 고양이신사도 잠시 고민하더니,

"너희들이 돌아간다고 약속하면 이 책을 줄게."

"정말?"

"대신, 책은 너희들이 섬에 도착하면 주는걸로. 어때?"

고양이신사는 귀 밝은 생쥐를 빤히 보며 말했어요.

귀 밝은 생쥐는 잠시 망설였어요. 고양이신사의 손에 들려있는 책을 슬쩍 보았어요. 그러고는

"알았어. 그럴게."

귀 밝은 생쥐는 책 받을 생각만 하고 덜컥 약속해 버렸지요. 고양이신사는 마을사람들에게 배를 준비하라고 말했어요. 고양이신사가 쥐들을 데리고 떠나자 마을은 다시 알록달록 무지개 빛깔을 되찾았어요.

고양이신사와 생쥐들이 탄 배가 섬을 향해 나아갔어요. 점점 가까이 보이는 섬은 말썽쟁이 생쥐들이 잠시 떠난 동안 푸른 숲으로 뒤덮였어요. 온갖 꽃들도 다시 피어났고 주렁주렁 매달린 열매가 먹음직스럽게 보였어요. 고양이신사와 함께 섬에 도착한 쥐들은 섬에 내리기 바쁘게 모두 모여 앉았어요.

"고양이를 골탕 먹인 생쥐이야기 있으면 읽어 줘."

"꼭 이야기는 끝까지 읽어야 해."

쥐들은 귀 밝은 생쥐에게 한마디씩 부탁했어요.

귀 밝은 생쥐는 목소리를 가다듬고 고양이신사가 준 동화책을 펼쳤어요. 순간 귀 밝은 생쥐의 두 눈이 너무 커져 튀어나올 뻔했어요. 펼친 책 안에는 이야기가 하나도 없었기 때문이에요. 아무리 여기저기 펼쳐보아도 흰 종이만 있었어요.

쥐들은 멀어지는 배에서 차를 홀짝홀짝 마시는 고양이신사와 책을 번갈아 쳐다볼 뿐이었어요.

고양이신사는 손가락으로 머리를 톡톡 두드리며 말했어요.

"이야기는 상상 속에서 나오는 거야."

그러고는 차를 홀짝홀짝 마시며 멀어져 갔어요.

고양이신사가 남기고 간 책만 생쥐들은 멀뚱멀뚱 바라보았어요.

시간이 훌쩍 지난 어느 날 무지개 마을에 다시 나타난 생쥐 모습에 사람들이 깜짝 놀랐지요. 책 한 권을 옆에 끼고 있는 멋진 생쥐신사였기 때문이랍니다. 생쥐신사가 걸을 때마다 주전자와 컵이 부딪치며 달그락 달그락 소리가 들려왔지요.

# 나는 바람이다

장의영

호수공원 빵집에서 팥빵을 사 가지고 나올 때, 엄마에게로 전화가 한 통 걸려왔다.

"띠리리리링! 띠리리리리링!"

엄마가 전화를 받았다. 엄마가 전화를 끊고 나를 꽉 껴안았다. 동서문학상이었다.

난 그 순간 도토리를 깨문듯했다. 얼떨떨한 표정. 나의 모든 얼굴 근육이 굳어 버렸다.

처음 소식을 들었을 때도, 수상자 면담에 갈 때도, 그리고 지금도! 난 정말 얼떨떨하다.

큰 상을 주신 하나님께 감사하고, 매일 밤 책을 읽어 준 엄마에게 감사하다.

수상 소감은 다 쓴 것 같으니, 4행시를 쓰겠다. 바로 '수상소감' 4행시!

수 : 수상하게 되어 정말 기쁘고
상 : 상금을 받아서 더 행복하지만
소 : 소감을 써야 한다.
감 : 감처럼 달콤하고 재미있는 나의 수상소감을

# 나는 바람이다

장의영


나는 바람이다.
학교, 학원 다 끝나고 집에 갈 때
나는 바람이다.

나는 바람이다.
방학 시작되고 친구들이랑 놀려고 놀이터에 갈 때
나는 바람이다.

나는 바람이다.
엄마 품에 안기러 달려 갈 때
나는 바람이다.

나는 바람이다.

제 1 4 회   삶 의 향 기   동 서 문 학 상

수상자
명단

# 소설

| 수상명 | 부문 | 수상자 | 작품명 |
|---|---|---|---|
| 대상 | 소설 | 이은정 | 개들이 짖는 동안 |
| 은상 | 소설 | 정혜정 | 어디서 그대는 아름다운 깃털을 얻어 오는가 |
| 은상 | 소설 | 유수현 | 레테 |
| 동상 | 소설 | 이진숙 | 가을이 온다 |
| 동상 | 소설 | 장서인 | 사춘기 |
| 동상 | 소설 | 유정아 (김문정) | 그녀들의 봄 |
| 가작 | 소설 | 김경희 | 손전등 |
| 가작 | 소설 | 이주현 | 박제 |
| 가작 | 소설 | 서영지 | 박수 |
| 가작 | 소설 | 윤정희 | 소외론 연구 |
| 가작 | 소설 | 권보경 | 네모난 빛의 조각들에게 |
| 입선 | 소설 | 박선주 | 열 번째 향이 타들어갈 때 |
| 입선 | 소설 | 오유경 | 철도의 노래 |
| 입선 | 소설 | 최현주 | 꽃잠 |
| 입선 | 소설 | 김소연 | 끝의 시작 |
| 입선 | 소설 | 박희정 | 홍반 |
| 입선 | 소설 | 김도레미 | 노르웨이의 나무 |
| 입선 | 소설 | 황채희 | 사족보행의 발견 |
| 입선 | 소설 | 문미연 | 뼈의 안부 |
| 입선 | 소설 | 손명진 | 계란도둑 |
| 입선 | 소설 | 이영탁 | 캡슐 |

| 수상명 | 부문 | 수상자 | 작품명 |
|--------|------|--------|--------|
| 맥심상 | 소설 | 강경희 | 어느 특별했던 보통 날 |
| 맥심상 | 소설 | 강순덕 | 사라진 별의 꿈꾸는 별 |
| 맥심상 | 소설 | 강혜원 | 무채(無彩)의 뜰 |
| 맥심상 | 소설 | 고혜원 | 숨, 쉬다. |
| 맥심상 | 소설 | 구민경 | 오후 2시 40분 |
| 맥심상 | 소설 | 구수경 | 다행한 페다고지 |
| 맥심상 | 소설 | 권혜창 | 거울 속의 뜨개방 |
| 맥심상 | 소설 | 김명자 | 물고기자리 |
| 맥심상 | 소설 | 김민정 | 찔레꽃 연가 |
| 맥심상 | 소설 | 김수미 | 고잉홈 |
| 맥심상 | 소설 | 김시영 | 비밀 |
| 맥심상 | 소설 | 김영숙 | 코스모스의 시간 |
| 맥심상 | 소설 | 김인혜 | 재회의 끝 |
| 맥심상 | 소설 | 김재연 | 한 통의 연애편지가 당신에게 미치는 영향 |
| 맥심상 | 소설 | 김정선 | 슬프도록 아름다운 기억 |
| 맥심상 | 소설 | 김주아 | 안아 주는 남자 |
| 맥심상 | 소설 | 김지영 | 나와 나 사이 |
| 맥심상 | 소설 | 김지현 | 덜꿩나무 |
| 맥심상 | 소설 | 김진아 | 갈고리 |
| 맥심상 | 소설 | 김태실 | 스카프가 흘러내린 날 |
| 맥심상 | 소설 | 김혜경 | 균열 |

# 소설

| 수상명 | 부문 | 수상자 | 작품명 |
|--------|------|--------|--------|
| 맥심상 | 소설 | 김혜선 | 소니엔젤 |
| 맥심상 | 소설 | 나현숙 | 상처 |
| 맥심상 | 소설 | 노금화 | 3월에 내린 눈 |
| 맥심상 | 소설 | 노진숙 | 발을 불리는 시간 |
| 맥심상 | 소설 | 노현희 | 버스가 지나가고 |
| 맥심상 | 소설 | 류수민 | 트라이앵글 |
| 맥심상 | 소설 | 박가비 | 언니의 가방순이 |
| 맥심상 | 소설 | 박상미 | 변기 뚫는 남자 |
| 맥심상 | 소설 | 박수자 | 겨울, 은유 속으로 |
| 맥심상 | 소설 | 박예서 | 휘트니 휴스턴은 죽었다 |
| 맥심상 | 소설 | 박인애 | 지금은 우리가 떠나야 할 시간 |
| 맥심상 | 소설 | 박종휘 | 춤추는 와인 |
| 맥심상 | 소설 | 박지연 | 귀(耳)로의 여행 |
| 맥심상 | 소설 | 박진경 | 이해하지 않기 위해 한 방향으로 헤엄치는 물고기들 |
| 맥심상 | 소설 | 박혜영 | 선희 씨 |
| 맥심상 | 소설 | 박혜진 | 4월은 한여름 |
| 맥심상 | 소설 | 방하은 | 루시드드림 |
| 맥심상 | 소설 | 백경륜 | 바다도 등대에 등을 기댄다. |
| 맥심상 | 소설 | 백은실 | 피의 기억 |
| 맥심상 | 소설 | 서하나 | 우리의 뜨거웠던 계절 |
| 맥심상 | 소설 | 선혜영 | 너는 어디에 |

| 수상명 | 부문 | 수상자 | 작품명 |
|--------|------|--------|--------|
| 맥심상 | 소설 | 손민지 | 유치의 종말 |
| 맥심상 | 소설 | 송명숙 | 숨바꼭질 |
| 맥심상 | 소설 | 송민애 | 아이러니 |
| 맥심상 | 소설 | 송수연 | 안 |
| 맥심상 | 소설 | 송유미 | 방귀 공주 생일날 |
| 맥심상 | 소설 | 신랑 | 저녁의 소멸 |
| 맥심상 | 소설 | 신선자 | 여기, 꽃들 |
| 맥심상 | 소설 | 안미진 | 고기 먹는 날 |
| 맥심상 | 소설 | 안선화 | 갇혀 버린 시간 |
| 맥심상 | 소설 | 안순화 | 꽃잎 |
| 맥심상 | 소설 | 안정인 | 어느 멋진 날 |
| 맥심상 | 소설 | 오경숙 | 애매한 것에 대한 분리 |
| 맥심상 | 소설 | 오금숙 | 구멍 |
| 맥심상 | 소설 | 오정현 | 흔해빠진 사랑 |
| 맥심상 | 소설 | 유재화 | 한철이 |
| 맥심상 | 소설 | 유지아 | 라미 |
| 맥심상 | 소설 | 윤효주 | 커피 한잔 할래요? |
| 맥심상 | 소설 | 이민경 | 두 개의 심장 |
| 맥심상 | 소설 | 이민재 | 역치 |
| 맥심상 | 소설 | 이복화 | 칼제비 |
| 맥심상 | 소설 | 이승리 | 하객 |

# 소설

| 수상명 | 부문 | 수상자 | 작품명 |
|--------|------|--------|--------|
| 맥심상 | 소설 | 이옥희 | 독버섯 아래, 비를 긋다 |
| 맥심상 | 소설 | 이윤정 | 나의 엄마들 |
| 맥심상 | 소설 | 이은비 | 영 |
| 맥심상 | 소설 | 이은정 | 가면무도회를 보다 |
| 맥심상 | 소설 | 이지현 | 햄스터 나무 |
| 맥심상 | 소설 | 이진 | 문득 가을이었다 |
| 맥심상 | 소설 | 이태숙 | 기타리스트 |
| 맥심상 | 소설 | 이형주 | 사랑 같은 것 |
| 맥심상 | 소설 | 이혜재 | 나폴리 어디쯤 |
| 맥심상 | 소설 | 임차윤 | 갱지 위에 연필 |
| 맥심상 | 소설 | 임태경 | 김만옥의 SNS |
| 맥심상 | 소설 | 임향진 | 등산화를 신은 사나이 |
| 맥심상 | 소설 | 장남수 | 물들인 날 |
| 맥심상 | 소설 | 전지은 | 정의의 조각 |
| 맥심상 | 소설 | 정문숙 | 구두 |
| 맥심상 | 소설 | 정양선 | secrete S |
| 맥심상 | 소설 | 정연아 | 금붕어 만두 |
| 맥심상 | 소설 | 조미옥 | 터널을 건너는 법 |
| 맥심상 | 소설 | 조성은 | 김영식이 온다 |
| 맥심상 | 소설 | 조애나 | 아픈 기억의 유효기간 |
| 맥심상 | 소설 | 진성아 | 왠지 그래야만 할 것 같아 |

| 수상명 | 부문 | 수상자 | 작품명 |
|--------|------|--------|--------|
| 맥심상 | 소설 | 최다원 | 지금 어디 |
| 맥심상 | 소설 | 최은서 | 죽기 딱 좋은 날 |
| 맥심상 | 소설 | 최인정 | 규동 |
| 맥심상 | 소설 | 최전경 | 영선의 손 |
| 맥심상 | 소설 | 탁희연 | 메리골드 |
| 맥심상 | 소설 | 한희주 | 말남이 |
| 맥심상 | 소설 | 함지연 | 어쩌면 알 수도 있는 사람 |
| 맥심상 | 소설 | 홍주화 | 쌍문동 람바다 |
| 맥심상 | 소설 | 황미경 | 약장이 있는 방 |
| 맥심상 | 소설 | 황선영 | 시간이 얼마 남지 않았다 |
| 맥심상 | 소설 | 황윤희 | 선물 |
| 맥심상 | 소설 | 황초롱 | 시리다 |

# 시

| 수상명 | 부문 | 수상자 | 작품명 |
|---|---|---|---|
| 금상 | 시 | 원기자 | 점자 익히기 |
| 은상 | 시 | 임이슬 | 해중설(海中雪) |
| 은상 | 시 | 심수빈 | 달콤한 풍장 |
| 동상 | 시 | 윤경예 | 자목련 수선집 |
| 동상 | 시 | 김순희 | 아파트에서 금맥 찾기 |
| 동상 | 시 | 임진순 | 굴식돌방무덤 |
| 가작 | 시 | 강수화 | 뫼비우스의 띠 |
| 가작 | 시 | 최미숙 | 고사목 |
| 가작 | 시 | 신병선 | 남겨진 이름 |
| 가작 | 시 | 이희경 | 골목에서 |
| 가작 | 시 | 강다연 | 무너지는 봄볕 |
| 입선 | 시 | 황은순 | 중독 |
| 입선 | 시 | 김영애 | 억새와 나 |
| 입선 | 시 | 이길우 | 유토피아 |
| 입선 | 시 | 서미라 | 양말에 수를 놓는다 |
| 입선 | 시 | 최현주 | 빨랫줄 |
| 입선 | 시 | 이수연 | 청호동, 바람 |
| 입선 | 시 | 방혜선 | 딱따구리 |
| 입선 | 시 | 이세미 | 빙어 |
| 입선 | 시 | 금동현 | 어려운 책 |
| 입선 | 시 | 박은영 | 통영 검은 밤바다 |

| 수상명 | 부문 | 수상자 | 작품명 |
|--------|------|--------|--------|
| 맥심상 | 시 | 강명숙 | 빈틈도 방향이 있다 |
| 맥심상 | 시 | 강미숙 | 나는 블루시티로 간다 |
| 맥심상 | 시 | 강민혜 | 동냥그릇 |
| 맥심상 | 시 | 강신명 | 접속 |
| 맥심상 | 시 | 강은지 | 감자 |
| 맥심상 | 시 | 강지혜 | 토성의 고리 |
| 맥심상 | 시 | 고영미 | 여름 겨울 |
| 맥심상 | 시 | 공도환 | 모눈종이 |
| 맥심상 | 시 | 곽인영 | 눈시울에 방파제를 쌓았다 |
| 맥심상 | 시 | 권소영 | 길 아래 길 |
| 맥심상 | 시 | 김가현 | 뿌리의 날개 |
| 맥심상 | 시 | 김경순 | 국밥 24시 |
| 맥심상 | 시 | 김고은 | 난장이와 함께 식사를 |
| 맥심상 | 시 | 김다정 | 홍해의 부재 |
| 맥심상 | 시 | 김성은 | 나는 비밀이었다 |
| 맥심상 | 시 | 김세희 | 비닐하우스의 딸 |
| 맥심상 | 시 | 김소영 | 토끼풀 꽃 |
| 맥심상 | 시 | 김숙희 | 눈을 감는다는 것 |
| 맥심상 | 시 | 김영경 | 스티커의 세계 |
| 맥심상 | 시 | 김영욱 | 구름의 이소(離巢) |
| 맥심상 | 시 | 김영자 | 하얀 가면 |

# 시

| 수상명 | 부문 | 수상자 | 작품명 |
|--------|------|--------|--------|
| 맥심상 | 시 | 김옥희 | 아비뇽 처녀들의 건축방식 |
| 맥심상 | 시 | 김은경 | 누룽지 |
| 맥심상 | 시 | 김응혜 | 청년실업 |
| 맥심상 | 시 | 김정순 | 주름을 어루다 |
| 맥심상 | 시 | 김향숙 | 라돈의 오후 |
| 맥심상 | 시 | 김혜숙 | 어떤 폐허 |
| 맥심상 | 시 | 김효경 | 버드 세이버 |
| 맥심상 | 시 | 노선희 | 관성에서 이상으로 |
| 맥심상 | 시 | 문순희 | 늙은 신발 한 짝 |
| 맥심상 | 시 | 문혜영 | 까마귀 |
| 맥심상 | 시 | 문희숙 | 까치 만화방 |
| 맥심상 | 시 | 민옥순 | 등과 가슴의 거리 |
| 맥심상 | 시 | 박가경 | 양의 반란 |
| 맥심상 | 시 | 박경미 | 물든 자장가 |
| 맥심상 | 시 | 박미정 | 가름끈 |
| 맥심상 | 시 | 박성애 | 오호츠크 |
| 맥심상 | 시 | 박소연 | 지하로부터의 수기 1. |
| 맥심상 | 시 | 박연미 | 바로 인력 |
| 맥심상 | 시 | 박은순 | 나비날다 |
| 맥심상 | 시 | 박은영 | 마침표 |
| 맥심상 | 시 | 박인자 | 부레옥잠 |

| 수상명 | 부문 | 수상자 | 작품명 |
| --- | --- | --- | --- |
| 맥심상 | 시 | 박정옥 | 그늘의 공학 |
| 맥심상 | 시 | 방미영 | 월후, 출렁이다 |
| 맥심상 | 시 | 배은별 | 손가락이 하는 말 |
| 맥심상 | 시 | 백채은 | 진입금지 |
| 맥심상 | 시 | 서미경 | 생의 변증법 |
| 맥심상 | 시 | 서한 | 이사(移徙) |
| 맥심상 | 시 | 석수정 | 세상에서 가장 진한 내력 |
| 맥심상 | 시 | 송은정 | 계약직 이력서 |
| 맥심상 | 시 | 송현숙 | 살구나무 그늘 |
| 맥심상 | 시 | 신은선 | 흰머리 |
| 맥심상 | 시 | 안정호 | 겨울의 빈칸 |
| 맥심상 | 시 | 양수민 | 편리한 위안 |
| 맥심상 | 시 | 양점순 | 을지로 미스 양 |
| 맥심상 | 시 | 양지영 | 고통 |
| 맥심상 | 시 | 오명옥 | 토토라의 봄밤 |
| 맥심상 | 시 | 오선주 | 아버지의 사과 |
| 맥심상 | 시 | 유금란 | Weeping willow |
| 맥심상 | 시 | 유순영 | 손톱의 안쪽 |
| 맥심상 | 시 | 유정주 | 별똥별 |
| 맥심상 | 시 | 윤새품 | 버려진 것들에 대한 고찰 |
| 맥심상 | 시 | 윤석열 | 안심사 풍경소리 |

# 시

| 수상명 | 부문 | 수상자 | 작품명 |
|---|---|---|---|
| 맥심상 | 시 | 윤순덕 | 부엌의 정물 |
| 맥심상 | 시 | 윤현희 | 자가 면역 질환 |
| 맥심상 | 시 | 이나라 | 겨울나무 |
| 맥심상 | 시 | 이미영 | 강 과장의 가방 |
| 맥심상 | 시 | 이미옥 | 고등어 |
| 맥심상 | 시 | 이병애 | 도라지꽃 피는 화요일 |
| 맥심상 | 시 | 이선 | 석양 길에 나선 사자 |
| 맥심상 | 시 | 이수현 | 만회(挽回) |
| 맥심상 | 시 | 이예지 | 담쟁이 |
| 맥심상 | 시 | 이옥래 | 사내가 바다를 깁는다 |
| 맥심상 | 시 | 이지현 | 얼굴의 부재 |
| 맥심상 | 시 | 이현숙 | 동굴의 삶 |
| 맥심상 | 시 | 이홍원 | 시소의 마음 |
| 맥심상 | 시 | 이효심 | 수상한 여름 |
| 맥심상 | 시 | 이희진 | 하루의 정리 |
| 맥심상 | 시 | 장윤희 | 비와 사과나무 어머니 |
| 맥심상 | 시 | 전진순 | 콘크리트 언어 |
| 맥심상 | 시 | 정옥자 | 문득 |
| 맥심상 | 시 | 정유리 | 편백나무 숲 |
| 맥심상 | 시 | 정은주 | 흔들다 |
| 맥심상 | 시 | 정현순 | 서랍이 있는 풍경 |

| 수상명 | 부문 | 수상자 | 작품명 |
|---|---|---|---|
| 맥심상 | 시 | 조대림 | 지렁이는 배가 부풀어 오른다 |
| 맥심상 | 시 | 조혜령 | 나비 |
| 맥심상 | 시 | 주소영 | 내 몫의 어머니 |
| 맥심상 | 시 | 채연우 | 데드블레이 |
| 맥심상 | 시 | 천현주 | 비행 |
| 맥심상 | 시 | 최영희 | 신발 |
| 맥심상 | 시 | 하채연 | 마지막 요가 |
| 맥심상 | 시 | 하태희 | 증명 |
| 맥심상 | 시 | 한가희 | 가스(gas) 가마 |
| 맥심상 | 시 | 한지인 | 무덤 |
| 맥심상 | 시 | 허주영 | 비와 바람 |
| 맥심상 | 시 | 허지은 | 망각의 병 |
| 맥심상 | 시 | 홍지윤 | 손(님) |
| 맥심상 | 시 | 황주연 | 달 |
| 맥심상 | 시 | 황해인 | 새벽의 놀이터 |

# 수필

| 수상명 | 부문 | 수상자 | 작품명 |
|--------|------|--------|--------|
| 금상 | 수필 | 고옥란 | 저기 자궁들이 있다 |
| 은상 | 수필 | 홍성순 | 돌꽃 |
| 은상 | 수필 | 신안호 | 파를 다듬으며 |
| 동상 | 수필 | 이상수 | 잉아 |
| 동상 | 수필 | 박소언 (박민례) | 고팽이 |
| 동상 | 수필 | 김선자 | 오월의 끝자락, 그 언저리 |
| 가작 | 수필 | 윤나영 | 휘어진 발가락 |
| 가작 | 수필 | 임향자 | 다락방 동화 |
| 가작 | 수필 | 김소윤 | 바람이 분다 |
| 가작 | 수필 | 임정희 | 세상에서 가장 힘이 센 아이 |
| 가작 | 수필 | 김철순 | 솜꽃 |
| 입선 | 수필 | 황외순 | 함초 |
| 입선 | 수필 | 오순이 | 팔찌 |
| 입선 | 수필 | 조수현 | 두 엄마의 계절 |
| 입선 | 수필 | 김경숙 | 엄마의 옹기 |
| 입선 | 수필 | 반경숙 | 벗에게 가는 길 |
| 입선 | 수필 | 김경해 | 나는 백정의 딸입니다 |
| 입선 | 수필 | 장미자 | 무궁화 그러데이션 |
| 입선 | 수필 | 박은정 | 속 상한 사과 |
| 입선 | 수필 | 이민희 | 손 |
| 입선 | 수필 | 제행신 | 노동자 남편 |

| 수상명 | 부문 | 수상자 | 작품명 |
|---|---|---|---|
| 맥심상 | 수필 | 강수민 | 산소(山所) |
| 맥심상 | 수필 | 강현자 | 봉달희 |
| 맥심상 | 수필 | 구은비 | 엄마에게 |
| 맥심상 | 수필 | 구지희 | 어머니의 밤길 |
| 맥심상 | 수필 | 권은경 | 세상에서 가장 아름다운 섬 |
| 맥심상 | 수필 | 권정숙 | 발효의 시간 |
| 맥심상 | 수필 | 권태옥 | 다리 |
| 맥심상 | 수필 | 김경아 | 풍금 |
| 맥심상 | 수필 | 김남순 | 엄마의 마당 |
| 맥심상 | 수필 | 김명숙 | 그림을 듣다 |
| 맥심상 | 수필 | 김미양 | 미수전 |
| 맥심상 | 수필 | 김미옥 | 달콤한 미래 |
| 맥심상 | 수필 | 김서진 | 안경과 풀 |
| 맥심상 | 수필 | 김선옥 | 간격 혹은 거리 |
| 맥심상 | 수필 | 김선화 | 암자 스케치 |
| 맥심상 | 수필 | 김숙영 | 골방의 멈춘 시간 |
| 맥심상 | 수필 | 김숙희 | 찔레꽃엄마 |
| 맥심상 | 수필 | 김순향 | 집주인 표 커피 |
| 맥심상 | 수필 | 김순혜 | 어머니의 비밀편지 |
| 맥심상 | 수필 | 김시은 | 바다의 말 |
| 맥심상 | 수필 | 김애영 | 갠지스강에서 죽음을 만나다 |

## 수필

| 수상명 | 부문 | 수상자 | 작품명 |
|---|---|---|---|
| 맥심상 | 수필 | 김연옥 | 작고 하얀 재봉틀 |
| 맥심상 | 수필 | 김은실 | 배려와 편안함의 사이 |
| 맥심상 | 수필 | 김인우 | 가을을 건너는 법 |
| 맥심상 | 수필 | 김정숙 | 초야初夜 |
| 맥심상 | 수필 | 김정이 | 너무 아름다운 고독 |
| 맥심상 | 수필 | 김정자 | 햇살 드는 곳이 좋다 |
| 맥심상 | 수필 | 김지연 | 꽃과 나비 |
| 맥심상 | 수필 | 김지혜 | 죽음의 관점 |
| 맥심상 | 수필 | 김현숙 | 천사의 날개옷 |
| 맥심상 | 수필 | 김혜영 | 비린내 |
| 맥심상 | 수필 | 남설희 | 그림자와 그늘 |
| 맥심상 | 수필 | 목지민 | 간주점프금지 |
| 맥심상 | 수필 | 문미영 | 끝내 지울 수 없었던 흉터 |
| 맥심상 | 수필 | 민경숙 | 검정 치마 |
| 맥심상 | 수필 | 민진 | 아버지의 땅 |
| 맥심상 | 수필 | 박미향 | 혹 |
| 맥심상 | 수필 | 박연미 | 울 엄마 |
| 맥심상 | 수필 | 박영희 | 복숭아 |
| 맥심상 | 수필 | 박인자 | 사문진 나루터 |
| 맥심상 | 수필 | 박정란 | 우리 집 슈퍼맨 |
| 맥심상 | 수필 | 박현경 | 혀와 엽서 |

| 수상명 | 부문 | 수상자 | 작품명 |
|---|---|---|---|
| 맥심상 | 수필 | 박혜수 | 인간에 대한 자부심 |
| 맥심상 | 수필 | 박희 | 찬란한 슬픔 같은 선물! |
| 맥심상 | 수필 | 서정애 | 모죽 |
| 맥심상 | 수필 | 서혜정 | 길 |
| 맥심상 | 수필 | 석성득 | 풍금소리 |
| 맥심상 | 수필 | 송선례 | 여동생을 위한 나라는 없다 |
| 맥심상 | 수필 | 신정선 | 배웅 |
| 맥심상 | 수필 | 신지연 | 무명치마에 물든 감물 빛깔의 토담집 |
| 맥심상 | 수필 | 안소연 | 사랑을 말하려고 할 때 |
| 맥심상 | 수필 | 안수정 | 부랑인 |
| 맥심상 | 수필 | 안숙자 | 미워 할 시간 |
| 맥심상 | 수필 | 안현정 | 두 번째 만나다 |
| 맥심상 | 수필 | 양성자 | 환절기 |
| 맥심상 | 수필 | 양은미 | 거꾸로 오는 축복 |
| 맥심상 | 수필 | 엄선애 | 아비의 시간 |
| 맥심상 | 수필 | 엄채영 | 인샤알라 |
| 맥심상 | 수필 | 염경희 | 그릇 |
| 맥심상 | 수필 | 오영주 | 달리는 아줌마 |
| 맥심상 | 수필 | 이경숙 | 집에 갈 차비 |
| 맥심상 | 수필 | 이경희 | 호사를 누리는 칸트 |
| 맥심상 | 수필 | 이샘 | 엄마의 장미꽃 |

| 수상명 | 부문 | 수상자 | 작품명 |
|---|---|---|---|
| 맥심상 | 수필 | 이순미 | 거짓말 |
| 맥심상 | 수필 | 이영민 | 기다림의 순환, 상처를 알아보는 자 |
| 맥심상 | 수필 | 이옥경 | 아카시아 나무 |
| 맥심상 | 수필 | 이윤애 | 글의 고귀한 힘 |
| 맥심상 | 수필 | 이윤정 | 물빛에 비친 아름다운 종의 그림자 |
| 맥심상 | 수필 | 이인숙 | 잘 늙는다는 것 |
| 맥심상 | 수필 | 이점순 | 할머니와 할미꽃 |
| 맥심상 | 수필 | 이정화 | 손수 |
| 맥심상 | 수필 | 이정화 | 유년의 삽화 |
| 맥심상 | 수필 | 이춘희 | 까치밥 홍시 |
| 맥심상 | 수필 | 이혜순 | 땡감나무 |
| 맥심상 | 수필 | 임동연 | 한평생 산다는 것이 |
| 맥심상 | 수필 | 임수희 | 김밥 |
| 맥심상 | 수필 | 임진희 | 인생의 바다 |
| 맥심상 | 수필 | 장경화 | 산 아래에서 |
| 맥심상 | 수필 | 장순복 | 여름날의 기억 |
| 맥심상 | 수필 | 장영은 | 주름에 대한 예의 |
| 맥심상 | 수필 | 전명수 | 함초롬바탕체 |
| 맥심상 | 수필 | 전춘화 | 레드 푸드 |
| 맥심상 | 수필 | 정미영 | 어느 예술가 |
| 맥심상 | 수필 | 정미형 | 삼층장을 닦으며 |

| 수상명 | 부문 | 수상자 | 작품명 |
|--------|------|--------|--------|
| 맥심상 | 수필 | 정용채 | 달항아리 |
| 맥심상 | 수필 | 정윤채 | 오래 기다린 합가 |
| 맥심상 | 수필 | 정효진 | 존재의 이유 |
| 맥심상 | 수필 | 조금미 | 물김치 |
| 맥심상 | 수필 | 조미정 | 감나무현관을 들어서다 |
| 맥심상 | 수필 | 조성남 | 회한(悔恨) |
| 맥심상 | 수필 | 조현숙 | 놈 |
| 맥심상 | 수필 | 조혜은 | 순진하고 무구한 삶 |
| 맥심상 | 수필 | 주영미 | 당신은 새벽공기를 닮았다. |
| 맥심상 | 수필 | 주영순 | 도마 |
| 맥심상 | 수필 | 지영미 | 핥아주기 |
| 맥심상 | 수필 | 채현의 | 한국을 사랑한 닥터 |
| 맥심상 | 수필 | 최경심 | 동백꽃 |
| 맥심상 | 수필 | 허혜수 | 그녀의 언어 |
| 맥심상 | 수필 | 홍지현 | 별이 자라고 있는 집 |

# 아동문학

| 수상명 | 부문 | 수상자 | 작품명 |
|--------|--------|--------|--------|
| 금상 | 아동문학 | 오성순 | 외할머니 냉장고 |
| 은상 | 아동문학 | 신은영 | 김치 vs 김치 |
| 은상 | 아동문학 | 김태숙 | 움직이는 탑 |
| 동상 | 아동문학 | 김민옥 | 라오라오행성의 공주 |
| 동상 | 아동문학 | 김주은 | 고양이신사의 동화책 |
| 동상 | 아동문학 | 장의영 | 나는 바람이다 |
| 가작 | 아동문학 | 김서윤 | 이제부터 내 이름은 파트라슈 |
| 가작 | 아동문학 | 유영희 | 충전하는 중 |
| 가작 | 아동문학 | 정지우 | 좋은 기억 문구점 |
| 가작 | 아동문학 | 문선주 | 엄마의 눈 |
| 가작 | 아동문학 | 김성미 | 저승에 가는 방법 |
| 입선 | 아동문학 | 박은정 | 산책 |
| 입선 | 아동문학 | 황양순 | 쪼그랑 낙엽 한 장 |
| 입선 | 아동문학 | 문지혜 | 추석 밤 |
| 입선 | 아동문학 | 김지연 | 방과 후 |
| 입선 | 아동문학 | 권영을 | 사랑 |
| 입선 | 아동문학 | 강정아 | 자석 |
| 입선 | 아동문학 | 전가일 | 마지막 늑대 |
| 입선 | 아동문학 | 김나영 | 유튜버 썬맨 |
| 입선 | 아동문학 | 조희정 | 냉동 아이 다시 태어나다 |
| 입선 | 아동문학 | 권은숙 | 혹등고래의 노래 |

| 수상명 | 부문 | 수상자 | 작품명 |
|---|---|---|---|
| 맥심상 | 아동문학 | 강영선 | 기울려 주는 거래 |
| 맥심상 | 아동문학 | 강희정 | 어린이 보관소 |
| 맥심상 | 아동문학 | 고경미 | 짱구가 사라졌다 |
| 맥심상 | 아동문학 | 고은영 | 벌 받고 싶어요 |
| 맥심상 | 아동문학 | 구민경 | 땅콩 |
| 맥심상 | 아동문학 | 권순화 | 그림자 |
| 맥심상 | 아동문학 | 김강선 | 따발총 사서샘 |
| 맥심상 | 아동문학 | 김건희 | 소라 |
| 맥심상 | 아동문학 | 김경숙 | 울트라 캡숑 청소기 |
| 맥심상 | 아동문학 | 김명옥 | 올록볼록 지압돌 |
| 맥심상 | 아동문학 | 김미랑 | 김치 요정 |
| 맥심상 | 아동문학 | 김미희 | 아빠 구두 |
| 맥심상 | 아동문학 | 김보미 | 뜨거운 리본 |
| 맥심상 | 아동문학 | 김선희 | 나 홀로 두 바퀴 자전거 |
| 맥심상 | 아동문학 | 김소정 | 엄마 |
| 맥심상 | 아동문학 | 김숙 | 우리 할머니는 꽃게야 |
| 맥심상 | 아동문학 | 김순하 | 보물찾기 |
| 맥심상 | 아동문학 | 김시경 | 생일 소원 |
| 맥심상 | 아동문학 | 김신영 | 로마와 떠돌이 행성 |
| 맥심상 | 아동문학 | 김영숙 | 아직 쓸만해 |
| 맥심상 | 아동문학 | 김유진 | 애물단지 오줌싸개 |

# 아동문학

| 수상명 | 부문 | 수상자 | 작품명 |
|---|---|---|---|
| 맥심상 | 아동문학 | 김은경 | 바람 타고 구름 넘어 전해지는 호랑이 전설 |
| 맥심상 | 아동문학 | 김재민 | 동물원 선생님 |
| 맥심상 | 아동문학 | 김태언 | 벽장 속에 누가 있어! |
| 맥심상 | 아동문학 | 김형미 | 세탁기 |
| 맥심상 | 아동문학 | 김혜경 | 우리 반 동물 친구들 |
| 맥심상 | 아동문학 | 김화정 | 벙어리 절친 |
| 맥심상 | 아동문학 | 나현미 | 손발톱은 왜 자라나? |
| 맥심상 | 아동문학 | 남승혜 | 구멍 난 양말 |
| 맥심상 | 아동문학 | 노수미 | 12호의 계란을 지켜라! |
| 맥심상 | 아동문학 | 노승오 | 조용한 세상 |
| 맥심상 | 아동문학 | 문윤정 | 슬픈 빨강 |
| 맥심상 | 아동문학 | 문초록 | 주말 농장 |
| 맥심상 | 아동문학 | 민경혜 | 몽이와 나 |
| 맥심상 | 아동문학 | 박기태 | 발 도장 |
| 맥심상 | 아동문학 | 박나영 | 고양이 똥 밭 |
| 맥심상 | 아동문학 | 박미경 | 하루살이를 찾아온 별 |
| 맥심상 | 아동문학 | 박선영 | 엄마 구름 |
| 맥심상 | 아동문학 | 박영규 | 동전 하나 |
| 맥심상 | 아동문학 | 박형숙 | 나도! 나도! |
| 맥심상 | 아동문학 | 배금주 | 애가 다섯 |
| 맥심상 | 아동문학 | 변창희 | 파도 |

| 수상명 | 부문 | 수상자 | 작품명 |
|--------|------|--------|--------|
| 맥심상 | 아동문학 | 서유경 | 양파꽃 |
| 맥심상 | 아동문학 | 설은주 | 숨바꼭질 선수들 |
| 맥심상 | 아동문학 | 성윤진 | 특별상 |
| 맥심상 | 아동문학 | 손명자 | 천하장사 |
| 맥심상 | 아동문학 | 송경주 | 달고나 |
| 맥심상 | 아동문학 | 송선혜 | 화살처럼 하늘을 날아서… |
| 맥심상 | 아동문학 | 송지혜 | 나도 결혼할래! |
| 맥심상 | 아동문학 | 신미경 | 파랑새 게임 |
| 맥심상 | 아동문학 | 신민옥 | 바늘 귀 |
| 맥심상 | 아동문학 | 안정희 | 상관없어, 이미 완벽하니까 |
| 맥심상 | 아동문학 | 여운선 | 자전거와 크레파스 |
| 맥심상 | 아동문학 | 오선주 | 내 친구 김봉필 |
| 맥심상 | 아동문학 | 유화영 | 지우개 선생님 |
| 맥심상 | 아동문학 | 유효경 | 때밀이 |
| 맥심상 | 아동문학 | 윤은경 | 따뜻한 등 |
| 맥심상 | 아동문학 | 윤지은 | 보물 버리기 |
| 맥심상 | 아동문학 | 윤진미 | 우리 집은요 |
| 맥심상 | 아동문학 | 윤혜정 | 나이 자랑 |
| 맥심상 | 아동문학 | 이경화 | 부전자전 |
| 맥심상 | 아동문학 | 이미영 | 신문지 밥상 |
| 맥심상 | 아동문학 | 이미화 | 엄마는 모른다 |

# 아동문학

| 수상명 | 부문 | 수상자 | 작품명 |
|--------|--------|--------|--------|
| 맥심상 | 아동문학 | 이보람 | 카카오톡 |
| 맥심상 | 아동문학 | 이선정 | 바람도서관 탄생기 |
| 맥심상 | 아동문학 | 이소영 | 종이 인형 |
| 맥심상 | 아동문학 | 이연숙 | 봉사 시간 십 분, 확실하게 인정 |
| 맥심상 | 아동문학 | 이은정 | 엄마 얼굴은 직각 |
| 맥심상 | 아동문학 | 이은정 | 천원 만 소희의 비밀 |
| 맥심상 | 아동문학 | 이정은 | 내가 제일 잘 나가 |
| 맥심상 | 아동문학 | 이지연 | 둘째손가락 |
| 맥심상 | 아동문학 | 이진경 | 근육 주스 |
| 맥심상 | 아동문학 | 이한옥 | 할머니와 사과 |
| 맥심상 | 아동문학 | 이혜영 | 아빠 오는 날 |
| 맥심상 | 아동문학 | 장소희 | 꾸러기 낙엽들 |
| 맥심상 | 아동문학 | 전선녀 | as |
| 맥심상 | 아동문학 | 전영란 | 벽화 |
| 맥심상 | 아동문학 | 정소이 | 용설란 |
| 맥심상 | 아동문학 | 정영혜 | 베트맨과 족장 |
| 맥심상 | 아동문학 | 정은지 | 토끼의 저주 |
| 맥심상 | 아동문학 | 정은희 | 우리 집에서 제일 무서운 건 |
| 맥심상 | 아동문학 | 정정화 | 별소리 |
| 맥심상 | 아동문학 | 조선영 | 이게 뭐야 |
| 맥심상 | 아동문학 | 조수연 | 나는 콩, 반짝이는 별 |

| 수상명 | 부문 | 수상자 | 작품명 |
|--------|--------|--------|--------|
| 맥심상 | 아동문학 | 조현미 | 발자국 소리 |
| 맥심상 | 아동문학 | 지숙희 | 꼬마 땡땡 고객 |
| 맥심상 | 아동문학 | 최민혜 | 오장미의 첫사랑 |
| 맥심상 | 아동문학 | 최배은 | 햇살이 품은 깜순이 |
| 맥심상 | 아동문학 | 최수영 | 고양이 변호사 |
| 맥심상 | 아동문학 | 최연희 | 머피의 법칙? |
| 맥심상 | 아동문학 | 최은정 | 몸무게 |
| 맥심상 | 아동문학 | 최정임 | 피구 시합 |
| 맥심상 | 아동문학 | 한문희 | 마법사 'O' |
| 맥심상 | 아동문학 | 허선영 | 대여 가족 |
| 맥심상 | 아동문학 | 허현정 | 지구별에 온 내 친구 |
| 맥심상 | 아동문학 | 현성혜 | 햇빛가게 |

제 14 회   삶 의 향 기   동 서 문 학 상

동서문학상
연혁

## 동서문학상 연혁

| 수상 | 수상자 | 작품명 | 부문 |
|------|--------|--------|------|
| **1973년 주부에세이 공모** | | | |
| 대상 | 김근숙 | 커피와 행복 | 수필 |
| **1989년 제1회 동서커피문학상 제정 (시·수필 2개 부문 공모)** | | | |
| 대상 | 유춘희 | 찻집에서 | 시 |
| 금상 | 김순남 | 滿船을 기다리며 | 시 |
| 금상 | 이준봉 | 직녀와 베틀과 커피 | 수필 |
| **1994년 제2회 (시·수필·콩트 3개 부문 공모)** | | | |
| 대상 | 박종운 | 커피의 내력 | 시 |
| 금상 | 진순효 | 사랑 | 시 |
| 금상 | 윤태희 | 사색하는 약 | 수필 |
| 금상 | 허은진 | 새벽연가 | 콩트 |
| **1996년 제3회 (시·산문 2개 부문 공모)** | | | |
| 대상 | 조윤희 | 풀 내음이 있는 커피 한잔 | 산문 |
| 금상 | 한소운 | 차를 끓이며 | 시 |
| 금상 | 신영미 | 충청도 커피 | 산문 |

| 수상 | 수상자 | 작품명 | 부문 |
|---|---|---|---|

## 1998년 제4회 (시·산문 2개 부문 공모)

| 대상 | 노현희 | 미장원에서 | 산문 |
|---|---|---|---|
| 금상 | 문정운 | 어느 가을날 부르는 희망의 노래 | 시 |
| 금상 | 안윤주 | 나무의 視線 | 산문 |

## 2000년 제5회 (시·소설·수필 3개 부문 공모)

| 금상 | 이영옥 | 우편함 속의 새 | 시 |
|---|---|---|---|
| 금상 | 최옥정 | 원의 중심 | 소설 |
| 금상 | 유헬레나 | 솜저고리 | 수필 |

## 2002년 제6회 (시·소설·수필 3개 부문 공모)

| 대상 | 이미경 | 청수동이의 꿈 | 소설 |
|---|---|---|---|
| 금상 | 이선남 | 풍선 | 시 |
| 금상 | 박영미 | 호랑나비 한 마리가 꽃밭에 앉았는데 | 소설 |
| 금상 | 전계숙 | 엄마의 저금통장 | 수필 |

## 2004년 제7회 (시·소설·수필 3개 부문 공모) 대상과 금상, 〈월간문학〉 등단 특전

| 대상 | 이은희 | 검댕이 | 수필 |
|---|---|---|---|
| 금상 | 조혜경 | 바느질 | 시 |
| 금상 | 김정혜 | 아랑이 내게 남긴 건 | 소설 |

# 동서문학상 연혁

| 수상 | 수상자 | 작품명 | 부문 |
|------|--------|--------|------|

**2006년 제8회** (시·소설·수필 3개 부문 공모)
대상과 금상, 〈월간문학〉 등단 특전

| 수상 | 수상자 | 작품명 | 부문 |
|------|--------|--------|------|
| 대상 | 황춘자 | 산수유 그늘 아래 | 소설 |
| 금상 | 정명옥 | 주전리 바다 | 시 |

**2008년 제9회** (시·소설·수필·아동문학 4개 부문 공모)
대상과 금상, 〈월간문학〉 등단 특전

| 수상 | 수상자 | 작품명 | 부문 |
|------|--------|--------|------|
| 대상 | 박인숙 | 침엽의 생존방식 | 시 |
| 금상 | 구자인혜 | 어머니의 정원 | 소설 |
| 금상 | 구본석 | 연경 침선장 | 아동문학 |

**2010년 제10회** (시·소설·수필·아동문학 4개 부문 공모)
대상과 금상, 〈월간문학〉 등단 특전

| 수상 | 수상자 | 작품명 | 부문 |
|------|--------|--------|------|
| 대상 | 김경희 | 코피 루왁을 마시는 시간 | 소설 |
| 금상 | 오희옥 | 택배를 출항시키다 | 시 |
| 금상 | 허이영 | 바지랑대 | 수필 |
| 금상 | 김현경 | 하나새가 준 선물 | 아동문학 |

| 수상 | 수상자 | 작품명 | 부문 |
|------|--------|--------|------|

### 2012년 제11회 (시·소설·수필·아동문학 4개 부문 공모)
### 대상과 금상, 〈월간문학〉 등단 특전

| 수상 | 수상자 | 작품명 | 부문 |
|------|--------|--------|------|
| 대상 | 전성옥 | 늙은 뱀 이야기 | 소설 |
| 금상 | 임미형 | 모시옷 한 벌 | 시 |
| 금상 | 김경희 | 스타킹 | 수필 |
| 금상 | 이영아 | 하늘에 닿은 종이비행기 | 아동문학 |

### 2014년 제12회 (시·소설·수필·아동문학 4개 부문 공모)
### 대상과 금상, 〈월간문학〉 등단 특전

| 수상 | 수상자 | 작품명 | 부문 |
|------|--------|--------|------|
| 대상 | 최분임 | 매조도梅鳥圖를 두근거리다 | 시 |
| 금상 | 이소현 | 백야(白夜) | 소설 |
| 금상 | 최선자 | 몽당연필 | 수필 |
| 금상 | 박미정 | 프레셔스, 넌 하이에나가 아니야 | 아동문학 |

### 2016년 제13회 (시·소설·수필·아동문학 4개 부문 공모)
### 대상과 금상, 〈월간문학〉 등단 특전

| 수상 | 수상자 | 작품명 | 부문 |
|------|--------|--------|------|
| 대상 | 추영희 | 달을 건너는 성전 | 시 |
| 금상 | 임정은 | 손 | 소설 |
| 금상 | 김진순 | 단아한 슬픔 | 수필 |
| 금상 | 김원선 | "마이 네임 이즈 상우 킴" | 아동문학 |

# 동서문학상 연혁

| 수상 | 수상자 | 작품명 | 부문 |
|---|---|---|---|
| **2018년 제14회 (시·소설·수필·아동문학 4개 부문 공모)** **대상과 금상, 〈월간문학〉 등단 특전** | | | |
| 대상 | 이은정 | 개들이 짖는 동안 | 소설 |
| 금상 | 원기자 | 점자 익히기 | 시 |
| 금상 | 고옥란 | 저기 자궁들이 있다 | 수필 |
| 금상 | 오성순 | 외할머니 냉장고 | 아동문학 |

삶의 향기가—
문학이 됩니다

제14회 삶의향기 동서문학상

| | |
|---|---|
| 초판 1쇄 | 2018년 11월 20일 |
| 지은이 | 이은정 外 |
| 발행인 | 김재홍 |
| 디자인 | 이슬기, 이근택 |
| 교정·교열 | 김진섭 |
| 마케팅 | 이연실 |
| 발행처 | 도서출판 지식공감 |
| 브랜드 | 문학공감 |
| 등록번호 | 제396-2012-000018호 |
| 주소 | 경기도 고양시 일산동구 견달산로225번길 112 |
| 전화 | 02-3141-2700 |
| 팩스 | 02-322-3089 |
| 홈페이지 | www.bookdaum.com |
| 가격 | 5,000원 |
| ISBN | 979-11-5622-410-5  23800 |
| CIP제어번호 | CIP2018034535 |
| | 이 도서의 국립중앙도서관 출판도서목록(CIP)은 서지정보유통지원시스템 홈페이지(http://seoji.nl.go.kr)와 국가자료공동목록시스템(http://www.nl.go.kr/kolisnet)에서 이용하실 수 있습니다. |

문학공감은 도서출판 지식공감의 인문교양 단행본 브랜드입니다.